UM LUGAR SÓ NOSSO

MAURENE GOO
UM LUGAR SÓ NOSSO

Tradução
LÍGIA AZEVEDO

SEGUINTE

Copyright © 2019 by Maurene Goo
Publicado mediante acordo com Farrar Straus Giroux Books for Young Readers, um selo do Macmillan Publishing Group, LLC. Todos os direitos reservados.

O selo Seguinte pertence à Editora Schwarcz S.A.

Grafia atualizada segundo o Acordo Ortográfico da Língua Portuguesa de 1990, que entrou em vigor no Brasil em 2009.

TÍTULO ORIGINAL Somewhere Only We Know

CAPA Tamires Cordeiro

ILUSTRAÇÃO DE CAPA Carmell Louize

PREPARAÇÃO Luisa Tieppo

REVISÃO Renata Lopes Del Nero e Marise Leal

Dados Internacionais de Catalogação na Publicação (CIP)
(Câmara Brasileira do Livro, SP, Brasil)

Goo, Maurene
   Um lugar só nosso / Maurene Goo ; tradução Lígia
Azevedo. — 1ª ed. — São Paulo : Seguinte, 2020.

   Título original: Somewhere Only We Know.
   ISBN 978-85-5534-095-6

   1. Americanos de origem coreana – Ficção 2. Amor –
Ficção 3. Cantores – Ficção 4. Celebridades – Ficção
5. Ficção juvenil 6. Música popular – Ficção
7. Paparazzo – Ficção I. Título

19-31823   CDD-028.5

Índice para catálogo sistemático:
1. Ficção : Literatura juvenil 028.5

Cibele Maria Dias – Bibliotecária – CRB-8/9427

2ª reimpressão

Todos os direitos desta edição reservados à
EDITORA SCHWARCZ S.A.
Rua Bandeira Paulista, 702, cj. 32
04532-002 — São Paulo — SP
Telefone: (11) 3707-3500
www.seguinte.com.br
contato@seguinte.com.br

/editoraseguinte
@editoraseguinte
Editora Seguinte
editoraseguinteoficial

*Em memória da minha avó Swan Hee Goo,
que me apresentou os grandes romances em preto e branco.
E para Christopher, que me apresentou o amor verdadeiro.*

Ela seguia, sempre cantando,
Em murmúrios de notável leveza;
A Terra parecia amá-la,
E o Céu sorria sobre ela,
Que se aproximava da profundeza.
~~John Keats~~ Percy Bysshe Shelley,
"Arethusa"

sexta

1

lucky

Quando seu rosto é reconhecido em todo o continente, não pode haver erros.

Muito menos no palco.

Olhei para o público gritando, cega pelas luzes, com o som de retorno bem fraco em meu ouvido. Os berros incessantes tornavam impossível ouvir minha própria voz.

Uma vez, quando me atirei nos braços esticados do dançarino de apoio durante uma apresentação, meu microfone minúsculo se deslocou sob a cortina de cabelo e minha voz falhou no momento mais dramático do meu hit "Heartbeat".

A Ásia inteira ouviu aquilo. Uma infinidade de vídeos daquele instante se espalhou pela internet — alguns com o acréscimo de uma animação de uns coelhinhos e efeitos sonoros estridentes. Meu preferido mostrava uma vidraça também desenhada se quebrando no exato momento em que minha voz falhava. Era tão bem-feito que eu não conseguia ver sem cair na risada.

Meu selo não achou tão engraçado. Viu como um erro, uma imperfeição em uma estrela do K-pop até então sem nenhum defeito.

E esse erro era no que eu estava pensando ao subir no palco em Hong Kong. A última parada da minha turnê asiática.

Mas havia alguma coisa diferente no clima — uma vibração animada preenchia o espaço entre mim e o público. Era o motivo pelo qual eu fazia aquilo. Independente do que estivesse sentindo dias ou segundos antes de subir ao palco — independente de estar preocupada com a possibilidade de errar de novo —, tudo desaparecia quando a energia da plateia penetrava minha pele e passava para a corrente sanguínea.

Adoração feroz via osmose.

Minhas botas prateadas de salto agulha e bico fino estavam firmemente plantadas no chão, bem abertas, e meus pés me matavam, como sempre. Eu tinha um pesadelo recorrente em que elas me perseguiam por um estacionamento. Tinham tamanho humano e corriam atrás de mim em círculos infinitos. Meu produtor insistia que eu sempre usasse as mesmas botas quando me apresentava — elas eram minha "marca registrada". Botas acima dos joelhos que se estendiam por minhas pernas compridas.

Eu era alta. Um metro e setenta e oito, o que em Seul é o mesmo que ser gigante. Mas não existia algo como "alta demais".

Enquanto fazia os já conhecidos passos da coreografia de "Heartbeat", eu consegui ignorar a dor que irradiava da planta dos pés, o short justo sempre enfiado na bunda e as longas mechas da peruca cor-de-rosa grudando no meu rosto todo suado.

Afinal, eu podia fazer aquela coreografia de olhos fechados, com as duas pernas quebradas. Já a tinha repetido centenas de vezes. Em determinado ponto, meu corpo passara a se mover sozinho, no piloto automático. Às vezes, quando eu terminava de cantar "Heartbeat" e, por causa de como a dança terminava, minha cabeça ficava congelada em um ângulo estranho no ar, eu piscava e me perguntava onde tinha estado nos últimos três minutos e vinte e quatro segundos.

Quando meu corpo assumia o comando daquele jeito, eu sabia que tinha me saído bem. Era recompensada pela precisão absoluta com que me apresentara.

E naquele dia não foi diferente. Terminei a música e olhei para o público. Os gritos dos fãs me atingiram de repente, quando voltei a meu corpo.

A turnê finalmente tinha acabado.

Nos bastidores, fui cercada de imediato: maquiadora, estilista, chefe de segurança. Me sentei em uma cadeira enquanto arrumavam e penteavam minha peruca e tiravam a oleosidade do meu rosto com aqueles papeizinhos.

— Não tira todo o brilho — eu disse a Lonni, minha maquiadora.

Ela franziu os lábios.

— Você tem dezessete anos. Não precisa estar suada para sua pele brilhar. E oleosidade não é "brilho".

Humpf. Deixei que ela continuasse secando minha pele oleosa.

Os dançarinos de apoio entraram no camarim, um grupo de homens e mulheres em roupas pretas neutras e sexy. Pulei da cadeira — o que arrancou um irritado *tsc-tsc* de Lonni — e me curvei em reverência.

— *Sugohaess-eoyo!* — eu disse. — Muito obrigada.

Fazia questão de agradecer aos dançarinos tanto em coreano quanto em inglês, porque eles vinham de todas as partes.

Todos tinham sofrido comigo durante cada ensaio, durante cada parada da turnê, sem receber nenhum reconhecimento. Minha gratidão era sincera, mas também esperada. Estrelas do K-pop tinham que ser sempre meigas.

Eles se curvaram em agradecimento, suados e exaustos.

— Você arrasou, Lucky — disse um dos dançarinos, Jin, com uma piscadela. — Quase conseguiu me acompanhar.

Fiquei vermelha. Jin era fofo. Mas estava fora de cogitação, como quase todos os garotos da minha vida.

— Vou acertar aquela voltinha um dia — eu disse, com uma risadinha nervosa. Os dançarinos saíram juntos, para voltar ao hotel. Fiquei olhando para eles com inveja. Será que se reuniriam no quarto de alguém e comeriam um lámen juntos?

Tanto fazia. Eu não estava suportando meus pés. Sentei de novo na cadeira.

Sinto uma batidinha nas costas.

— Ei. Você também. *Sugohaess-eo* — disse a assistente de produção, Ji-Yeon. Ela sempre me dizia que eu tinha me saído bem, como uma irmã mais velha orgulhosa, ainda que severa. Ela me lembrava um coelhinho, com o rosto bochechudo escondido por uma franja moderninha e óculos gigantescos. Mas Ji-Yeon era um verdadeiro trator, e fazia as coisas acontecerem.

Ji-Yeon deu uma olhada em seu celular onipresente.

— Agora teremos um meet and greet por mais ou menos uma hora com os fãs que pagaram pra te conhecer. Bebe bastante água.

— Quê? — Eu tinha parado de fazer aquele tipo de coisa alguns anos antes. Pacotes especiais para fãs eram coisa de iniciante. Quando sua carreira estava em um patamar alto, ficava difícil de administrar aquilo.

— Pois é. Como foi o último show, achamos que seria bom ter uma boa sessão de fotos. — Ela me entregou uma garrafa de água.

— Então vou ter que ficar aqui por mais uma hora? — Tentei não choramingar ao falar.

— Vai ser rápido. Só chegar e sair. Você não quer fazer? — Ji-Yeon perguntou, olhando por cima dos óculos.

Não seja preguiçosa. Balancei a cabeça.

— Não, tudo bem.

— Ótimo. Agora vamos trocar essa roupa para os fãs te verem usando algo mais confortável — Ji-Yeon disse franzindo o nariz de leve, o que fez seus óculos subirem e descerem ligeiramente no rosto branco. — Menos as botas, claro. Elas têm que ficar.

Claro.

Minutos depois, eu estava sentada atrás de uma mesa autografando CDs, pôsteres e o que quer que os fãs tivessem trazido. Ainda que pouco antes só quisesse ir para a cama, a animação deles me enchia de uma energia familiar. Interações com o público andavam tão raras ultimamente.

— Posso tirar uma selfie?

Eu estava prestes a dizer "sim" para a garota com cabelo curtinho e aparelho nos dentes quando meu guarda-costas, Ren Chang, se colocou à minha frente e balançou a cabeça em negativa.

Lancei um olhar de desculpas a ela antes que o próximo fã se aproximasse com um pôster.

No começo, eu queria conversar e dar um abraço em todo mundo que esperava na fila para me ver. Quanto mais minha base de fãs crescia, mais nebulosos e sem rosto eles ficavam. Eu tinha que lutar contra o instinto de dar respostas prontas e engessadas.

— Obrigada por ter vindo — disse com um sorriso para um homem mais velho enquanto autografava seu pôster com uma caneta preta.

Ele assentiu, sem fazer contato visual comigo. Mas sua mão tocou a minha quando devolvi o pôster, e ele se aproximou. Eu podia sentir o cheiro do que havia comido, o calor de seu corpo. Sem perder um segundo, Ren o empurrou com uma mão firme. De novo, lancei um olhar de desculpas, ainda que todo o meu corpo tivesse se contraído. No geral, não tinha nenhum problema com meus fãs homens, mas havia um grupinho suado e ávido demais que se aproximava com uma ansiedade meio assustadora. Mesmo naqueles momentos, eu precisava ser simpática. Mostrar que era grata pelo que tinha.

Em determinado momento, a fila acabou. Eu levantei, acenei e me curvei para os fãs que gritavam e aplaudiam. Eles foram à loucura quando fiz o sinal da paz e fui levada para a porta dos fundos.

No segundo em que pisei do lado de fora, paparazzi e fãs surgiram. Flashes, vozes gritando meu nome, uma multidão de gente.

Ren e mais alguns guarda-costas me cercaram como uma membrana protetora. Quando alguém os empurrava, a força fazia com que o círculo de seguranças ondulasse em seu caminho do beco estreito até a van.

— *Eu te amo, Lucky!* — uma garota gritou. Meu instinto dizia para olhar para ela e dizer "Obrigada!". Mas fazer aquilo seria abrir as comportas. E eu tinha aprendido a lição havia muito tempo.

Então só olhei para baixo, acompanhando os passos de Ren à minha frente. Manter os olhos em seu andar firme desacelerava meu coração, me dava foco. Eu gostava de ter algo em que pudesse focar. De outro modo, entraria em uma espiral de puro pânico diante da possibilidade de ser esmagada, cercada por um milhão de pessoas querendo um pedaço de mim.

Os guarda-costas diminuíram o ritmo, e arrisquei dar uma olhada. O carro estava perto, mas a multidão o bloqueava. A polícia havia chegado. A energia alimentava a si mesma, naquele estágio da obsessão em que ninguém está no controle. Em que homens adultos com braços enormes enfrentavam meninas adolescentes de expressão atordoada, observando impotentes enquanto elas os escalavam como se fossem árvores, ferozes e famintas.

Meu coração acelerou, minhas mãos ficaram suadas e uma onda de náusea me atingiu.

— Fica perto de mim — Ren disse em voz baixa, esticando um braço grosso até meu corpo.

— E eu tenho escolha? — disse, com a voz rouca por causa do show. Estava um pouco irritada com Ren, mesmo sem ter motivo.

— Senão podem te esmagar — ele insistiu, de forma branda. Ren tinha a idade do meu pai, mas um físico fenomenal. E nenhum senso de humor.

Então me mantive perto dele — e, em segundos, um ar fresco invadiu o círculo, chegando até mim através da muralha de corpos.

Meu coração voltou ao ritmo normal. Levantei o rosto para o panorama iluminado de Hong Kong. Ele piscou por um segundo antes que eu fosse colocada a salvo na van.

A primeira coisa que fiz, então, foi tirar as botas.

2
jack

Fiquei vendo o presidente do Hong Kong Construction Bank falar pausadamente sobre o resultado do trimestre ou algo tão chato quanto até que meus olhos começaram a lacrimejar e doer. Globos oculares não haviam sido feitos para se fixar em uma única coisa por tanto tempo. Conferi o celular. Minha nossa. Já fazia meia hora? *Meia hora!* Por quanto tempo uma pessoa era capaz de ficar falando sobre coisas relacionadas a bancos?

— Pai — sussurrei, dando uma leve cotovelada nele.

Meu pai manteve os olhos escuros fixos no cara que falava no palco e não respondeu. Seu queixo quadrado continuava firme, seu cabelo meticulosamente penteado combinava com o colarinho engomado da camisa branca. Ele estava sentado bem ereto na cadeira desconfortável do salão do hotel, forrada com cetim creme.

Eu o cutuquei até que finalmente me olhasse, exasperado e franzindo a testa.

— Quê? — ele sussurrou.

— Quando isso vai… melhorar? — perguntei, sussurrando também.

—Você achou mesmo que um jantar de aniversário de um banco ia ser divertido? — ele perguntou, quase rindo.

Bem apontado. Olhei em volta do salão cheio de gente do mercado financeiro, comendo vieiras em roupas finas. Devia ser a noite de sexta-feira mais deprimente da minha vida.

— Achei que pelo menos a comida ia ser boa — resmunguei.

— Ei, é de graça. — Ele virou para mim, apertando os olhos sob as sobrancelhas retas e esparsas. — Você tem que ficar.

Dei um suspiro e recostei na cadeira, sorrindo sem graça para as outras pessoas à mesa, que já estavam olhando.

— Eu tinha uma ideia bastante diferente de ano sabático, sabe? Envolvia mais mochilão e menos salões de festa.

— Jura? — Sua boca se contorceu enquanto ele reprimia um sorriso.

Quando anunciei que queria tirar um ano de folga antes de ir para a faculdade, meus pais concordaram — mas só se eu estagiasse no banco do meu pai no outono, depois que me formasse no ensino médio. Agora era outubro, e o trabalho de meio período estava me matando de tédio.

O homem no palco finalmente encerrou o discurso, e todos aplaudiram com educação. Graças a Deus. As pessoas correram para a mesa das sobremesas. Eu mesmo estava prestes a levantar para pegar um pedaço de bolo quando meu pai me impediu.

— Jack, quero que fale com algumas pessoas — ele disse, acenando para que um casal se aproximasse. Gemi por dentro. Ele me lançou um olhar ameaçador. — Você tem que levar esse estágio a sério. A ideia é conhecer gente. Algumas dessas pessoas têm ótimos contatos nas melhores universidades dos Estados Unidos.

Ótimo. Coloquei o sorriso mais simpático que pude no rosto. Era um bom sorriso.

Uma mulher asiática alta usando batom vermelho estendeu a mão para mim.

— Jack! Estamos tão felizes que tenha vindo hoje. Isso mostra iniciativa.

— Obrigado, Caroline — eu disse. Seus olhos se iluminaram com a agradável surpresa. Eu era bom em gravar nomes. — Mas, sendo sincero, só vim pelo bolo.

Ela jogou a cabeça para trás e riu, assim como seu acompanhante — um indiano corpulento usando um terno caro. Nikhil, se não me falhava a memória.

— Não deixe de provar o tiramisu — ele disse, com um sotaque britânico refinado. — Está gostando de seu ano sabático, Jack? Tenho boas lembranças de quando fiz um mochilão pela Europa.

Lancei um olhar deliberado para meu pai. *Viu? Mochilão! É o que as pessoas fazem em anos sabáticos!*

Mas só disse:

— Ah, tem sido ótimo. Acho que há bastante coisa para aprender fora da faculdade, e tenho o privilégio de poder fazer isso. — Era uma indireta para meu pai, e eu tinha certeza que ele entenderia.

Nikhil estalou um dedo.

— Ah! Tenho uma pergunta sobre câmeras, Jack!

Me sobressaltei.

— Tem?

— Sim, já vi você no escritório com aquela sua máquina toda moderna — ele disse. — Você gosta dessas coisas, não é? Queria que me indicasse uma.

Meu pai se mexeu ao meu lado, e a tensão tomou conta de mim.

— Claro. Que tipo de coisa está procurando?

Nikhil começou a descrever o que queria, enquanto eu tentava manter a expressão neutra. Eu sabia uma ou outra coisa sobre câmeras. Era louco por fotografia fazia anos, desde que tinha ganhado minha primeira câmera de presente de Natal dos meus pais — uma Canon Rebel que eu levava para todo canto. Para eles, não passava de um hobby. Tinham deixado aquilo muito claro quando comecei a pesquisar diferentes cursos de artes. Eles reagiram com extremo ceticismo, querendo que eu escolhesse cursos ligados a administração ou engenharia.

Fora aquilo que matara meu entusiasmo pela faculdade. E o motivo pelo qual pedi para tirar um ano sabático. A ideia de estudar administração ou qualquer outra coisa em vez de fotografia me deixava em pânico.

Mas a coisa mais importante que eu havia omitido dos meus pais era: eu nem tinha certeza de que queria fazer faculdade. Era algo que me parecia muito distante. Tão distante que eu nem sabia se em algum momento viria a ser parte da minha vida. Eu sabia aonde aquilo levava. A um salão, tiramisu e um terno caro demais.

Olhei para meu pai em seu terno caro demais. Aquela também não era a vida que ele escolhera. Ele havia estudado escrita criativa na faculdade. Tinha até um mestrado em belas-artes. Mas as circunstâncias da vida o tornaram o que é hoje.

Indiquei algumas câmeras para o Nikhil, então a conversa passou a finanças, e aproveitei para fugir para as sobremesas. Nada parecia apetitoso. O colarinho da minha camisa me sufocava, o barulho no salão era ensurdecedor. A cada momento ali, um medo existencial crescia dentro de mim. Eu sentia o tempo passar, sentia minhas células envelhecerem. Inspirei fundo, já sentindo a mente zumbir enquanto pensava em como conseguiria me livrar daquilo. Talvez uma doença? Meu pai tinha horror a germes, então talvez funcionasse.

Voltei para nossa mesa e sentei ao lado dele, tossindo tanto que seu corpo até se retraiu.

— Não estou me sentindo bem — resmunguei, dramático.

— É porque você está sempre passando frio — meu pai me repreendeu. — Por acaso tem aquecimento naquele seu casebre?

Meus pais odiavam meu apartamento em Sheung Wan. Assim que me formei, mudei de casa mesmo sem ter quase nenhum dinheiro, o que meu novo lar deixava claro. Embora o bairro fosse legal e bem caro, eu tinha escolhido um apartamento em um daqueles prédios antigos sem elevador. Eram bem pequenininhos, e geralmente ficavam acima de estabelecimentos comerciais que vendiam coisas como peixe seco e ervas medicinais. Mesmo assim, eu ainda não conseguia bancar todas as despesas sozinho, então precisava de alguém para dividir o apartamento — de um quarto — comigo. Era estressante viver quase sem dinheiro depois de ter pagado o aluguel. Meus pais se recusavam a ajudar, e eu preferiria morrer de fome a pedir tal coisa. Mas já não sabia se ia aguentar muito mais tempo, enquanto tentava de tudo para evitar a experiência universitária que meus pais visualizavam para mim.

— A gente tem aquecimento, sim — menti, sem dificuldade. — Minha garganta está começando a doer também.

Meu pai me lançou um olhar penetrante.

— Está se fazendo de doente para poder ir embora?

Funguei de um modo muito realístico.

— Por que faria isso? Você sabe que eu estava animado. É meu primeiro… lance de banco. Evento.

Ainda que seu rosto parecesse cético, eu senti a fobia a germes superando seu radar para mentiras.

— Tudo bem, já está terminando mesmo. Vai pra casa descansar um pouco. Precisa que a mamãe te mande comida?

A vitória mais fácil da história.

— Não precisa. Posso pegar *congee* na esquina de casa.

Ele resmungou alguma coisa sobre mingau coreano ser melhor do que *congee* antes que eu escapasse do salão para o saguão do hotel chique.

Minha família não era de Hong Kong. Meus pais eram coreanos e tinham emigrado para os Estados Unidos quando eram pequenos. Eu havia nascido e crescido em Los Angeles. Havia um ano, meu pai tinha recebido uma oferta tentadora no banco, que não podia recusar. Hong Kong era a capital financeira e bancária da Ásia.

Sempre era uma questão de dinheiro. Meu pai tinha deixado de lado seus sonhos de escrever o grande romance americano quando a família da minha mãe o pressionara a conseguir um "emprego de verdade". O que o tinha levado ao banco. Então eles haviam tido filhos. O que o consolidara no mundo dos bancos e acabara nos levando até ali.

Dois porteiros abriram as portas duplas para mim. Assenti em agradecimento ao sair. Dei uma olhada da rua para o hotel, uma torre elegante de vidro, estonteante, cercada por outros arranha-céus. Muitos deles tinham detalhes iluminados em cor-de-rosa ou verde. Uma leve névoa se instalara sobre a água, dando a tudo uma sensação de sonho, futurista. Esfreguei os braços para me aquecer. Fazia mais frio do que seria de esperar pela época. O calor do verão geralmente durava até o inverno em Hong Kong.

Muito embora a saudade de casa quase tivesse me matado a princípio, eu havia começado a gostar de lá. Às vezes um lugar novo parece estranhamente familiar, como se você já o tivesse visto ou passado por ele em um sonho.

Não querendo romantizar Hong Kong nem nada do tipo.

Caminhei ao longo da entrada curva para carros. Veículos luxuosos estavam alinhados à porta, e por pouco escapei de ser atingido por um — um Escalade preto que parou cantando os pneus. Os manobristas correram para abrir a porta de trás, de onde saiu um ruivo de óculos escuros.

Eu o reconheci pelo cabelo. Era Teddy Slade, ator norte-americano de filmes de ação. Nossa! Ele estava hospedado naquele hotel? Uma sensação sobrenatural de que não ia fazer boa coisa me levou a segui-lo de volta ao salão. O cara foi direto para o elevador. Alguém já segurava a porta para ele.

Uma mulher de óculos escuros usando um casaco preto entrou no mesmo elevador logo depois.

Ela tinha o perfil distinto da Celeste Jiang, estrela de Hong Kong. Eu não conseguia acreditar. Mandei uma mensagem imediatamente para Trevor Nakamura: **Acabei de ver o Teddy Slade no hotel Skyloft. Com a Celeste Jiang.**

Trevor era editor do *Rumours*, o maior e mais baixo tabloide on-line de Hong Kong.

E eu trabalhava para ele.

Recebi imediatamente uma resposta: **Todo mundo tá querendo flagrar esse caso. Consegue uma foto?**

Fazia quatro meses que eu trabalhava com Trevor em paralelo, tirando fotos sempre que possível. Sem que meus pais fizessem ideia daquilo, claro.

Escrevi de volta: **Pode deixar.** Então fiquei olhando os números se sucedendo no elevador, que só parou na cobertura.

Peguei vocês.

Fui atendido com toda a simpatia na recepção. Hotéis chiques tratam todo mundo bem, porque nunca se sabe com *quem* se está falando. Até onde eles sabiam, eu poderia ser filho do Jackie Chan.

— Boa noite, senhor. Como posso ajudar?

Uma jovem baixinha me cumprimentou em um inglês com um leve sotaque. Eu a avaliei. Sabia que naquele tipo de lugar não deixavam as pessoas subirem para os andares dos quartos a menos que estivessem hospedadas ali. Era por isso que celebridades iam para lá. Estávamos em um pequeno hotel-butique, cujos funcionários provavelmente eram capazes de reconhecer a maior parte dos hóspedes. Era tudo uma questão de discrição.

Abri um sorriso rápido para ela e olhei para o nome na plaquinha no uniforme.

— Oi, Jessica. Vim encontrar um amigo que está hospedado

aqui. Onde posso ficar esperando por ele? — Meus olhos se demoraram nos dela um segundo a mais.

A recepcionista ficou vermelha e sorriu de volta.

— Acho que o melhor lugar é no saguão, perto do elevador. Assim seu amigo vai te ver assim que chegar.

— Obrigado, Jessica. — Toquei em seu braço gentilmente antes de passar ao saguão. Ciente de que ela ainda me observava, sentei em uma das poltronas de veludo azul-claro e peguei o celular, como se fosse mandar uma mensagem para o tal amigo. Na verdade, aproveitei para pesquisar sobre o hotel. Havia mais de um quarto na cobertura?

Sim. Havia dois. Fácil.

Esperei alguns segundos antes de voltar a olhar para Jessica, que estava ocupada com outro cliente. Dei uma olhada rápida pelo saguão — à meia-luz e cheio de móveis elegantes. E flores. Muitos arranjos de flores.

Ouvi o barulho do elevador e olhei para lá. Um casal branco falando alto com sotaque australiano saiu, e uma mulher asiática usando uma echarpe estampada entrou. Levantei, peguei um arranjo grande de uma mesa de centro e entrei no elevador junto com ela, indo direto para o canto.

O vaso era maior do que parecia na mesa, e quase esmagou a mulher no elevador. Eu nem conseguia vê-la. Eu a ouvi bufar ao desviar de mim para apertar o botão do seu andar. Por entre a folhagem, vi o número dezessete se iluminar depois que ela passou o cartão no sensor.

Certo. Era preciso uma liberação para escolher o andar.

— Droga. Não consigo pegar o cartão com essa monstruosidade que preciso entregar — eu disse, com um sotaque britânico igual ao que os jovens de Hong Kong que haviam estudado em internato costumavam ostentar. — Se importa de apertar o botão da cobertura para mim?

A mulher soltou um suspiro sofrido e demorado, então a ouvi passar o cartão para atender meu pedido.

— Muitíssimo obrigado — eu disse, atrás de antúrios gigantes e folhas riscadas de rosa. Ela não respondeu.

Ótimo, moça. Quem se importa se você deixou um assassino entrar?

A mulher saiu no andar dela, e eu soltei um suspiro angustiado.

— Boa noite! — disse enquanto ela ia embora. Não recebi resposta, então as portas se fecharam. — Já vai tarde.

O elevador seguiu direto para a cobertura.

Era hora de tirar aquela foto.

3
lucky

— Temos mesmo que ver isso agora? — Encarei meu produtor.

Joseph Yim não desviou os olhos dos meus.

— Você vai aparecer no *Later Tonight Show* daqui a três dias. Se tivermos algo a melhorar, precisamos saber, não acha?

Sua camisa azul-clara parecia impecável por dentro da calça azul-marinho. Com maçãs do rosto pronunciadas e olhos de aço, Joseph era uma figura imponente. Ele ainda não tinha trinta anos, e era um prodígio da cena K-pop. Muitos dos primeiros lugares das cem músicas mais tocadas eram do selo dele. Diziam que Joseph tinha um jeito misterioso de saber quem seria o próximo a estourar. *Jaeneung*. Um dom. E, naquele momento, seu grande sucesso era eu.

Se tudo corresse de acordo com o planejado, em alguns dias eu não apenas seria a rainha do K-pop, mas uma estrela internacional. A aparição no *Later Tonight Show* deveria me transformar em um nome conhecido nos Estados Unidos.

Estados Unidos. A fronteira final. Não havia muitos artistas de K-pop que tinham sido bem-sucedidos naquele país. O gênero sem dúvida ficava cada vez mais popular por lá, mas ainda estava para surgir uma estrela que disputasse espaço nas principais rádios com Beyoncé e Taylor Swift.

Naquele exato momento, eu era o talento número um de Joseph. Eu nunca o havia decepcionado, e ele me considerava seu amuleto da sorte. Não um pequeno exército de meninas que dançavam harmonias exuberantes em sincronia. Não um grupo de meninos lindos de cabelo escorrido que dançavam de maneira atlética enquanto cantavam rap.

Eu era a estrela. Lucky, que não tinha sobrenome. Lucky, cuja voz angelical tinha feito os olhos de Joseph se encherem de lágrimas no teste. Lucky, com seu rostinho "natural" e seus olhos grandes que promoviam milhares de produtos de beleza. Lucky, que tinha sido abençoada com uma altura que a destacava entre as outras garotas do grupo. Lucky, com seus passos de dança sempre precisos e femininos. Lucky, com seu inglês impecável.

Eu estava pronta para o sucesso, e o selo depositava em mim todos os seus sonhos e esperanças de popularidade nos Estados Unidos.

Sem nenhuma pressão.

Algumas horas depois do show, Joseph e Ji-Yeon ainda estavam no meu quarto no hotel, o que era irritante, com um laptop apoiado na mesinha de centro de mármore entre nós. Joseph queria assistir à minha apresentação daquele dia, e ele e Ji-Yeon me olhavam, à espera.

Eu poderia ir para a cama. Já tinha avançado o bastante na minha carreira e tinha muito mais liberdade do que no passado. Mas seus olhares em expectativa aumentavam ainda mais a pressão sobre mim.

— Claro, vamos nessa — eu disse, com um sorrisinho rígido.

Com uma batida rápida na barra de espaço, Ji-Yeon iniciou o vídeo.

Da minha posição reclinada no sofá felpudo, assisti a mim mesma pular, virar e girar no palco. Minhas mãos precisas faziam movimentos ondulantes ao redor do rosto enquanto cantava. Minha voz baixa ao sair pelos alto-falantes de pouca qualidade do laptop.

Vimos o show inteiro, do começo ao fim. Eu mal consegui prestar atenção, e ficava piscando para me manter acordada. Em determinado ponto, minha imagem na tela se transformou em um hambúrguer dançando. Hum... Hambúrguer.

Pelo menos minha apresentação tinha sido perfeita. Uma pequena chuva de confetes caiu sobre minha cabeça. Fraca e sem nenhuma alegria. Minha incapacidade de me animar fez com que me sentisse culpada, e me endireitei no sofá.

O vídeo acabou, e Joseph bateu palmas.

— Boa garota — ele disse, com uma risada baixa. — É por isso que você vai se dar bem. É confiável.

Confiável! Isso era música para os ouvidos de uma artista. Levei a mão à boca e fingi tossir para disfarçar os risos que subiam pela minha garganta.

Joseph ergueu a cabeça.

— Tive uma ideia.

Ai, Deus, não outra ideia.

— Vamos assistir à sua primeira apresentação de "Heartbeat" e comparar com a de hoje. — Ele sorriu para mim. — Podemos passar uma ao lado da outra. Para ver o quanto você melhorou.

— Era exatamente *isso* que eu queria para uma sexta à noite! — declarei. Embora Joseph e Ji-Yeon fossem fluentes em inglês, não captaram muito bem meu sarcasmo refinado.

Ji-Yeon se ajoelhou e posicionou o tablet ao lado do laptop, então fez uma busca no YouTube e encontrou a apresentação que eles queriam.

O vídeo era de dois anos atrás. Meu cabelo estava castanho-claro, curto e ondulado. O corte tinha sido copiado por milhares de adolescentes depois que a apresentação fora transmitida. Três notas de baixo sinalizavam o começo da música, então a câmera se movia das ondas brilhantes do meu cabelo para meus quadris balançando e descia, descia, descia pelas minhas pernas. Naquela época, eu usava botas pretas sem salto que só iam até o tornozelo. Gostava delas.

Conforme a apresentação progredia, notei que eu me inclinava mais para a frente no sofá, até ficar literalmente na beira do assento. Não podia deixar de notar meu sorriso largo, a animação nos meus passos. O brilho nos olhos. Na apresentação mais recente, que passava ao lado, meus olhos estavam vazios. Como duas piscinas escuras de nada. Fiquei observando com atenção a Lucky de dois anos antes.

Quando tinha treze anos, depois de ter feito um teste no estúdio satélite em Los Angeles do meu atual selo de K-pop, eu me mudei para Seul. Fiquei sozinha, a quase dez mil quilômetros de distância da minha família, e tive que entrar em um treinamento intensivo. Meus produtores esperaram alguns anos para me submeter a uma cirurgia plástica — de modo que eu tivesse uma *ssangkkeopul* de aparência natural, a prega na pálpebra que tinha se tornado tão comum na Coreia do Sul que estranhariam se uma estrela pop não a tivesse. Então veio uma discreta modelagem do nariz. O que as pessoas chamam de "combo K-pop".

Passei dois anos em um grupo de meninas, o Hard Candy, até ficar bem famosa. Então meus produtores me tiraram do grupo para investir em uma carreira solo. Em um piscar de olhos, quebrei todos os recordes, lotei todos os shows, ganhei todos os prêmios possíveis. E uma das chaves do meu sucesso era não me envolver em nenhum escândalo. Não havia nenhuma foto minha bebendo. Ou com um namorado. Ou me comportando mal.

Eu sempre parecia humilde, graciosa, contida.

Perfeita.

E aquilo fazia com que a mídia me amasse. Eu era tratada como uma princesa e altamente protegida por meus fãs. As reportagens sobre mim sempre focavam nas minhas boas ações e no meu sucesso. Nessa ordem. Porque minha música não era particularmente diferente — na verdade, era a melhor versão do que nunca saía de moda: músicas animadas e dançantes que grudavam na cabeça ou baladas doces e comoventes.

—Viu só? — Joseph perguntou, apontando para a antiga Lucky. —Você errou o passo bem ali. Hoje não faz mais isso. Ter evoluído tanto deveria te deixar feliz.

Eu não estava feliz. Estava perturbada. Me lembrava da velha Lucky. Da alegria que sentia ao me apresentar. De como ficava animada antes de cada show, cada sessão de fotos, cada lançamento de *single*. Na época, eu *de fato* me sentia uma verdadeira artista, pela pura alegria de amar o que fazia. Por poder fazer aquilo.

Eu achava que ainda sentia certa alegria quando estava no palco. Mas observando a antiga Lucky ao lado da atual, o contraste era notável. Meu Deus.

Eu nem me comparava à antiga Lucky.

4
jack

Equilibrando o arranjo de flores do tamanho de um são-bernardo em um braço, peguei o celular enquanto avançava pelo corredor, o som dos meus passos completamente engolido pelo carpete fofo.

Fiz uma rápida pesquisa sobre Teddy Slade. O filme que ele estava gravando em Hong Kong se chamava *Noite sem fim*. Desviei de um guarda-louça refinado no corredor enquanto passava pela lista de atores e membros da equipe. Escolhi um nome.

Havia dois quartos naquele andar. Minhas chances eram de cinquenta por cento. Se não fosse um, tentaria o outro. Fiquei de pé diante da primeira porta e inspirei fundo. Coloquei as flores no chão e tirei o paletó, então fiz uma bola com ele e o joguei longe no corredor. Enfiei o celular no arranjo, de modo que as folhas e flores coloridas o escondessem.

Minha camisa branca estava toda amassada e enrugada, mas eu a enfiei dentro da calça preta e torci para que o arranjo de flores mutante me escondesse. Não podia fazer nada quanto aos tênis pretos.

Ergui o vaso de novo e, com um gemido, bati na porta — três vezes, de forma forte e segura. O sangue correu para minha cabeça, e senti a adrenalina que me era familiar.

Quatro meses antes, eu havia entrado de penetra numa festa VIP para impressionar uma garota em quem estava interessado, Courtney. Estávamos em um restaurante e vimos algumas celebridades sendo levadas escada acima.

— Ai, meu Deus, acho que eu morreria pra ir lá em cima — ela tinha dito, sem fôlego, agarrando meu braço. O homem das cavernas dentro de mim se revelou, e aceitei o desafio.

Jogando alguns nomes inventados na hora e agindo como um babaca, consegui que nos deixassem subir. E depois consegui que Courtney chegasse perto o bastante de um de seus atores favoritos para que eu pudesse tirar algumas fotos.

Em meio a uma delas, uma mão me segurou. Quando me virei, nervoso, um asiático com cabelo comprido e cara de espertinho me olhava.

— Como conseguiu entrar aqui, garoto? — Eu pretendia mentir e cair fora, mas hesitei quando ele sorriu para mim e disse: — Sei que é um penetra.

Algo naquele sorriso me fez relaxar.

— Ah, é?

Ele assentiu.

— E se eu te pagasse pelas fotos?

Então passei a pegar alguns trabalhos freelancer com Trevor. Eles ficavam cada vez mais frequentes, conforme eu ganhava sua confiança. Não era o emprego dos sonhos nem nada do tipo, mas eu sabia que, quanto mais fizesse aquilo, mais dinheiro teria. E, de modo indireto, minhas habilidades fotográficas eram usadas. Era preciso enquadrar aquelas fotos de famosos entrando no carro direitinho e tudo o mais.

Alguns segundos depois que eu tinha batido na porta do quarto de hotel, ouvi uma movimentação do outro lado.

— O que é? — perguntou uma voz de homem, rude.

— Flores de Matthew Diaz.

Ele era o produtor executivo de *Noite sem fim*, de acordo com a internet. Eu tinha falado com o sotaque de algum lugar indefinido da Ásia que personagens estereotipados de filmes racistas usavam desde sempre. Quanto menos nos comunicássemos, melhor.

Ouvi uma conversa baixa. Meus braços já estavam cansados de segurar aquela monstruosidade de arranjo. *Por favor, Teddy, caia nessa.*

A porta se abriu e lá estava Teddy Slade, em toda a glória de quem tinha um caso. Cabelo ruivo despenteado com o peito peludo visível atrás do roupão mal amarrado. Ele era mais baixo do que eu, mas tinha o físico de um homem que com frequência aparecia na tela intimidando criminosos.

— Flores do Matt? — ele perguntou, com uma mão na maçaneta, impedindo minha visão do quarto. Dava para ouvir música. Um saxofone. Sério?

Eu torcia para conseguir tirar uma foto rápida de algum tipo de evidência física — sapatos femininos que eu poderia relacionar depois com uma foto de um evento mais cedo na mesma noite, ou qualquer coisa do tipo. Mas primeiro precisava entrar.

— Sim, senhor. Eu coloco em lugar seguro — disse, já passando pela porta. Meu sotaque era ofensivo aos meus próprios ouvidos, mas eu sabia que Teddy não pensaria duas vezes a respeito. A maior parte dos ocidentais que visitava Hong Kong falava devagar e alto comigo, assumindo que eu mal entenderia inglês. O preconceito fazia com que baixassem a guarda, me subestimando.

— Não, não, pode deixar que eu pego — Teddy disse, esticando o braço para as flores.

Fugi dele.

— Não, senhor. É pesado e delicado. Flor rara de floresta tropical antiga. Pode estragar.

Eu adorei dizer aquele "antigo" de maneira reverente, com meu sotaque asiático falso.

Segui em frente, quase derrubando Teddy com as folhas. Eu não sabia aonde estava indo enquanto tentava encontrar um lugar para o arranjo. Como esperado, a cobertura era enorme, com janelas por toda uma parede revelando um panorama estonteante da cidade. Quando me virei para colocar as flores em uma mesinha de canto, quase tropecei ao notar Celeste Jiang sentada em um sofá próximo. Vestindo uma camiseta grande demais para ela e bebendo um copo de água. Glamorosa, composta e incrivelmente linda.

Minha nossa. Aquilo era melhor do que eu poderia imaginar. Enfiei a mão no arranjo e tateei à procura do celular. Precisava encontrá-lo em cinco segundos, ou aquilo ficaria esquisito.

Teddy foi até mim. Quando levantei os olhos, vi meu próprio reflexo em um espelho enorme. Teddy Slade também estava refletido ali, entre as flores e Celeste Jiang sentada no sofá.

Encontrei o celular e tirei uma série de fotos.

— Tá, agora pode ir — Teddy declarou, bastante irritado. Olhei para Celeste antes de partir, notando sua expressão confusa.

Ela me pegou guardando o celular no bolso. Suas pálpebras pesadas se voltaram para minha mão, e um canto de sua boca se ergueu.

— Você pode arruinar muitas vidas com essa foto, sabia?

Sua expressão era neutra. As palavras tinham sido proferidas baixo e sem pressa.

Por um momento, congelei. Já tinham gritado comigo e me perseguido até a rua, mas era a primeira vez que alguém olhava em meus olhos e dizia algo tão… direto. Ela estava me pedindo para não publicar?

Então Teddy estava ali, e eu saí correndo.

— Boa noite, senhores!

A porta se fechou com força atrás de mim. Eu sentia minha pulsação nos ouvidos ao pegar o paletó do chão e correr para o elevador.

Vocês arruinaram sua própria vida, Celeste.

5
lucky

— Direto pra cama essa noite. Você só tem um dia para ensaiar antes do nosso voo para Los Angeles — Ji-Yeon disse enquanto arrumava o quarto de hotel. Joseph já havia ido embora, e eu vestia o pijama.

— Eu sei, eu sei — disse, colocando a calça.

— *Tsc-tsc* — ela fez. — Não reclama.

— Tá, mas posso comer alguma coisa pelo menos? — Meu estômago roncou com as palavras. Eu tinha passado o dia à base de água de coco e barrinhas de cereais, por causa da agenda lotada da turnê.

Ji-Yeon se apoiou na parede e apertou os olhos enquanto pensava a respeito por um segundo. Considerando se eu podia ou não *comer*. Finalmente, ela assentiu.

— Tudo bem, acho que vi sucos e saladas no cardápio.

Nem consegui responder, porque um desenho de hambúrguer fazia uma dança sensual na frente do rosto dela. Eu mataria alguém por um fast-food. Às vezes a saudade de Los Angeles me atingia com tudo. Eu a empurrei bem para o fundo da minha caixa torácica, como sempre fazia. Se deixasse que me vencesse, não conseguiria continuar fazendo aquilo. Saudade de casa, como muitas outras coisas, era um luxo a que eu não podia me dar. Teria que lidar com aquilo depois. Sempre depois.

Ji-Yeon pediu comida, então foi para o corredor avisar Ren que ia chegar serviço de quarto. Ele costumava passar a noite toda diante da minha porta. Havia mais seguranças no saguão e no carro, só para garantir.

Poderia parecer exagero, se não fosse por aquela vez em que um dos meus fãs *sasaeng* (que eram essencialmente stalkers) ficou me esperando atrás do meu carro.

A vista panorâmica de Hong Kong, colorida e dramática, enchia o quarto de hotel. As janelas que ocupavam toda uma parede faziam com que eu me sentisse flutuando no ar. Os prédios eram enormes, e ficavam tão próximos um do outro que pareciam pedaços de papel sobrepostos a meu alcance, iluminados por neon. Quando me aproximei das janelas para olhar, Ji-Yeon fechou as cortinas bruscamente. De maneira decisiva. E, embora eu estivesse tão cansada que pudesse dormir por uma centena de anos, a velha ansiedade da hora de ir para a cama tomou conta de mim.

Quando criança, eu odiava o pôr do sol e o ritual que viria a seguir — escovar os dentes, colocar o pijama, apagar as luzes. O medo me seguia conforme o dia se aproximava do fim.

— Prontinho. — Ji-Yeon colocou um pratinho na mesa de cabeceira. Havia dois comprimidos e um lorazepam ali. Os comprimidos para dormir eram padrão, todo mundo tomava. Mas o lorazepam… era segredo. Doença mental ainda era um tabu na Coreia do Sul, e se alguém descobrisse que eu tomava algo para ansiedade, bem…

PRINCESA DO K-POP SE AFUNDA EM REMÉDIOS

A imprensa coreana ia me comer viva. E o resto da Ásia viria a seguir. Então minha carreira entraria em colapso, como uma estrela que finalmente cedesse à gravidade.

Minhas unhas compridas com esmalte pêssego rasparam no pratinho quando peguei os compridos e os coloquei na palma da mão, para depois engolir com um pouco de água.

Depois de preparar meu jantar de folhas verdes levemente temperadas com azeite e salpicadas de amêndoas, Ji-Yeon foi para seu próprio quarto, que ficava dentro da minha suíte. Embora eu desejasse privacidade, também tinha dificuldade de dormir sozinha. Ter Ji-Yeon por perto era reconfortante, e essa era uma das poucas exigências de famosa que eu fazia.

Mas, naquela noite, temendo a aproximação da minha estreia norte-americana, eu precisava de um pouco mais de conforto que o normal.

Deixei a salada de lado e liguei para minha mãe pelo FaceTime. Era bem cedo nos Estados Unidos, mas minha família não ia se incomodar. Eles sempre arranjavam tempo para minhas ligações, já que eram tão poucas e espaçadas ao longo da turnê.

No terceiro toque, minha mãe atendeu — a imagem ficou escura e vaga por um momento, enquanto focava, seus olhos distantes do nariz e as mechas de cabelo ondulado emoldurando seu rosto suave. Ela apertou os olhos para a tela.

— O que aconteceu? — Era o cumprimento típico da minha mãe.

— Oi, *umma*. Não aconteceu nada. Só quis ligar. — Minha voz falhou. Fazia três semanas que não nos falávamos, mas eu não havia sentido a distância até aquele exato momento. Ver minha mãe e ouvir sua voz fez a confiança de estrela pop desaparecer imediatamente. Eu voltava ao meu estado normal.

O rosto do meu pai surgiu na tela, empurrando o da minha mãe. Seu cabelo grisalho estava despenteado, e ele colocou os óculos de armação preta.

— Ah! Por que ainda não foi dormir? — Meu pai sempre parecia um professor atrapalhado de uma escola de bruxos.

— Ainda são tipo dez horas aqui — eu disse, rindo ao ver meus pais disputando espaço na tela. — Acordei vocês?

Minha mãe tirou a importância daquilo com um gesto.

— Eu, não. Agora acordo mais cedo que seu pai.

— *Yah*, em que mundo? — ele perguntou, misturando coreano e inglês, como sempre fazia. — Só essa semana, porque...

— Ele está vendo *Game of Thrones* — minha mãe interrompeu. — Não sei como consegue ver aquilo antes de dormir. — Ela deu de ombros. — É horrível.

— Você está vendo *Game of Thrones*? — perguntei, com as sobrancelhas levantadas. — *Appa*, é tão violento. E você consegue acompanhar a história?

Minha mãe começou a rir. Meu pai ajeitou os óculos, agitado.

— Opa, opa. Então você acha que seu *appa* é um *babo*?

A palavra coreano para "tolo" sempre me fazia rir.

— Claro que não! — protestei. — É só que tem tantos personagens, e se passa naqueles mundos complicados de fantasia... — Parei de falar quando uma bola fofa e bege com olhos pretos obscureceu a tela de repente. Era Fern, a cachorra deles, uma lulu. Ela latiu alto, então foi o caos por alguns segundos, enquanto minha mãe tentava segurá-la diante do celular para que eu a visse. O focinho da cachorra tocou a câmera e eu ria quando ouvi alguém gritando ao fundo.

— Meu Deus! Por que tanto barulho assim tão cedo?

Ah, o som inconfundível de uma garota de quinze anos irritada.

— Sua irmã está ao telefone. Dá oi — meu pai disse, movendo o celular para que eu encarasse o rosto da minha irmã. Era como o meu, e ao mesmo tempo diferente. As bochechas eram mais cheias, a boca era mais larga, os olhos eram maiores.

— Oi, Vivian — eu disse.

— Oi — ela murmurou. — Odeio chamada de vídeo.

— O que você vai fazer hoje? — perguntei, já sabendo qual seria a resposta.

— Nada. — Ela evitou me encarar, mas percebi quando me lançou um olhar furtivo. — Você fez alguma coisa nas sobrancelhas?

Toquei minhas sobrancelhas naturalmente cheias.

— Não.

— Hum. Estão esquisitas.

Nada como uma irmã mais nova para colocar a pessoa em seu lugar.

Meus pais interromperam, falando sobre seus planos para o fim de semana. A normalidade daquilo tudo era tão agradável — uma conversa separada do meu trabalho, da minha agenda, dos meus fãs.

Quando bocejei, minha mãe franziu a testa.

— Ei, é melhor você ir dormir agora. Foi uma longa turnê, e precisa se preparar para o *Later Tonight Show*, não é?

Assenti.

— É. Segunda. Vocês vão assistir ao vivo, né? — Eles estariam esperando por mim nos bastidores quando a gravação terminasse.

— Claro! — meu pai disse. — Vamos garantir que você coma bem, pra ter energia de sobra.

A expressão preocupada que passou pelo rosto deles fez meus olhos lacrimejarem. Forcei um sorriso animado.

— Ah, comi *superbem* na turnê. Um monte de bolinhos, lámen, essas coisas.

Eles assentiram, felizes com o que tinham ouvido. Era mentira, claro. Uma das muitas que impedia meus pais de surtarem. Se eles soubessem quão pouco eu comia e dormia, eu não poderia continuar fazendo aquilo. Sabia o que minha família tinha sacrificado para me colocar onde eu estava. O mínimo que podia fazer era evitar que se preocupassem comigo.

Desligamos, mas a saudade ainda me oprimia. Ou seriam os comprimidos para dormir? Meus membros pareciam pesados, mas minha mente continuava acelerada. Fui até a cama sem lavar o rosto ou escovar os dentes, como um monstro. O edredom branco e fofo me engoliu. Os lençóis luxuosos deslizavam contra meu corpo, frescos em contraste com o pijama aconchegante e quentinho, que eu tinha acostumado a usar quando morava na Coreia.

Na primeira noite que eu havia passado no dormitório, quando estava em treinamento, fui para a cama só de regata e calcinha, e as outras garotas zombaram de mim até não poder mais. Mas era só uma calcinha. Ou, como eu chamava, *ppanseuh*, a palavra que meus pais usavam para roupa de baixo em geral. Outro deslize que deixava o fato de eu ser norte-americana ainda mais claro. Aparentemente, *ppanseuh* era uma palavra japonesa antiga que só os mais velhos usavam. Os jovens descolados falavam *paenti*. Como em inglês, *panties*. Aquela palavra me incomodava. E ninguém dormia só de *paenti*.

Minhas botas andavam me deixando maluca. Era como se não pudessem me deixar usar sapato sem salto, porque eu só tinha um metro e setenta e oito! UM METRO E SETENTA E OITO ERA MUITO!

Quando eu pensava em letras maiúsculas, era porque os comprimidos estavam fazendo efeito. Me revirei na cama, socando o travesseiro para afofá-lo um pouco mais. Mas, fosse por fome, irritação ou qualquer outra coisa, eu não conseguia dormir de jeito nenhum. Tinha que acordar cedo no dia seguinte para ensaiar. Não podia estragar tudo no *Later Tonight Show*, de jeito nenhum.

Hum. Hambúrguer.

Aquele era o problema. Eu estava morrendo de fome. Joguei as cobertas de lado e abri a mala. Fiquei com a parte de cima do pijama, mas troquei a calça por um jeans preto rasgado. Peguei meu boné favorito, um verde-oliva que não chamava nenhuma atenção. Minha peruca era cuidadosamente guardada por Ji-Yeon, de modo que eu estava com meu cabelo natural, o que era bom. Joguei um casaco bege por cima e procurei pelos tênis, mas não consegui encontrá-los em lugar nenhum.

— Anota aí — murmurei. — Tem alguém roubando seus sapatos. — Olhei para os chinelinhos brancos do hotel, perto da cama. Iam ter que servir.

Eu estava prestes a abrir a porta e cair fora quando me dei conta de quem estava do outro lado. *REN!* Fiz um gesto frustrado e senti o desânimo tomar conta de mim.

Então me endireitei, e meus cabelos chicotearam para trás devido ao movimento rápido. Eu podia fazer aquilo. Era inteligente. Todo mundo dizia aquilo, mesmo que fosse só porque meu selo alegava que eu tinha entrado em Harvard.

Sério, que piada.

Como se eu fosse ser capaz de me inscrever em Harvard enquanto me alimentava de batata-doce e aprendia a fazer uma pirueta no sentido anti-horário.

Certo. Pensa, Lucky. Pensa.

Depois de um segundo, bati na porta.

— Ren? — chamei, em uma vozinha patética.

— Está tudo bem? — A voz dele retumbava do outro lado.

— Sim, mas, hum… Ji-Yeon está dormindo e… Preciso de remédio. Pra cólica. — Dava para sentir a aversão dele através da porta pesada. — Desculpa — acrescentei, fofa.

— De que remédio você precisa? — ele perguntou, mal-humorado.

— Midol. Ou o equivalente chinês. Eles devem saber na recepção, é só dizer pra que é.

Eu o ouvi resmungando e esperei até que seus passos pesados se afastassem. Alguns segundos depois, abri uma fresta da porta para dar uma olhada no corredor. Eu estava na cobertura, onde teria mais privacidade, e não havia ninguém à vista.

Fechando a porta com cuidado atrás de mim, acelerei pelo corredor, passando de correr a me esgueirar, e depois a correr de novo. Qual seria a melhor maneira de fugir?

Os elevadores ficavam no fim do corredor. Um deles estava aberto, esperando por mim. Corri para dentro e já sentia que relaxava ao apertar o botão do primeiro andar quando alguém enfiou a mão entre as portas para abri-las. Droga. Fui para o canto e escondi o rosto.

— Obrigado — disse uma voz masculina. Dei uma olhada. Era um jovem asiático segurando um paletó. Fui mais para o canto, tão longe dele quanto possível. Mas o cara não estava prestando atenção em mim.

Ele sorria ao vestir o paletó amassado. Então tirou a camisa de dentro da calça e ajeitou o cabelo.

Não pude evitar olhar. Cara esquisito, mas bonitinho. Cabelo ótimo. Alto. Ombros largos e braços compridos. Com uma vibe muito estranha. Algum tipo de euforia maníaca. Me encolhi no canto quando ele começou a rir enquanto olhava para o celular. Então tá.

Tentei acalmar meu coração acelerado e rezei para que ninguém mais entrasse no elevador. Por sorte, ninguém entrou mesmo, e mal respirei até que parássemos no primeiro andar.

Quando saí, dei em um corredor acarpetado, não no saguão. Olhei de volta para o elevador, confusa.

— Se você está procurando a saída, é no térreo — o cara disse, sem tirar os olhos do celular.

Com todo o orgulho que consegui reunir, eu disse:

— Não, eu vou descer aqui mesmo.

Então me afastei, ainda que não soubesse onde estava. E usasse os chinelos do hotel.

Hotel. Eu sabia como hotéis funcionavam. Era só ir até a recepção e perguntar, discretamente, onde vendiam o melhor hambúrguer. Fui até a escada e desci um andar.

Vai ser fácil! Eu consigo! Eu caminhava no mesmo ritmo do meu discurso motivacional. *Isso não é nada. Lembra a semana em que você só dormiu oito horas ao todo e teve que ir pro hospital com desidratação durante a premiação da MTV asiática? Essa escapadela é brincadeira em comparação a isso.*

A impecável decoração do saguão era básica. Meus produtores sempre me colocavam em um hotel-butique discreto, porque eram esconderijos melhores que hotéis grandes e ostensivos.

Dois seguranças meus jogavam conversa fora perto do posto do manobrista. Eu me escondi atrás de um vaso de palmeira gigante perto da recepção.

— Oi — cumprimentei os funcionários, usando uma voz que esperava que fosse tranquila e muito normal. — Podem me dizer onde posso encontrar um hambúrguer gostoso e não muito distante daqui?

Um dos jovens atrás do balcão sorriu, serenamente.

— Claro, senhorita. Tem uma hamburgueria estilo norte-americano no shopping anexo ao hotel. — Ele estava com a cabeça virada na direção da porta, mas então a dirigiu a mim lentamente. Eu sabia que tinha me reconhecido.

Droga. Mesmo sem o cabelo cor-de-rosa algumas pessoas saberiam quem eu era. Abaixei o boné na cabeça.

— Muito obrigada! — falei por cima do ombro enquanto atravessava as portas de vidro que davam para o shopping.

Os shoppings de Hong Kong não eram brincadeira. Aquele era um labirinto gigante e sem fim, cheio de vidro e granito cinza-claro, com um zilhão de andares e lustres que pareciam esculturas brilhantes por toda parte.

Congelei ao me ver cercada de gente. Principalmente jovens. O que todo mundo estava fazendo no shopping àquela hora? Olhei em volta e notei alguns bares e outros lugares mais refinados abertos. Aquela cidade nunca dormia.

Eu não sabia se era o remédio para ansiedade agindo, mas o pânico que em geral tomava conta de mim em meio à multidão não veio.

Talvez fosse também porque eu ainda via hambúrgueres dançando na minha mente. Então segui em frente, mantendo a cabeça baixa e a gola do casaco levantada. Seria aquilo mais ou menos suspeito? Eu me sentia a própria Pantera Cor-de-Rosa.

Encontrei um mapa do shopping e fui dar uma olhada. Mas como funcionava? Era tudo digital. Toquei a tela algumas vezes, mas o esforço mental que exigia ia fundir meu cérebro.

Muito bem, Lucky. Siga seu nariz. Era um ótimo plano. Eu tinha um olfato muito apurado.

O shopping era gigante. Passei por loja chique depois de loja chique. E restaurantes caros, mas nenhum que parecesse ter um hambúrguer bem grande e gorduroso. Alguns minutos depois, me vi diante de uma escada rolante que levava para a estação de metrô. Me guiar no shopping de Hong Kong enquanto lutava contra o sono e o remédio para a ansiedade não era fácil. Eu me sentia meio tonta, e tudo em meu campo de visão começava a se misturar em um grande borrão de luzes suaves.

Enquanto tentava me orientar naquele estado, não notei o grupo enorme de pessoas saindo da estação e fui levada por ele.

Preocupada em não ser reconhecida, acompanhei a multidão até sentir uma onda de ar fresco.

Quando ela se dispersou, percebi que estava nas ruas de Hong Kong. Sozinha.

6
jack

Sabe aquela cena de Harry Potter em que ele anda num ônibus de dois andares em Londres?

Os ônibus de Hong Kong não eram muito diferentes.

Sentado no andar de cima de um deles (uma das muitas marcas culturais que restaram do domínio britânico), eu podia ver as ruas do centro se estreitando — cheias de gente, já que era sexta à noite.

O território de Hong Kong é bastante grande, e inclui a ilha de Hong Kong, Kowloon, os Novos Territórios e uma série de ilhas menores. Em relação à ilha principal, Kowloon ficava do outro lado de Victoria Harbour, na mesma faixa continental da China. Mas eu morava na ilha de Hong Kong, e naquele momento seguia de ônibus para o centro econômico e financeiro da cidade, na parte norte, perto da água. O lugar era cheio de arranha-céus e torres residenciais altas, e ficava perto dos pontos turísticos que todo mundo associava à cidade.

Em toda parte, na Ásia, há uma eletricidade futurística. E algo naquilo fazia eu me sentir vivo. Em uma cidade tão grande, havia espaço infinito para improvisação. Para reinvenção. Cada um podia fazer o que quisesse. Era o oposto de crescer em um bairro suburbano do sul da Califórnia, onde todo mundo parecia seguir o mesmo caminho. Onde as atividades eram limitadas a idas ao shopping e ao cinema. Onde, mesmo com a vastidão da paisagem em volta, você se sentia encurralado.

Eu amava os ônibus de Hong Kong por vários motivos. Naquele momento, era um bom lugar para trabalhar. Ainda curtindo o barato da aventura bem-sucedida, eu enviava minhas fotos para Trevor. Tinham ficado ótimas. Mesmo com a iluminação fraca e a moldura de folhas dava para ver Teddy e Celeste juntos em um quarto de hotel. E a silhueta de um cara qualquer inclinada sobre um arranjo de flores gigante. Eu tinha mexido um pouco na foto de modo a deixar o rosto deles mais claro e me colocar nas sombras. Ia ser o maior pagamento que eu já havia recebido.

As palavras de Celeste ecoavam na minha cabeça enquanto eu passava pelas fotos. *Você pode arruinar muitas vidas.* Alguns meses antes, o comentário teria me incomodado. Teria me atingido e feito com que eu me sentisse mal. Mas dezenas de encontros com celebridades — vendo seus casos, tratando empregados como lixo, dando chiliques, gritando com os filhos — tinham me tornado indiferente àquilo tudo. Era meu trabalho, e pronto. Não era pessoal, era o preço da fama.

Recebi uma resposta de Trevor no mesmo instante: Bom trabalho. Mais um furo desses e pode ser contratado em tempo integral.

Tempo integral? Eu me ajeitei no estofado colorido. Sabia que Trevor gostava do que eu entregava, mas aquilo era novidade. Uma oportunidade. Eu teria algo para fazer em vez de ir para a faculdade. E mesmo que meus pais descobrissem… Bem, eu poderia me sustentar. Não teria que conviver com sua decepção quanto às decisões que eu tomava para minha vida. Não faria diferença se esperavam me ver estudando administração, engenharia ou o que quer que fosse. Só porque eles haviam escolhido estabilidade em vez de aventura não queria dizer que eu precisava fazer o mesmo.

O ônibus parou de repente, e quando olhei pela janela percebi que tinha dado a volta completa com ele, e estava de novo perto do hotel. Olhei o celular. Não eram nem onze horas. Ainda dava tempo de aproveitar a noite. Diferente dos Estados Unidos, com dezoito anos já se podia beber legalmente em Hong Kong, o que me surpreendeu quando eu me mudei.

Enviei uma mensagem ao cara com quem eu dividia o apartamento, Charlie Yu.

Quer beber alguma coisa?

Um minuto depois, ele respondeu.

CLARO! Falta uma hora pro "almoço" 😋

Quando o tio de Charlie se aposentou, ele herdou a licença de táxi dele e seu Toyota vermelho clássico. Táxis eram uma instituição de Hong Kong, e Charlie trabalhava à noite. Com frequência, ele fazia intervalos maiores para tomar uma cerveja comigo.

Legal. EU PAGO. Consegui um BAITA furo pro Trevor.

Charlie respondeu: **SÉRIO? Maravilha!**

Balancei a cabeça e sorri. Charlie e eu estávamos o tempo todo correndo atrás de dinheiro. Vivíamos reclamando do trabalho e de falta de grana enquanto jogávamos videogame e comíamos lámen. Era o que nos unia.

Escrevi de volta: **Sim, demais!** 💲 **Vou escolher um lugar e te escrevo.**

Escolhe um que tenha mulher dessa vez. Não que nem aquele último bar cheio de velhos bizarros com cara e cheiro de pescador aposentado

Na verdade, aquele bar era bem legal. Mas Charlie só queria saber das garotas. Seria esquisito se ele não tivesse aquele charme meio ansioso quando falava com elas. Fora que o cara parecia o bad boy que ia te pegar em casa de *scooter* e te levar para longe dos seus pais chatões.

Eu estava respondendo à mensagem quando alguém esbarrou em mim. Era uma garota, cambaleando pelo corredor do ônibus. Meio bêbada. Já tinha voltado a escrever quando ouvi um gemido alto atrás de mim. E então:

— *Baegopa jughaeso!*

Levantei os olhos, porque sabia o que ela havia dito. "Estou morrendo de fome", em coreano.

Quando virei, vi a garota bêbada sentada, descansando a cabeça contra a janela, os olhos fechados tremulando.

Por que ela parecia familiar?

Observei o boné verde, o cabelo comprido, o rosto nas sombras. Era a garota que tinha entrado no elevador. Olhei para os pés dela, os chinelos do hotel confirmaram meu palpite.

A garota do elevador que não queria falar comigo de jeito nenhum e praticamente grudou no canto do elevador.

Apesar de curioso, dei as costas para ela. Não queria ser chato se a esnobe da cobertura desejava tanto ficar sozinha.

Mas ela continuava murmurando, tanto em inglês quanto em coreano. Seria norte-americana?

Outras pessoas no ônibus começaram a olhar, mas ninguém fez nada.

Fiquei olhando para a frente. *Não se envolva, Jack. Ela não precisa da sua ajuda.*

Uma a uma, as pessoas saíram do ônibus. Só a garota ficou. Quando finalmente virei para olhá-la, ela tinha dormido, com a boca um pouco aberta.

Eu não conseguia ver seu rosto direito, então não estava certo de quantos anos tinha, mas parecia ser da minha idade, talvez um pouco mais nova.

E devia ser norte-americana de ascendência coreana. Era irracional, mas eu sentia algum tipo de obrigação de cuidar de pessoas como eu em Hong Kong. Não era nem um pouco como eu esperava passar aquela noite de comemoração. Quase podia ouvir Charlie me enchendo, como um diabinho no meu ombro. *Ela é gaaaaata*, ele diria com uma voz estridente.

Levantei e fui até ela. Os movimentos bruscos do ônibus me faziam balançar.

— Hum... Oi.

A garota não moveu um músculo. A aba do boné escondia seu rosto.

— Desculpa. — Fiz uma pausa. — Senhorita? — Era a primeira vez que eu chamava alguém de "senhorita".

Nenhum movimento ou reconhecimento da minha presença. Eu me inclinei na direção dela e cutuquei gentilmente seu ombro. Nada. Cutuquei um pouco mais forte. Sua cabeça se moveu na janela.

— *Ya* — eu disse, alto, esperando que o coreano informal a despertasse. Era meio antipático, mas parecia necessário. Vi seus lábios se contorcerem, registrando alguma coisa. Então ela murmurou:

— *Baegopa.*

Ainda reclamava que estava com fome.

Meu coreano era péssimo, então falei em inglês:

— Se você levantar daí, vai poder comer.

Fiquei olhando para sua boca, que era sem dúvida bonita. Seus lábios estavam manchados de rosa, como se tivesse passado batom mais cedo. O de cima era mais grosso que o de baixo.

Opa, para de olhar para a boca da garota bêbada.

Sentei ao lado dela, esperando encontrar seu celular e talvez ligar para que alguém a buscasse. Enquanto eu dava uma olhada nos bolsos do casaco da garota, ela caiu em cima de mim.

A queda foi lenta. Teatral. Seu casaco deslizou contra meu paletó e seu ombro atingiu meu braço. Sua cabeça pousou no meu ombro com delicadeza e um leve suspiro escapou dela. Seus cabelos compridos bateram no meu braço. Mechas pretas sedosas tocaram minha pele nua.

Opa.

Para com isso, Jack. Delicadamente, tirei a cabeça do meu ombro e estava prestes a empurrar a garota para o outro lado do assento quando ela acordou.

— Oi. — Seus olhos sonolentos olhavam nos meus. Diretamente. Era a primeira vez que eu conseguia ver seu rosto direito, e a eletricidade inesperada que veio a seguir me obrigou a pigarrear.

— Oi. Oi. Você pegou no sono. Eu estava tentando te acordar.

Ela piscou e olhou em volta.

— Onde estou?

— No ônibus. Em... Hum... Hong Kong. — Eu não tinha ideia de quão perdida ela estava.

Seus olhos registraram os assentos, as janelas, a cidade e então eu.

— Ah. *Ah.* Ixi. — Ela começou a rir. — Santo Deus, estou encrencada.

A expressão era tão antiquada que me fez pensar. Ela era mesmo norte-americana?

— Precisa de ajuda para ir a algum lugar? — perguntei, tomando o cuidado de não cruzar a linha entre simpático e entusiasmado demais.

Ela balançou a cabeça em negativa.

— Não, estou bem. Tipo, belezinha! — A garota uniu os dedos em um sinal de "o.k." à frente do olho. Algo naquele movimento me era familiar. Então ela riu histericamente, e a sensação de obrigação voltou a me atormentar.

— Tem certeza?

— Absoluta — ela disse, com um soluço. Ai, meu Deus. Um soluço. Como se ela fosse um ratinho bêbado de desenho animado. O ônibus parou, e ela levantou tão de repente que eu caí no corredor, de bunda.

— É o meu ponto! — exclamou, erguendo o dedo indicador no ar.

Ela cambaleou ao longo do corredor naqueles chinelos ridículos, e eu a segui.

Segurei seu braço antes que descesse pela escada estreita.

— Eu ajudo. Esses degraus são altos demais.

A garota deu de ombros.

— Não tem problema.

Parecia um caubói. As vogais arrastadas, a pronúncia exagerada. Não pude evitar sorrir. Ela estava tirando uma com a minha cara?

Conseguimos chegar lá embaixo, com alguma dificuldade, sem que o motorista sequer nos olhasse, então passamos à calçada. Olhei em volta. Estávamos na região dos bares, onde eu planejava encontrar Charlie.

Os olhos da garota se arregalaram, absorvendo tudo aquilo. Estávamos cercados por pessoas e placas luminosas. Cada ruazinha lateral e íngreme estava lotada de bares e cafés.

— Deve ter hambúrguer aqui — ela declarou.

— Hambúrguer? — repeti, olhando-a com interesse. Ela estava alerta agora. O sono tinha sido completamente varrido de sua expressão iluminada.

— *Euh* — ela disse em coreano, assentindo. — Estou com fome.

— Imaginei — retruquei, com um sorriso. — Não sei bem onde tem hambúrguer aqui.

— Aonde *você* vai? — De repente, toda a atenção dela estava em mim. Comecei a sentir calor. Era como ter um raio de sol diretamente sobre mim: agradável, só que um pouco intenso demais.

Parei por um momento e virei a cabeça para dar uma boa olhada nela. Num segundo parecia uma bêbada desvairada, no outro parecia estranhamente sóbria.

— Por quê? Quer vir junto? — perguntei sem pensar, mas me arrependi de imediato.

Ela inclinou a cabeça, acompanhando a minha. De forma precisa, como num movimento de dança. Então apontou o dedo delicado para mim.

— Isso. Me leva com você.

7
lucky

O bonitinho pareceu surpreso.

Era engraçado pegar o cara desprevenido. Ter um momento de ousadia. Já que agora eu estava fora à noite, nas ruas movimentadas de Hong Kong, cercada por gente jovem procurando se divertir... bom, queria me divertir também.

Nem conseguia lembrar a última vez que tinha ido a qualquer lugar sem Ren, sem supervisão. Eu nunca havia fugido nem sentira vontade.

Mas agora eu havia feito *mesmo* aquilo. E a noite estava se revelando mais do que uma busca por um hambúrguer. Havia uma chance de que eu nunca mais pudesse passar despercebida depois da minha apresentação no *Later Tonight Show*. De que o que me restava de anonimato se reduzisse ainda mais.

Olhei para cima, para os apartamentos altos, para as luzes brilhantes, e senti a brisa fria tocando minhas bochechas. Fechei os olhos por um segundo. Sim, eu queria um pouquinho da liberdade que as outras pessoas tinham. Não seria gananciosa. Uma dose minúscula bastaria.

Ele não parecia me reconhecer, o que era perfeito. Eu poderia passar um tempo com *um garoto* como uma adolescente normal. A ideia me animava, mesmo que eu ainda estivesse um pouco zonza por causa dos remédios.

E tinha algo naquele cara, além de estar muito acima da média em termos de beleza. Embora eu estivesse grogue no ônibus, sentira um inexplicável conforto quando abri os olhos e vi seu rosto preocupado observando o meu. A proximidade de desconhecidos em geral fazia com que eu me contraísse, levantasse uma barreira. Mas o calor nos olhos dele tinha me tranquilizado. Havia preocupação ali, não curiosidade.

Ele não precisava ter me ajudado naquele ônibus. Segurado meu braço para que eu não me atrapalhasse ao descer a escada. E não precisava sorrir para tudo o que eu dizia, como se me achasse muito engraçada.

É claro que provavelmente pensava que eu estava bêbada.

— Quantos anos você tem?

A pergunta veio do nada. Olhei para ele.

—Vinte e um.

Ele soltou uma risada afiada e rápida.

—Tá, e eu sou o fantasma do Steve Jobs.

Sarcasmo. Sorri, satisfeita, me segurando para não tocar a forma perfeita de seu nariz.

— Muito prazer, fantasma do Steve Jobs.Você é muito mais coreano na vida real.

O fantasma do Steve Jobs passou a mão pelo cabelo cheio, seus dedos compridos e inesperadamente elegantes. Meus olhos o seguiram como os de um tarado.

— Como sabe que sou coreano? — ele perguntou.

—Você falou coreano antes. — Eu me lembrava de ter ouvido *"Ya"* quando ele me cutucou. A princípio, achei que estava sonhando. — E pelo seu rosto. — Passei a mão na frente dele, para demonstrar.

O garoto fez uma careta simpática.

— Bom, acho que sua idade não importa. Ninguém pede identidade aqui.

Mesmo meio grogue, eu notava que ele estava levemente hesitante em me levar junto.

Em que universo um cara hesitaria em passar o tempo com *Lucky*?

Tudo naquela noite era diferente. Revigorante. E aquilo me empolgava.

O fantasma de Steve Jobs inspirou fundo.

— Tá, vem comigo. Mas tem certeza de que vai beber? Você já está bem louca. — Ele começou a andar, e eu me apressei a segui-lo. As ruas de paralelepípedo machucavam meus pés, por causa da sola fina dos chinelos.

— Não estou bem louca! Como ousa? — protestei enquanto olhava em volta. Estávamos subindo uma ladeira. As portas e janelas dos bares e restaurantes estavam todas abertas. Havia pessoas sentadas em banquinhos de plástico comendo lámen, tomando cerveja de pé em balcões, formando grupinhos na rua para fumar. Era tanta coisa para ver, ouvir e cheirar. Tive uma sobrecarga sensorial, mas não necessariamente desagradável.

Em meio ao deslumbre, acabei ficando para trás, mas ele esperou por mim em um lance de escada íngreme, com as mãos na cintura.

— Sei, você não está bêbada. Só saiu com o chinelo do hotel. Em público.

— Não me julga. — Bufei. Em seguida, vi um casal se pegando em um canto escuro. *Uau!* Desviei os olhos. — Qual é seu nome, hein? — Enquanto as palavras saíam, quase tropecei por causa dos chinelos enormes. O fantasma de Steve Jobs me segurou bem a tempo de me impedir de cair de cara no chão.

Ele ainda estava segurando meus braços quando olhei para seu rosto. A preocupação voltara a seus olhos. Era muito atraente.

— Jack — o garoto respondeu.

Não era tão ruim quando um cara bonitinho te segurava. Senti que deveria ter sido em câmera lenta. Me inclinei em seus braços, desfrutando da sensação por mais um segundo.

— Seu nome é Jack?

Meu rosto estava incrivelmente perto do dele.

O garoto arregalou os olhos. Então piscou.

— É.

— Parece um nome falso — eu disse, com uma risadinha. — Como o de um repórter espertinho em um filme da Katharine Hepburn.

Jack me colocou de pé.

— Hum… Você é norte-americana?

— Sou, sim! — Fiquei feliz que ele tivesse notado. Meu inglês andava enferrujado. Fazia meses que eu não o usava tanto quanto naquela interação com Jack. Eu misturava coreano e inglês com meus produtores. E coreano com quase todos os outros. — Você também?

Jack voltou a avançar pela ladeira. Quase não o ouvi quando respondeu:

— Sim, sou da Califórnia.

Ah, não. Parei no lugar e arfei tão alto que algumas pessoas passando olharam para mim.

— *Também sou da Califórnia!*

Mais pessoas pararam para olhar, algumas rindo. Mesmo no meu estado alterado, me ocorreu que não era bom que me encarassem. Os anos vivendo como celebridade tinham deixado uma marca profunda em mim. Corri até Jack, abaixei o boné e mantive o rosto próximo do ombro dele.

— Como você chama? — ele perguntou.

Como eu me chamava? Quase deixei escapar, mas me impedi. A imagem do nariz do lulu na tela do celular veio à minha mente.

— Fern — eu disse.

— Fern? — Jack parecia duvidar.

— É, Fern. Esse é meu nome, Jack. — Olhei para ele. — Ei, Jack. Você também é alto.

A surpresa marcava seu rosto enquanto me olhava de alto a baixo.

— Acho que sim. Somos dois californianos altos.

— Deve ser o leite das vacas felizes da Califórnia — eu disse, fazendo uma voz de propaganda.

— Qual é sua história? — ele perguntou, com uma risada engasgada. — Por que está em Hong Kong?

Não respondi. Entrávamos em uma escada rolante com luzes coloridas de ambos os lados, e de repente o reconhecimento me atingiu.

— Espera aí! Já vi este lugar! — Segurei no corrimão e estiquei o pescoço para espiar mais à frente. Coberta por um teto de vidro arredondado, a escada rolante subia por uma área íngreme, em um sistema que se estendia pelo que parecia uma eternidade. As cores das luzes mudavam a cada seção. Roxo. Verde. Vermelho. Agarrei a manga de Jack. — Ah! *Amores expressos!*

Ele franziu a testa, confuso.

— Quê?

— Está de brincadeira? — gritei. — Você não conhece *Amores expressos*? É meu filme preferido do Wong Kar-wai!

— Aaaah — ele disse, reconhecendo o nome. — Nunca vi um filme dele.

Fiz uma cara de indignação exagerada.

— Você está visitando Hong Kong e nunca viu os filmes dele?

— Não estou visitando. Eu moro aqui.

— Pior ainda — eu disse, dando um tapa na testa. — Você precisa aprender umas coisas. O cara *é* Hong Kong.

Chegamos ao nível roxo e passamos para a escada rolante com luzes verdes. Jack tocou minhas costas de leve até que eu estivesse em segurança, apoiada no corrimão.

— Você está explicando a alguém que mora em Hong Kong como é Hong Kong. Isso não é *mansplaining*?

As luzes, a vista da cidade e a familiaridade do lugar me enchiam de sensações calorosas quando retruquei:

— Não pode ser. Não sou fisicamente capaz de fazer *mansplaining* já que não sou homem.

O sorriso hesitante dele se abriu. Era o sorriso mais iluminado que eu já havia visto. Fiquei nervosa de repente, e quase tive que me virar.

— Verdade — Jack disse. Algo surgiu em seus olhos. Um alerta que até então não estava lá.

— Bom, os filmes dele são mágicos — continuei falando. Jack não respondeu, continuando a me olhar com aquela expressão curiosa.

Ficamos em silêncio pelo resto do caminho. Quando deixamos as escadas rolantes, gravei aquilo na mente, prometendo nunca esquecer. Para poder voltar à lembrança.

Jack me guiou por mais alguns becos e ruas, e eu me senti como a Fern de verdade, uma cachorrinha sendo levada para passear num lugar diferente. Queria cheirar cada canto, investigar tudo, mas ele seguia em frente.

Então ouvi a música. Trompete, piano e baixo. Jazz. Parei na hora.

— Ah, quero ir lá!

Jack virou para mim, com as mãos nos bolsos.

— Ei. Ei, Fern!

Mas eu já estava indo na direção da música, como se meu corpo fosse atraído por ela.

8

jack

Como virei babá de uma garota bêbada usando chinelos do hotel? E chamada *Fern*?

Ela tinha entrado em um bar popular entre os ocidentais que moravam em Hong Kong. Tinha iluminação fraca e a decoração era toda de equipamentos industriais enormes. Cada mesa tinha um pote cheio de estatuetas de animais feitas de bronze. Os clientes podiam pegar, mas não levar. Dava azar, carma ruim ou coisa do tipo. Também havia borboletas mortas penduradas em fios saindo do teto. Era o lugar mais excêntrico que ela poderia ter escolhido.

Eu a segui, atravessando as cortinas da entrada. Meus olhos se ajustaram à escuridão enquanto a música da banda de jazz ao vivo enchia o lugar, harmoniosa e inescapável.

Fern estava no meio do salão, encantada com tudo à sua volta — as mãos no peito, o corpo se movendo ligeiramente ao som da música.

Eu estaria me enganando se dissesse que bancar a babá estava sendo um incômodo. A garota era totalmente maluca e devia estar meio alterada, mas ainda assim…

Fern tinha alguns momentos de lucidez que me atingiam de maneira preocupante. Como aquela resposta rápida sobre a coisa do *mansplaining*. A maneira como me desafiava. Me mantinha alerta.

Enquanto eu a observava tomada pela música, me senti sendo puxado por uma onda familiar. Eu me apaixonava rápido demais. Charlie sempre me cantava um rap antigo que dizia: "*I'm not a player, I just crush a lot*". Não sou mulherengo, só me encanto fácil.

Pois é, era verdade. Eu me apaixonava rápido e intensamente. Mas então a coisa ia embora depressa, e acabava antes mesmo de começar. Eu nunca havia tido uma namorada de verdade, considerando quão curto era meu interesse. Mas o que eu podia fazer? Continuar num relacionamento por obrigação? Seria justo com a garota? A ideia toda de amor era que a pessoa sentia algo verdadeiro, forte o bastante para obrigá-la a ficar com a outra pessoa, como se uma força sobrenatural estivesse em operação.

No momento, eu sentia uma estranha atração por aquela garota. Alguém que provavelmente estava bêbada, de modo que toda a interação começava a parecer questionável.

Bati de leve com o ombro no dela

— Ei, Fern. Tem uns lugares mais legais pra gente ir, sem todos esses manés.

Ela desviou os olhos dos músicos tocando no pequeno palco localizado num canto ao lado do bar.

— Não, vamos ficar aqui um pouquinho! — Fern gritou por cima da música. O baixista pareceu ouvi-la e levantou os olhos, então lançou uma piscadela para ela. Fern apertou as mãos, balançando na ponta dos dedos do pé, de puro prazer.

Ah, cara…

Parecia haver algo mais em toda aquela animação que eu não conseguia entender muito bem…

Ai, meu Deus. E se ela estivesse *morrendo*? Dei uma olhada para os chinelos. Eram de hotel ou hospital? Espera. Eu a tinha visto no hotel. Um hotel chique. Ela devia ser rica ou coisa do tipo.

Gente rica também morre.

Eu a olhei de alto a baixo, do boné aos chinelos. Ela parecia bem?

Qual era a daquela garota? Eu tinha uma sensação incômoda de que estava escondendo alguma coisa.

A música parou e Fern aplaudiu entusiasmada, dando pulinhos. Como uma criança. Sua animação era contagiosa, e eu acabei sorrindo quando olhou para mim.

— Ah, você está curtindo — ela disse, me provocando.

Eu queria provocá-la também, mas o baixista veio até nós antes que tivesse tempo. A banda havia descido do palco, para fazer um intervalo. De perto, o cara parecia meio asiático, meio branco. E bonitão por inteiro.

— Oi. Quer beber alguma coisa com a gente? — ele perguntou, com um sotaque do sul dos Estados Unidos, todo suave e fluido. Nem olhou para mim.

Dá um tempo. Olhei para Fern, esperando que desse um fora nele. A pausa durou uma eternidade.

9
lucky

Jack e o baixista gato com cílios longos e sorriso de comercial de pasta de dente me olhavam, em expectativa.

A música havia despertado algo em mim. Ainda que eu tivesse acabado de terminar uma turnê por quinze cidades, ver música ao vivo me animava. A maneira como os músicos estavam sincronizados e se alimentavam um da energia do outro. Pegando deixas sutis um do outro, em uma linguagem sem palavras.

Aquilo me lembrava de como eu me sentia quando era apenas uma fã obcecada. Da pura euforia de ir a um show.

Quero fazer com que as pessoas se sintam como essa música faz com que eu me sinta.

Era o que eu pensava quando tinha doze anos.

Eu estava começando a ficar com sono de novo, e me sentia ainda mais tonta do que antes. Olhei para os dois caras que esperavam que eu dissesse ou fizesse alguma coisa.

Ainda era cedo.

E eu estava com fome.

10

jack

Os olhos de Fern foram do rosto perfeito do cara para as mangas dobradas da camisa preta e os sapatos tipo oxford pretos e gastos. Tudo bem, ele era bonitão. Se ela quisesse ficar ali com o cara, eu entenderia.

Era o que eu achava. Droga. Ela ainda estava meio mal, e eu não tinha certeza se o cara era um babaca ou coisa do tipo.

Eu estava considerando o que fazer com meu irritante instinto cavalheiresco, incerto quanto ao que Fern queria fazer, quando ela me olhou, interrogativa. Algo naquele olhar sutil, naquela breve confirmação, me fez pensar.

— Claro, mas meu amigo Jack pode ir também? — ela perguntou ao baixista.

O cara mal olhou para mim.

— Acho que sim.

Legal, cara, valeu. Animação total.

Ele nos conduziu a um grupo sentado em banquinhos em volta de uma mesa baixa cheia de drinques.

— Galera, abre um espaço aí pra… — Ele olhou para Fern.

— Fern. E Jack! — ela disse, dando um tapinha no meu ombro. Forte.

O grupo — uma mistura de etnias, idades e gêneros — assentiu para a gente. Era o cumprimento descolado dos hipsters de Hong Kong.

Fern se acomodou em um banquinho e me puxou para o que estava ao seu lado. O baixista sentou em frente a ela e fez sinal para um atendente.

— Gim-tônica pra mim — ele disse, com a voz aveludada e autoritária. Então olhou para Fern com um sorriso preguiçoso. — O que você quer, querida?

De repente o cara parecia o personagem de Clark Gable em *E o vento levou...* falando.

— Um hambúrguer — ela disse de maneira afetada, cruzando as mãos sobre as pernas.

Ele riu.

— Que tal um drinque?

Ah, por favor. Fiquei batendo o pé, sem querer tomar a decisão por ela, mas sabendo que outra bebida seria uma péssima ideia. Eu estava louco para sair do bar, para me afastar daquele ninho de cobras pretensioso.

Fern continuava debruçada sobre o cardápio, olhando para as fotos de comida.

— Não tem hambúrguer aqui.

O atendente abriu um sorriso sem graça sob o bigode reto.

— Não servimos hambúrguer. Só petiscos e sobremesas.

As sobrancelhas de Fern se levantaram.

— Hum, sobremesa. Bacana.

Olhei para o chão para evitar rir. Ela usava palavras e frases antiquadas nos momentos mais esquisitos.

Depois de passar os olhos rapidamente pelo cardápio, Fern olhou para o atendente.

— Quero um sundae, por favor.

O sr. Baixista Sórdido revirou os olhos, depois ergueu o queixo para o atendente em confirmação.

Eu odiava músicos.

Ele começou a conversar com Fern, e eu peguei o celular. Charlie tinha me mandado uma mensagem, então escrevi pra ele:

Hum... então. Meio que conheci uma garota, e ela vai tomar um sorvete agora.

A resposta de Charlie foi imediata. **OI?**

Depois: **E pq sorvete? Espera, deixa pra lá. Na real, ESQUECE QUE EU EXISTO E APROVEITA AÍ**

Ninguém se animava mais com aquele tipo de coisa que Charlie. Ele gostava de bancar o pegador, mas eu tinha certeza de que no fundo era um romântico. Devolvi o celular ao bolso e olhei para Fern e o baixista. Ele estava falando algo no ouvido dela.

Não está tão barulhento aqui, cara.

O sundae chegou e Fern o atacou como se não comesse fazia dias. Ou semanas.

— Uau — eu disse. — Seu cérebro vai congelar.

Ela parou e olhou para mim, então seu rosto se contraiu.

— Ai!

Levou a mão à testa, afastando o boné do rosto sem querer. Não era legal rir do sofrimento dela, mas eu não conseguia evitar. Fern começou a rir também, com um pouco de chantili no queixo.

O Baixista Sórdido aparentemente não gostou das risadas e se inclinou para Fern, quase encostando a bochecha na dela.

— Está com uma cara boa. Posso provar?

Fern entregou a colher para ele, me deixando orgulhoso.

— Claro.

Ele olhou para a colher por um segundo.

— Por que você não pega pra mim?

Credo. Fiquei tenso, quase perdendo a paciência com o cara.

Fern arrotou alto em resposta, e ele se afastou dela. Soltei outra risada e me levantei.

— Dito isso, acho que é hora de ir.

Ela levantou para ir comigo.

— Tá. Tchau! — Fern acenou para o pessoal. O Baixista Sórdido levantou e pegou o braço dela. Ai, meu Deus. Eu ia ter que sair na mão com aquele homem adulto?

— Por que você vai com esse moleque pra todo canto? — o Baixista Sórdido perguntou, cheio de desdém. — Ele é seu irmão ou coisa do tipo?

Fern olhou para a mão dele e se soltou. Com força. Dando um tapa nele.

— Não, ele não é meu irmão. E você precisa se tocar! — ela gritou. — Você é, tipo, *velho*.

Tá, aquilo tinha passado de engraçado para uma possível cena.

— Fern — eu disse, fazendo menção de pegar o braço dela, mas voltando atrás depois de pensar melhor.

Ela virou para mim e cutucou meu peito. Com força.

— Jack, você é fofo, mas precisa, tipo, *relaxar*!

Eu era fofo?

Então ela deu um chute de leve na canela do Baixista Sórdido.

— E você tem que sair de cima de mim!

Merda. A expressão do Baixista Sórdido era impagável. Mas meu prazer durou pouco, porque, quando olhei para Fern, ela estava na ponta dos pés, tentando alcançar uma das borboletas suspensas.

Nãããão.

Fern arrancou uma do fio, e foi como se alguém tivesse desligado o bar. Tudo ficou em silêncio.

Ah, merda.

Ela nem notou. Segurou a borboleta entre os dedos, examinando-a com prazer.

Fui até Fern, esperando que nenhum funcionário tivesse notado. Havia uma regra importante naquele bar: quem tocava uma das borboletas era expulso de lá. Eu sabia porque já tinha feito aquilo.

O segurança corpulento foi mais rápido do que eu.

— A senhorita precisa sair.

Fern colocou a borboleta diante do nariz dele.

— Mataram ela pra isso? Pra exibir aqui, pra gente ficar curtindo? Como se fôssemos bárbaros?! — Seu tom era ao mesmo tempo acusatório e curioso.

O segurança afastou a mão dela.

— Quantos anos você tem?

— Que diferença faz? Quero falar com o gerente! — Fern tentou alcançar outra borboleta.

Peguei a mão dela.

— Fern! Vamos sair daqui!

O segurança me encarou.

— Você é o responsável pela entrada da menor aqui?

O bar inteiro estava nos observando. Ótimo. Fiz cara de "Quem, eu?" e levantei as mãos.

— Por favor, desculpe a minha irmã…

— Eu *sabia*! — ouvi o Baixista Sórdido gritar, então cerrei os dentes, mas continuei sorrindo.

— Ela não está bem. Olha para os pés dela.

O segurança olhou para baixo, mas sua expressão permaneceu impassível. Enquanto a atenção dele estava nos pés de Fern, ela arrancou outra borboleta do teto. Pessoas arfaram, e o segurança levantou a cabeça.

— Já chega. Vou chamar a polícia.

De repente, Fern avançou, empurrando o segurança.

— Não acha que está *exagerando*?

As palavras saíram arrastadas, e seus olhos começavam a se fechar.

Fiz a única coisa que podia. Puxei-a para mim, aproximei os lábios de seu ouvido e sussurrei:

— *Corre*.

11
lucky

Jack, o bonitinho, segurava minha mão enquanto corríamos pela rua.

Eu precisava de toda a concentração para não tropeçar por causa dos chinelos. Enquanto nos apressávamos pela rua íngreme e movimentada, olhei para ele. Seus olhos se mantinham estreitos e voltados para a frente, sua mão segurava firme a minha.

Quem era aquele cara? Por que eu confiava nele? Aliás, eu *confiava* nele?

De repente, aquilo tudo parecia má ideia. Todo o discurso de que seria uma noite maravilhosa e extravagante da qual eu ia me lembrar até o fim da minha vida se transformava em cinzas enquanto eu lutava para acompanhar suas passadas, com os pés doendo.

No segundo em que eu pisara na rua, devia ter voltado. Para o shopping. Comido o hambúrguer proibido e considerado aquilo minha grande rebeldia da viagem.

No entanto, eu havia caminhado pela rua e pegado um ônibus! Era arriscado, idiota e…

Comecei a rir, sabendo que aquilo vinha do nada e era bizarro enquanto virávamos uma esquina.

Sim, tinha sido uma má ideia. Mas tinha sido meio excitante.

Jack olhou para mim, assustado com o som.

Quando nossos olhos se encontraram, parei de rir.

Ele era muito fofo, e eu estava tonta demais.

Finalmente, depois de virar a esquina e dar num beco, paramos. Jack fez com que ambos apoiássemos as costas contra a parede de tijolos de um banco, de uma maneira ao mesmo tempo furtiva e praticada.

Isso, ótima ideia, entrar em um beco com um completo desconhecido.

Precisamos de um segundo para recuperar o fôlego, então Jack deu uma olhada na esquina, esticando o corpo por cima do meu, protegendo-o por um instante. Hum... Inspirei fundo. Sabia que era esquisito, mas ele cheirava bem. A sabonete e um pouco de suor.

—Tá, acho que estamos a salvo — ele disse, sem me notar cheirando.

Sorri.

— Estamos a salvo. Isso é bom. Mas a salvo do quê?

A boca de Jack se transformou numa linha reta, sem expressão.

— Você ia ser expulsa do bar e talvez fosse presa por, sei lá, agressão. Em um país estrangeiro — Jack falou, com ardor. Aliás, ele todo era ardente. Uma mistura de Heathcliff de *O morro dos ventos uivantes*, novela coreana e Califórnia.

— Como você sabe que não sou daqui? — A última palavra saiu com um soluço.

Ele balançou a cabeça, passando sua linda mão por seu lindo cabelo de novo.

— Como assim? A gente falou disso. Você mora nos Estados Unidos.

— Rá! É aí que você se engana. Eu moro na Coreia.

Jack passou os olhos rapidamente pelo meu rosto, com certo interesse. Ele tinha um jeito intenso de me olhar. Com toda a sua atenção focada em mim. Aquilo me dava uma estranha sensação de calor, que não era totalmente desagradável.

— Acho que consigo perceber. Você tem um jeito meio coreano — ele disse.

—Você também parece coreano, mas nem por isso toquei no assunto! — gritei. Cara, era bom gritar. Eu não fazia aquilo o bastante.

— Quê? — ele disse, com os olhos arregalados, incrédulos. — Tá, esquece. Você não está fazendo nenhum sentido. Vou te levar aonde quer ir.

O pânico percorreu meu corpo. Por algum milagre, eu tinha conseguido escapar de Ren Chang, o melhor guarda-costas da Ásia, e ainda não queria voltar. Minha liberdade fora muito curta, insuficiente, cheia de problemas.

— Não!

Jack respirou fundo.

— Anda, você está bêbada ou sei lá o quê. Não é muito seguro.

— Como ousa? — Enfiei o indicador no peito dele. — Eu não bebo! — Aparentemente eu gostava de falar "como ousa?".

—Tá. Você não bebe. — A expressão de Jack era irritantemente paciente. Como se ele estivesse lidando com uma criança petulante. — Bom, vamos chamar um carro — Jack disse, pegando o celular.

O pânico crescia dentro de mim.

— Não posso voltar, por favor!

Era como se estivéssemos em um jogo de perguntas e respostas, e a categoria escolhida fosse "coisas preocupantes que as mulheres dizem". De qualquer maneira, funcionou. Jack levantou a cabeça e olhou para mim, alarmado.

— Por quê? Qual é o problema?

E, embora aquelas perguntas expressassem uma preocupação que eu não merecia, meus olhos se encheram de lágrimas. *Do nada.* Quando tinha sido a última vez que alguém além dos meus pais havia me perguntado qual era o problema? Deviam me fazer aquela pergunta quando eu parecia cansada ou triste. Ou quando eu estava chorando. Era uma pergunta que pessoas que realmente se importavam faziam.

Era fácil parecer feliz e relaxada numa chamada de vídeo ou por mensagem de texto.

Mas logo eu estaria frente a frente com minha família. Ganharia muito mais dinheiro e poderia pagar por passagens de avião para que eles pudessem ir me ver. Apesar de ter dois álbuns bem-sucedidos, meu contrato ainda deixava a maior parte dos lucros para o selo.

Simplesmente era assim, e sempre tinha sido. Eu deveria ser grata pela fama, por ter conseguido chegar ao topo em uma área competitiva. Até muito recentemente, ser um ídolo me bastava.

Em algum momento, algo havia mudado. Enquanto assistia àquele vídeo no quarto de hotel, eu havia percebido que tinha alguma coisa faltando. Só não estava certa do que era. E a noite com aquele cara estava me ajudando a evitar aquilo. A esquecer que os sonhos que eu havia conquistado já não me bastavam.

Minhas bochechas estavam molhadas, meus cílios postiços grudavam. Jack voltou a guardar o celular no bolso do jeans.

— Ei… ei. Não chora.

Ele manteve distância, mas eu podia sentir seu calor mesmo assim.

A principal vibe que o cara me passava desde que tínhamos nos conhecido era de que se importava. Ele simplesmente se importava, mesmo que não tivesse motivo. Por isso eu o havia seguido até aquele beco escuro.

De repente, me senti muito, muito cansada. E constrangida. Não estava sendo eu mesma, não estava no controle. Jack tinha passado tempo demais comigo, e de alguma forma a imprensa ia descobrir.

Tentei secar os olhos com a manga comprida do pijama, que escapava do casaco, e peguei um fio de ranho no caminho. Nossa.

Meus olhos foram direto para o rosto de Jack. Jack, que ficaria mais alto que eu mesmo que eu usasse saltos. Ele tentou desviar os olhos, mas era tarde demais.

—Você acabou de ver um *komul* meu! — choramiguei. Certas palavras, como "ranho", sempre seriam coreanas para mim.

Jack tossiu, tentando disfarçar a risada.

— Não vi, não!

—Viu, sim! — Dei as costas para ele, virando o rosto para a parede. Os tijolos ásperos arranharam meu rosto, mas nem me importei.

— Eu juro! — Jack disse atrás de mim.

Com a testa apoiada na parede fria e tudo escuro em volta, senti minhas pálpebras pesarem. E me entreguei à exaustão.

12
jack

Sabe o que é difícil? Carregar uma pessoa nas costas. Especialmente uma pessoa ferrada no sono.

Transferi o peso de um pé para o outro, e Fern fungou descontente. *Sinto muito, sua mala sem alça!*

Se eu fosse famoso, um paparazzo certamente conseguiria uma foto minha naquele momento.

Como minha noite havia seguido aquele caminho? De me preocupar com uma garota bonita dormindo no ônibus a ter que levá-la embora de mochilinha? E não para a casa dela. Para a minha.

Fern não estava com nenhum documento. Eu imaginava que estivesse hospedada no mesmo hotel que Teddy Slade, já que a tinha encontrado no elevador. Mas levar uma garota bêbada até aquele saguão sem saber nada a seu respeito não parecia uma boa ideia. E de jeito nenhum que eu ia pôr os pés naquele lugar depois de toda a armação daquele dia. Celeste Jiang sabia o que eu havia feito, e não ia me arriscar.

Eu tinha vasculhado os bolsos de Fern esperando encontrar um celular para ligar para alguém ir buscá-la. Mas nada.

Era como se ela tivesse caído do céu.

Quando cheguei ao meu prédio, senti que ia morrer. Com sangue saindo dos meus olhos ou coisa do tipo. Eu a tirei das minhas costas da maneira mais delicada que podia. Fern caiu no chão de granito da entrada. A loja de ervas medicinais no térreo estava fechada com grades de metal, mas o cheiro ainda era forte à nossa volta. Eu me atrapalhei na hora de digitar a senha de acesso ao prédio. Quando a porta destravou com um ruído, eu a abri com um pé e peguei Fern, passando seu braço pelo meu pescoço e segurando-a pela cintura com meu outro braço.

Por que eu tinha que morar em um prédio sem elevador? Todas as decisões que haviam me levado até aquele momento passavam pela minha cabeça como em uma montagem de filme, e me arrependi de cada uma delas.

Quando finalmente cheguei ao quarto andar, estava arfando, e a metade superior do meu corpo doía. Apoiando nossos corpos na parede, tentei pegar a chave do bolso, mas Fern escorregou imediatamente para o chão.

Eu a deixei ali sentada por um segundo enquanto abria a porta. Peguei um chinelo de borracha que Charlie usava para ficar em casa e que estava no meio do caminho e segurei a porta com ele.

Fern parecia um fio de macarrão humano, toda contorcida no chão, seus pés apontando cada um para um lado, como os da Bruxa Má do Leste.

Depois de algumas tentativas de levantá-la, eu já estava suando. Como podia ser tão difícil mover aquela garota? Por fim, consegui pegá-la pelas axilas e arrastá-la até a sala. No melhor estilo "escondendo um cadáver".

Eu a apoiei no sofá, onde ela continuou dormindo.

— Deus do céu — eu disse para o teto, passando as mãos no rosto. Tanta coisa podia dar errado.

Primeiro: Fern podia acordar sem saber onde estava, me ver, pirar e concluir que eu era um tarado que a tinha drogado no bar. Segundo: se a proprietária ficasse sabendo daquilo, ela literalmente bateria em mim com um sapato até eu morrer.

Respirei fundo. *Está tudo bem. Levanta a cabeça, Jack. Você é bom em crises. É sua especialidade. Pode se livrar de qualquer problema.*

Arregacei as mangas da camisa e passei o trinco na porta, além de fechar com a chave. Caso a proprietária decidisse fazer uma visita surpresa no meio da noite, e não seria a primeira vez. Ela sofria de insônia e se entediava com facilidade. Olhei para Fern para conferir se havia despertado com o barulho.

Ela parecia uma boneca de pano, com a cabeça caída para a frente e os membros jogados, e não havia a menor chance de que qualquer coisa mais discreta que um show de música eletrônica a acordasse.

Peguei um travesseiro e um cobertor no quarto e coloquei no sofá.

Enquanto ficava ali, olhando para ela e para o sofá de couro falso descascado e com rachaduras de tão velho, me senti culpado. Talvez Fern devesse ficar com a cama. Parecia a coisa certa a fazer, não?

Se Charlie soubesse… Na verdade, dividíamos a cama — cada semana um ficava com ela, enquanto o outro dormia no sofá. Tínhamos lençóis separados e os trocávamos sempre. Era meio precário, mas funcionava.

O que ele diria se soubesse que tinha uma desconhecida dormindo na nossa cama?

Fern estava toda jogada, com a cabeça quase tocando os joelhos.

Eu precisava levá-la.

Fechei os olhos, esperando que meus músculos cansados pudessem contribuir.

Ai. O pé de Fern atingiu minha panturrilha enquanto eu a colocava na cama. Depois de olhá-la por um segundo, notei aqueles chinelos idiotas apontando para mim e soltei um suspiro profundo. Levantei um pé dela segurando atrás do tornozelo e tirei o chinelo rapidamente. Tentando não encostar demais em sua pele, fui ligeiro ao tirar o outro chinelo também, meus dedos mal a tocando.

Fern fez um ruído estranho, e congelei. Mas a única coisa que saiu de sua boca a seguir foi um ronco.

Rangi os dentes. Eu ia ter um ataque cardíaco por causa daquela garota.

De repente, ela jogou o braço sobre o rosto, derrubando o boné.

E finalmente consegui ver seu rosto direito.

Fern estava com bastante maquiagem, quase como se tivesse se preparado para algo especial. O que não combinava com o fato de que usava os chinelos do hotel. Mas o restante dela — blusa de manga comprida e jeans — parecia normal.

O que estava fazendo aqui?

Independente daquilo, eu a estava encarando, então estiquei o cobertor por cima de seu corpo e desliguei o abajur.

Olhei para o celular no escuro para conferir as horas, e a luz azul e fria da tela banhou tudo. Cada partezinha daquilo fazia com que eu parecesse mais ainda um *serial killer*. Era tarde, passava da meia-noite. Charlie costumava chegar do trabalho umas sete da manhã, então pelo menos por enquanto não corríamos o risco de que ele chegasse.

Ou era o que eu esperava.

Depois de tomar um banho, fui para a cama improvisada no sofá, ao som de Fern roncando levemente no quarto ao lado. Um bilhão de pensamentos passaram pela minha cabeça, garantindo que eu não conseguisse dormir.

E se ela acordasse antes de mim e surtasse?

E se ela surtasse e gritasse, fazendo os vizinhos, ou pior, a proprietária, correrem para cá?

E se ela surtasse, gritasse e alguém chamasse a polícia?

Todas as alternativas terminavam comigo na cadeia em Hong Kong, transformado em uma lenda urbana bizarra da internet.

Como não conseguia dormir, fiquei mexendo no celular, passando pelas redes sociais no piloto automático.

Quando estava no Twitter, vi uma imagem que me fez parar.

Era um tuíte de um comediante que eu seguia, sobre a apresentação que faria no *Later Tonight Show*. A imagem mostrava o rosto dele ao lado de outro.

De uma estrela pop coreana.

Seu nome era Lucky, e ela ia se apresentar dali a algumas noites. Depois de encerrada sua turnê pela Ásia.

Ah.

Meu.

Deus?

Cabelo cor-de-rosa comprido esvoaçando em volta de um rosto radiante voltado para a câmera. Bochechas redondas, olhos bem abertos, sorriso afetado.

Minha nossa. Era a Fern.

Na verdade, eu me lembrava vagamente de algo que havia saído no *Rumours* sobre sua turnê. Mas, sem aquela peruca cor-de-rosa, ela não seria reconhecida por alguém que não acompanhasse de perto o mundo do K-pop.

Tá.

Tá. Tem uma estrela do K-pop dormindo na minha cama agora.

Não, não na minha cama. Na cama que eu divido com um amigo. Tá. Agora a coisa melhorou.

Fui até o quarto e me agachei perto da cama. Tentando não fazer barulho, inclinei a cabeça para dar uma olhada melhor no rosto dela, sob a luz da tela do celular.

Arfei. Não havia como negar. Era ela.

Tudo bem, Jack. Calma. Fica calmo. Não tem problema se você sem querer SEQUESTROU UMA ESTRELA DO K-POP.

Procurei "Lucky K-pop" no Google e encontrei uma infinidade de links e imagens. Clipes, apresentações ao vivo, *fan pages*. Fotos de paparazzi em que ela cobria o rosto ao sair do avião no aeroporto de Hong Kong. Fotos do show daquele mesmo dia, dela dançando e cantando usando um macacão curto, justo e bem ousado, com botas prateadas de salto muito alto.

Atordoado, caí com as costas contra a cama, sacudindo o colchão. Congelei, mas ela não moveu um músculo. Eu precisava reconciliar as fotos que acabara de ver com a garota bêbada na minha cama, que tinha sujado minha blusa de ranho enquanto eu a carregava. Por que havia saído sozinha? Será que tinha alguém procurando por ela?

Fui mais fundo na minha pesquisa na internet e descobri que a apresentação no *Later Tonight Show* seria na segunda. Em um site de notícias do universo K-pop, encontrei um artigo que dizia que seria a estreia dela nos Estados Unidos. As expectativas eram altas, e talvez aquilo a lançasse como uma estrela no país.

Eu não conhecia muito de K-pop, mas sabia que era difícil fazer sucesso no mundo ocidental. Será que ela ia ficar famosa nos Estados Unidos? Estaria eu sozinho no meu apartamento com uma superestrela em potencial?

Superestrela.

LUCKY CAI NA NOITE

A possível manchete surgiu na minha mente com luzes piscando. Lucky… Ela não era uma bêbada bonita que precisava de ajuda. Era uma celebridade. Estava prestes a explodir.

E estava em alta.

Se alguém tivesse tirado fotos dela mais cedo no bar, elas certamente teriam chegado aos tabloides asiáticos. Teria sido um escândalo. Estrelas do K-pop eram fortemente controladas. Sua imagem tinha que ser impecável. Lucky bêbada num bar de Hong Kong… com um cara…

Comigo. Eu era o cara.

Havia um furo ali. Meu cérebro começou a trabalhar imediatamente nele, as engrenagens girando. E se Lucky passasse um dia inteiro em Hong Kong com um cara qualquer? E se tudo fosse documentado? Poderia ser vendido *muito caro* depois que ela estourasse nos Estados Unidos. E, mesmo se aquilo não acontecesse, interessaria a mídia coreana.

Certamente não era uma coisa legal de fazer com alguém. Com um amigo, pelo menos. Mas eu não a conhecia. Além do mais, ela era uma celebridade importante. Se fizesse sucesso nos Estados Unidos, ser vista com um cara não ia arruinar sua reputação — não era assim que funcionava por lá.

Então tomei uma decisão: ia virar a noite para ter certeza de que estaria acordado quando ela acordasse. Voltei para o sofá, com os pensamentos a mil por hora. Se fosse bem-sucedido, conseguiria o emprego e muitos dos meus problemas estariam resolvidos — o aluguel, as expectativas dos meus pais em relação à faculdade.

Eles desapareceriam, um a um.

sábado

13
lucky

A primeira coisa que estranhei foi a luz.

O que tinha acontecido com as cortinas blecaute? Eu nunca acordava com a luz do sol.

A segunda foi um leve ronco. Era Ji-Yeon? Ela tinha passado a noite no meu quarto? Já havia feito aquilo no passado, quando eu estava especialmente ansiosa.

Me movi debaixo das cobertas, então congelei. Ainda estava de jeans, e sentia o pescoço todo dolorido. Por que eu...

O corredor do hotel.

O cara no elevador.

O shopping.

O ônibus.

O garoto.

O bar.

O garoto.

Sentei na cama — o cérebro totalmente desperto registrando tudo à minha volta. O quarto pequeno, repleto de uma miscelânea de móveis pretos. Um pôster de um filme de ação antigo. Cortinas floridas surradas tremulando diante de uma grande janela. A porta entreaberta e o som de um ronco leve entrando no quarto.

AH, MEU DEUS.

Minhas mãos foram para a boca, abafando o grito involuntário. O que eu tinha feito na noite anterior?

Vi meu casaco bem dobradinho ao pé da cama, ao lado dos chinelos do hotel. Então olhei para o outro cômodo… Onde dois pés despontavam de uma pilha de cobertas sobre um sofá horroroso.

Era *ele*?

Eu me lembrava do cara como se fosse um sonho confuso. Alto. Mais alto que eu. Magro, embora forte. Lembro que parecia forte *ao toque. Céus.* Meu rosto queimou com a lembrança de algo que eu não recordava totalmente. Tentei formar uma imagem dele. Cabelo cheio e compridinho afastado do rosto, preso atrás da orelha. Mas o rosto… a lembrança não deixava nenhum traço dele nítido.

Eu tinha estado tão fora de mim na noite anterior que de alguma forma acabara no apartamento do cara. Ele havia me levado para sua casa. Era um desconhecido. Todos os meus alarmes internos dispararam naquele momento. Eu precisava cair fora dali.

Ele ainda dormia. Eu só tinha que escapar sem ser notada. Encontrei meu boné no criado-mudo, afundei-o na cabeça e praticamente deslizei da cama, tomando o cuidado de não fazer nenhum som repentino.

Fui para o chão e me arrastei na direção do casaco e dos chinelos. Por que eu estava me arrastando? Caso houvesse paparazzi do lado de fora da janela? Aquela ideia me deu um calafrio. Eu tinha que dar o fora dali imediatamente.

No segundo em que meus dedos tocaram os chinelos, a pilha no sofá se moveu.

Soltei um ruído baixo e me afastei. *Droga.* Ouvi xingamentos abafados saindo da pilha de cobertas antes que uma série de movimentos frenéticos tivesse início debaixo dela. Eu me recostei na cama e fiquei congelada, observando as cobertas. Com medo do que sairia dali.

Primeiro, uma mão tateou a mesinha de centro até encontrar um celular. O aparelho desapareceu debaixo das cobertas por um segundo antes que elas fossem jogadas para o lado e revelassem um garoto de verdade sentado onde antes estivera a pilha.

Ah, e tinha o rosto dele.

Pálpebras pesadas, olhos escuros e turvos de quem acabara de acordar. Ossos bem esculpidos — eu mataria para ter suas maçãs do rosto e seu maxilar afiado. Mas foi a boca que fez com que eu me sobressaltasse. Uma boca escandalosamente cheia. Ele parecia o riquinho mimado de uma novela coreana.

Eu devia ter feito barulho, porque de repente ele me olhou.

Seus olhos sonolentos se arregalaram e sua boca inacreditável se abriu. Ficamos nos olhando em silêncio por uma fração de segundo.

Me endireitei e disparei para fora do quarto, avançando na direção da saída.

— Espera! — ele gritou atrás de mim enquanto eu me atrapalhava com a tranca. Quando eu já estava no meio do corredor, notei as luzes piscando e o cheiro de cigarro.

Então pisei em algo molhado e lembrei que estava *descalça*.

Ondas de repulsa me atingiram enquanto eu tentava não pensar *no que* havia pisado. Eca, eca, *eca*.

Inspirei fundo, tirei o cabelo do rosto e fechei os olhos. A mente controlava a matéria. Eu tentava repetir os exercícios respiratórios do aplicativo de meditação. Era tudo questão de focar na respiração para que o horror absoluto do seu entorno e da sua vida desaparecesse, ou coisa do tipo. Aquilo ajudava. Era como eu tinha suportado números de dança excruciantes com o tornozelo torcido. Como eu tinha ignorado o cheiro de carne assada em churrascarias tarde da noite quando sobrevivia à base de batata-doce.

Minha mente afinal se acalmou, tendo estado no limite da piração. O autocontrole inabalável me mantinha ancorada, calma.

Quando abri os olhos, estava tranquila. Não tinha ideia de em que parte da cidade estava, e a falta de sapato ia atrair atenção indesejada. Sem mencionar que era nojento.

A contragosto, voltei na direção do apartamento. Só que eu não sabia de qual deles tinha saído. Passei de porta em porta, esperando reconhecer a aparência de uma delas.

Flashes da noite anterior passavam pela minha mente, incluindo o rosto do garoto. Então, de repente, eu não estava mais imaginando a cara dele. Estava vendo.

Bem à minha frente.

Ele estava de pé no corredor, segurando meus chinelos.

—Você se esqueceu disso.

Embora o cabelo dele estivesse todo bagunçado, seus olhos continuassem turvos e suas roupas parecessem amassadas, havia um brilho confiante em seus olhos. Seus lábios se curvaram em um sorriso espertinho.

Arranquei os chinelos dele.

— Onde estou?

— Em um complexo de apartamentos de luxo em Hong Kong — o garoto disse. Todo o seu corpo parecia gostar daquela situação. O que me fazia querer socar sua boca maravilhosa.

— Olha, eu não te conheço. — Cutuquei o peito dele com o chinelo. —Você é só um cara bizarro que me trouxe pra própria casa. Não acho que seja hora de agir feito um babaca, né?

Por um momento, sua confiança pareceu abalada, mas então ele se recuperou e falou com ainda mais entusiasmo

—Você me conhece. Sou o Jack. Jack Lim.

Jack. Agora eu me lembrava. Vi seu sorriso de relance ao dizer seu nome em uma rua íngreme. E recordei algumas outras coisas. Uma mão forte nas minhas costas enquanto descia os degraus do ônibus. A cara de quem não aprovava o que eu estava fazendo quando se sentara ao meu lado no bar. O músico tarado que queria que eu lhe desse sorvete na boca. As borboletas, e Jack me apressando para fora do bar. Também lembrei que ele não sabia quem eu era.

Uma pequena chama de confiança se acendeu no meu peito.

Meus olhos varreram seu rosto, procurando por uma pista do cavalheirismo da noite anterior na expressão segura de si.

Ele levantou uma sobrancelha.

— Oi?

Franzi a testa.

—Você é norte-americano?

Jack fingiu estremecer.

—Você não pode usar isso contra mim.

Quem era aquele cara? Nunca havia conhecido alguém como ele. E eu trabalhava no ramo da música!

— Já falamos sobre isso — Jack disse. — Somos californianos.

Ele sustentou o meu olhar, e eu corei.

Quis esconder o rosto, por instinto, então me lembrei de que ele não sabia quem eu era.

— Bom, não me considero mais californiana — eu disse, hesitante. — Faz anos que me mudei de lá. — A informação me escapou fácil demais. Anos de treinamento tinham me deixado mais cuidadosa com o que revelava, em geral. Não que o fato de ser norte-americana fosse segredo ou coisa do tipo.

Eu sabia que devia tomar cuidado com aquele jeito todo seguro de si dele. Não era que não confiasse em Jack. Só não queria me importar se confiava nele ou não. Estava cansada de viver em um estado perpétuo de vigilância.

Então fiquei ali, em vez de sair correndo.

—Você ainda tem o sotaque do vale — Jack disse. Eu estava prestes a negar, mas o modo como seus olhos se mantinham fixos no meu rosto me distraía, e tive aquela sensação irritante de quando uma pessoa começa a se interessar por outra.

Quantas vezes eu tinha ficado seminua no palco, na tela da TV? Depois que me acostumara a ser cobiçada, aquilo me era indiferente. Os homens me olhavam o tempo todo, com a mesma medida de reverência e desejo. Eu tinha aprendido a deixar de notar. Mas, por alguma razão, os olhos daquele cara no meu rosto, o interesse genuíno em sua expressão, deixavam cada centímetro do meu corpo muito consciente dele. Eu me lembrei, vagamente, da maneira como Jack se concentrara em mim na noite anterior. Sempre preocupado e interessado.

Eu não conseguia deixar de notar sua atenção porque aquilo me era fisicamente impossível.

Enquanto eu retribuía seu olhar, Jack continuava a falar, meio perplexo, meio achando graça.

— Então... Fern... Quais são seus planos hoje? Acho que está me devendo um café da manhã, depois da noite de ontem.

Meu queixo caiu. *Fern? Ah, meu Deus. Certo.*

— O quê... Por que, o que aconteceu? — Tentei freneticamente recordar se tinha rolado algo entre a gente.

— Nada! — ele exclamou rápido demais, a fachada tranquila se desfazendo por meio segundo. E era imaginação minha ou suas bochechas tinham ficado vermelhas?

Fiquei aliviada, mas não sabia bem se era por *não* ter acontecido nada ou se porque eu gostaria de lembrar se algo *tivesse* acontecido.

De qualquer modo, era fofo que ele corasse.

Jack se recuperou quase imediatamente.

— Estou falando de ter salvado você de ser presa. Só isso.

— Me *salvado*? — desdenhei.

Ele assentiu.

— É. Você estava discutindo com um segurança enorme.

Tive que rir.

— Eu nunca faria isso.

— Quanto você tinha bebido? E por que saiu sozinha ontem à noite? — ele perguntou.

A raiva voltou.

— Está me julgando? Não tem nada menos atraente que isso.

— Estou mais preocupado com seu bem-estar do que em parecer atraente para você.

— Então tá — eu disse, com desdém.

Jack voltou a sorrir.

— Então tá.

Eu precisava de muita força de vontade para não retribuir os sorrisos daquele cara.

— Bem, eu não estava bêbada.

Ele gargalhou.

— *Então tá.*

De repente me dei conta de que não podia dar nenhuma outra explicação a Jack. *Eu não estava bêbada. Só estava muito louca por causa dos remédios para ansiedade e para insônia que tenho que tomar todas as noites da minha vida só para conseguir dormir.*

Pois é.

—Tanto faz.Tenho que voltar pro hotel, então… Obrigada por seja lá o que eu tenha que agradecer — eu disse, me equilibrando em um pé e depois em outro para calçar os chinelos. Jack logo estendeu uma mão para me ajudar, sem nem pensar. Senti a pegada firme no meu cotovelo. Olhei para ele e puxei o braço, quase caindo no processo.

Quando finalmente tinha calçado os chinelos, senti que estava no controle, mesmo que parecesse boba. Senti que era intocável. Como costumava me sentir.

Era hora de uma saída impactante.

Virei e comecei a me afastar, com passos bruscos e deliberados. Aquele garoto, Jack, ia se lembrar do dia em que a famosa Lucky tinha dormido na casa dele e...

— *Fern!* — ele gritou à distância no corredor. — Como você vai voltar? Está sem carteira nem celular.

Vacilei, mas continuei andando enquanto apalpava os bolsos. *Não!* Visualizei meu celular no criado-mudo do hotel. Onde eu o tinha posto antes de ir para a cama. E eu nunca carregava carteira, porque não precisava.

— Tenho minhas pernas — gritei, sem olhar para trás, então cheguei ao elevador.

— E como!

Quase tropecei. Que cara de pau!

— Mas tem um problema. São mais de quinze quilômetros até o centro.

Virei a cabeça.

— QUÊ?

Jack sorriu.

—Vamos tomar café.

14
jack

Tá, eu tinha mentido. Estávamos no centro da cidade. Mas "Fern" não precisava saber daquilo. Eu tinha que passar mais tempo com ela, e ia usar todo o meu arsenal para conseguir. Incluindo meu charme persuasivo.

Enquanto descíamos a escada, olhei para ela de novo. Lucky tinha insistido em voltar para o apartamento para tirar a maquiagem.

— *Santo Deus!* — ela havia gritado ao ver seu reflexo. Com o rosto lavado, parecia bem mais nova. Por alguns segundos, esqueci que era a maior estrela pop da Ásia.

Ela me pegou olhando enquanto descíamos e levou a mão ao boné, por instinto, roçando os dedos finos na aba rígida. Seu cabelo comprido caiu em volta do rosto e ela pareceu se encolher. Pisquei. De repente, a sensação de grandiosidade que ela passava desapareceu.

—Você veio pra cá com sua família? — perguntei. Toda aquela história dependia dos meus talentos de ator, e eu precisava perguntar a seu respeito, como se faz com desconhecidos.

Lucky hesitou antes de responder.

— Hum, não. Vim com o coral da igreja.

Boa.

— A passeio?

— Trabalho. Temos algumas apresentações. É um coral bem famoso. No... mundo dos corais de igreja. — Sua voz foi sumindo, e eu me segurei para não rir.

— E ninguém vai perguntar onde você esteve a noite toda?

Ela mordeu o lábio inferior.

—Vai... Tenho que voltar antes que notem minha ausência. É por isso que *não quero* tomar café.

— Mas você está me devendo uma.

Seu rosto se contorceu numa careta cruel.

—Você sabe que estou sem carteira.

Verdade.

— Então você me paga com o prazer da sua companhia.

Ela parou nos degraus e se inclinou para mim. De maneira ameaçadora.

— Não preciso te pagar com minha companhia, e eu nunca vou precisar, *nunca*.

A reação dela me assustou.

— Desculpa. Eu estava brincando.

Foi um relance da estrela poderosa que Lucky era. Minha determinação de fazer a matéria acontecer ficava mais forte a cada passo que dávamos.

— Não teve a menor graça — ela murmurou enquanto prosseguia escada abaixo.

Opa. Talvez fosse hora de maneirar no charme arrogante.

— Só quis dizer que queria passar mais tempo com você — eu falei, o que era verdade.

Eu esperava que aquelas palavras a desarmassem a ponto de convencê-la a ficar comigo. Não tinha ideia de quanto tempo teria com Lucky, mas sabia que havia um motivo para ela não ter ficado no hotel na noite anterior. Eu só precisava me aproveitar daquilo, tornar o motivo mais tentador conforme o dia avançava.

O que eu disse teve efeito. Ela me olhou com as bochechas rosadas.

— O.k. Por que não falou isso antes?

Sorri pelo restante do caminho escada abaixo. Quando chegamos ao térreo, abri a porta que dava para o pequeno saguão à entrada. A dura luz do dia nos atingiu, e Lucky abaixou a cabeça imediatamente, escondendo o rosto com a mão.

Quantas vezes eu havia visto aquela pose? Todas as fotos de celebridades em aeroportos, estacionamentos de mercado, no quintal? Sempre me parecera absurdo. Tipo: "Dependo da sua atenção para ganhar dinheiro, mas também exijo um nível de privacidade irrealista".

Mas ali, ao lado de Lucky, eu só via seu receio. E seu medo. Aquilo me fez pensar de novo no motivo pelo qual ela havia saído do hotel na noite anterior.

Dei uma olhada rápida no saguão para garantir que estava vazio.

— Como está tranquilo hoje — comentei, pisando no chão de azulejo, com meu corpo lançando sua sombra sobre ela.

Lucky visivelmente relaxou. Seus ombros caíram um milímetro e seu rosto saiu um pouco de trás da manga do casaco. Quando ela confirmou que não havia mesmo ninguém, desceu o braço, mantendo a cabeça abaixada.

Eu sabia que ela poderia ser reconhecida em Hong Kong. Lucky era famosa em toda a Ásia. Mas era uma cidade enorme e movimentada, e ela não parecia uma estrela naquele momento. Na verdade, estava quase irreconhecível, sem a maquiagem e a peruca cor-de-rosa. Infelizmente, era difícil esconder o fato de que era linda.

— Jack!

Meu corpo ficou tenso ao ouvir aquela voz conhecida. Notei que Lucky paralisou ao meu lado. Tentei tranquilizá-la com um sorrisinho.

— É a proprietária do apartamento.

A sra. Liu veio da entrada em nossa direção, com o punho minúsculo bem fechado no bambu da vassoura. Ela era do tamanho de um aluno de quinto ano, também devido às costas curvadas, e o laquê mantinha a profusão de cabelos brancos sempre no lugar. Os olhos astutos no rosto notavelmente sem rugas nos avaliavam, tirando depressa suas conclusões.

— Quem é sua amiga?

— Essa é a Fern — eu disse, entrando sutilmente na frente dela, de modo a deixá-la na sombra. Eu não achava que a sra. Liu ia reconhecê-la, mas às vezes ela me surpreendia. Era muito fã de Harry Styles, por exemplo. — Estamos saindo. Tchau!

— Espera! — ela gritou antes que conseguíssemos ir. — Nada de trazer garotas pra dormir no apartamento, lembra?

Ai, meu Deus. Olhei para Lucky, que estava ficando vermelha.

— *Sra. Liu!*

Ela me olhou e apontou a vassoura para a gente.

— Não vem gritar comigo!

— Ela não passou a noite, só veio me encontrar aqui — eu disse, embora aquilo mal se sustentasse mesmo aos meus ouvidos. E a sra. Liu era boa em identificar mentiras.

Lucky se mexeu ao meu lado, inquieta. A sra. Liu fixou o olhar nela.

— Você. Não durma com garotos como Jack.

Fiquei embasbacado.

— Quê? Garotos como eu?

Um princípio de risada escapou de Lucky. A sra. Liu mudou de assunto.

— Jack, lembra a máquina de lavar que você levou até o apartamento 301?

— Minhas costas se lembram, *sim* — murmurei, massageando-as.
— Da próxima vez, os caras da entrega que subam com ela.

Ela balançou a vassoura na minha direção.

— E acha que vou pagar a mais por isso? Por que motivo você poderia morar aqui se não fosse para ajudar uma velha de vez em quando?

— Hum, porque eu pago um aluguel? — Dei uma piscadela. — E as mulheres gostam de mim.

A sra. Liu gargalhou.

— Só se for porque você faz a gente rir. Bom, a máquina não está funcionando. Pode dar uma olhada?

Balancei a cabeça. Só porque eu lembrava um pouco o filho dela que morava na Alemanha e que era bom com manutenção, a sra. Liu achava que eu tinha as mesmas habilidades que ele.

— Não vou saber consertar!

— Pelo menos tenta, seu preguiçoso!

— Preguiçoso? — gritei.

Lucky assistia à nossa discussão, claramente gostando do que via. A sra. Liu tossiu enquanto tentava me acertar.

Franzi a testa.

— Dormiu com o cabelo molhado de novo? Foi assim que ficou doente da última vez. Falei pra não fazer mais isso!

A sra. Liu fez um gesto com a mão.

— Não estou doente. É que tem muito pó aqui. Preciso limpar, sai do caminho. — Ela nos empurrou. — Tchau.

— Bom, se ficar doente não ponha a culpa em mim! — gritei antes de ir embora, lamentando o dia em que havia decidido morar naquele prédio.

15
lucky

Ter visto uma velhinha com uma vassoura fazer Jack perder o controle já era o ponto alto daquele dia. A relação deles, apesar dos gritos, era até meio fofa.

Fiquei olhando enquanto ele abria a porta para mim. A fachada de cara descolado era só aquilo: uma fachada. Porque, no tempo livre, ele ajudava velhinhas a carregar eletrodomésticos pesados escada acima. Se preocupava que tivessem dormido de cabelo molhado.

Eu estava prestes a seguir Jack, todo zangado, para a rua quando senti alguém me segurando firme no braço.

Virei para a sra. Liu, que me olhava com a expressão muito séria, seus olhos afiados percorrendo meu rosto. Eles se iluminaram quando ela vira confirmado aquilo de que desconfiara.

Meu sangue gelou. A sra. Liu tinha me reconhecido.

As palavras que saíram de sua boca, no entanto, me deixaram chocada.

— Não o faça sofrer, Lucky. — Seus olhos se abrandaram, mas continuou me segurando com força. — Jack é um bom garoto, ainda que não pareça.

Então ela se afastou, assoviando enquanto varria.

Suas palavras ressoaram dentro de mim, e precisei de um segundo para me recuperar enquanto a mulher desaparecia.

— Fern!

Olhei para Jack, aquele cara que eu não conhecia, mas que despertava cada vez mais minha curiosidade, e o segui.

Ainda mais curiosa.

16
jack

Saímos para a rua, e Lucky se manteve perto. Era surpreendente a rapidez com que passara a confiar em mim.

Uma fagulha mínima de culpa se alojou em meu peito.

Olha só, partícula de culpa. Sei que você acha que isso não é "certo". Mas é o preço da fama. Ter cada movimento registrado. E Lucky ainda vai ter um dia divertido. Posso ser bem agradável, tá?

Hong Kong pela manhã era como um segredo. Era tão cedo que estávamos na rua antes da hora do rush, quando as lojas começavam a abrir. Tudo em silêncio, tranquilo, banhado pela luz suave e amarelada do nascer do dia.

— Você está bem? — perguntei a Lucky, sentindo a ansiedade dela em cada passo, em cada olhada pela rua. Queria saber em que tipo de problema havia se metido. Sua inquietação deixava claro que tinha saído escondida na noite anterior. De jeito nenhum que não teria problema ela ter dormido na casa de um cara qualquer. E Lucky ainda não havia ligado para dar notícias a ninguém. Deviam estar procurando por ela.

Lucky assentiu.

— Sim, tudo bem.

Ela devia estar com fome.

— Bom, está a fim de quê? Tem um lugar ótimo que faz um pão de fermentação natural que eu adoro…

— Quero *congee* de peixe — ela me interrompeu, com o rosto inclinado, os olhos castanhos fixos nos meus.

Assim que me recuperei de seu olhar direto, levantei as sobrancelhas.

—Vai comer peixe no café?

Ela desdenhou.

— Uau, você é *bem* norte-americano.

Um orgulho coreano latente se revelou em mim, me fazendo dizer:

— Beleza, miss Coreia.

— Bela resposta. — Seu sarcasmo me surpreendeu, superando a vulnerabilidade por um instante. —Você nunca come arroz no café da manhã?

Um táxi passou pela gente, movimentando o ar ao redor.

— Na verdade, não.Vai confiscar minha carteirinha de coreano?

— Deveria — ela disse, mas estava sorrindo. Seus movimentos pareciam mais naturais e tranquilos. — Bom, é o café da manhã típico daqui.Você deveria saber disso.

Olhei para ela, surpreso.

— Já faz muito tempo que está em Hong Kong?

Lucky abriu a boca para responder, mas seu cérebro pareceu travar, e ela demorou um pouquinho mais que o necessário.

— Não muito. Mas já estive aqui antes.

Dava para imaginar que tinha passado uma dezena de vezes por Hong Kong em turnê, sem nunca ter aproveitado de verdade a cidade.

Embora eu soubesse que estava fazendo tudo aquilo pelo furo, também curtia a ideia de mostrar Hong Kong a ela.

— Bom, você está com sorte. Por acaso estamos perto dos melhores *congees* da cidade.Vou te levar ao café preferido do cara que mora comigo.

Lucky me seguia aos pulinhos rumo ao café, e chegou a erguer o rosto para o sol. Cada pedacinho de seu corpo parecia se esticar, deixando para trás uma versão encolhida e compacta dela. De repente, Lucky parou, quase fazendo barulhinho de freio, como um personagem de desenho animado.

— Espera aí. Você mora com alguém?

— Não se preocupa, meu amigo não estava lá. Ele trabalha à noite como motorista de táxi.

Ela pareceu uns dois por cento mais aliviada. Caminhamos pelas ruas estreitas e sinuosas, passando por figueiras-de-bengala retorcidas, as raízes caindo sobre nós como cortinas. As ruas eram íngremes, e Lucky não teve pressa — era cuidadosa com cada passada, absorvia o entorno, assimilava os detalhes. O frio do outono sobrevivera à noite — o ar matinal continuava fresco e parecia purificante enquanto caminhávamos.

Finalmente chegamos a um café pequeno e discreto, localizado no térreo de um prédio ligeiramente detonado coberto de placas luminosas. Como era cedo, estava quase vazio. Um homem solitário lia o jornal a uma mesa de canto.

Uma mulher magra com permanente no cabelo se aproximou com os cardápios, falando em cantonês. Lucky e eu levantamos as mãos no gesto universal de quem pede desculpas.

Ela respondeu com um "Bom dia" seco e nos entregou cardápios plastificados, então apontou para uma mesa perto da janela. Ouvimos uma música clássica de fundo enquanto nos sentávamos no assento de vinil, que chiou. O tampo de vidro da mesa refletia a luz em nossos olhos. Lucky estava rodeada por calendários pendurados na parede logo atrás. O sol batia de tal forma que apenas sua boca era iluminada, enquanto o resto permanecia na sombra. Seria uma foto perfeita. Com ela solitária, vulnerável.

— Quer comer um ovo supervelho?

Balancei a cabeça.

— Oi?

Ela me mostrou o cardápio com um sorriso largo no rosto.

— Dá pra comer *congee* com ovo centenário!

Ela exalava uma animação sincera enquanto apontava para a foto no cardápio do que parecia ser um glóbulo de tinta maligno.

— Pode ser — eu disse, sorrindo de volta para ela. Era legal ver que algumas de suas peculiaridades eram parte de sua personalidade, e não só coisa de bêbado. — Parece bom.

—Você nunca comeu? — ela perguntou.

Balancei a cabeça em negativa.

— Não. Acho que não sou muito interessante como morador de Hong Kong.

Em vez de desdenhar, Lucky abriu um sorriso amplo, o que me surpreendeu tanto que me fez perder o fôlego.

— Nunca comi também. Mas sempre quis.

Mesmo quando fingia ser "normal", Lucky tinha traços de uma estrela. O tipo de qualidade que fazia as pessoas perderem o fôlego. *Não deixa essa garota te conquistar, Jack. Mantém o foco.*

Quando a comida chegou — tigelas de porcelana de um mingau fumegante com os ovos marinados em cima —, Lucky tirou o foco de sua atenção de mim. Seus olhos se fixaram na tigela, como um raio trator de nave espacial. Eu não ia me surpreender se conseguissem de fato puxar a comida em sua direção.

Enquanto ela só tinha olhos para a comida, peguei o celular do bolso. Com o aparelho embaixo da mesa, liguei a câmera. Quando Lucky mergulhou os palitinhos de plástico no arroz e levou a tigela para mais perto do rosto, coloquei o celular na beirada da mesa, bem devagar. Então tirei uma foto rápida, do ângulo perfeito, enquanto ela afastava a tigela do rosto. A luz estava ótima, iluminando suas feições, mas deixando metade do rosto nas sombras.

Se ela topasse ficar, poderia ser uma matéria sobre uma estrela do K-pop fugindo do confinamento de sua vida cotidiana. Fazendo o que queria. Tomando café em um restaurantezinho escondido nas ruas movimentadas de Sheung Wan.

Afastei o celular antes que Lucky me pegasse no pulo. Mas ela ainda não estava prestando atenção em mim. Só olhava maravilhada para o *congee*.

— Minha nossa. — A voz dela saiu num registro baixo que fez meu corpo inteiro se sacudir. Então ela levantou a colher no ar e exclamou: — Você é tããããão gostooooso! — Ela cantarolou as palavras, de maneira profissional e muito clara. Era óbvio que estava só brincando, cantando para uma tigela de mingau. Mas o timbre de sua voz… Era como assistir a Serena Williams jogando tênis mesmo sem nunca ter visto alguém praticando o esporte. Só uma olhada nela enfrentando seres humanos normais já bastava para saber que se estava testemunhando algo especial.

Eu não sabia por que tinha ficado surpreso. Talvez porque sempre tivesse pensado que estrelas do K-pop eram artistas produzidos, e não cantores de verdade. Mas, sentada à minha frente, fazendo uma serenata para uma tigela de arroz, estava uma verdadeira vocalista.

— Você tem uma voz boa. Não é à toa que está num coral — eu disse, enquanto olhava para minha própria comida.

Houve um momento de silêncio enquanto eu tocava o mingau quente e gelatinoso com a colher de cerâmica.

— Obrigada — ela disse, baixo, sua efervescência de repente engarrafada.

Fiquei preocupado com a possibilidade de tê-la assustado. Quando levantei os olhos, Lucky enfiava mais comida na boca, com os olhos fechados, em êxtase.

— Você realmente ama *congee* — eu disse, com uma risada, quebrando meu ovo cozido com os palitinhos.

— Abençoada seja essa comida e você por ter me trazido aqui — ela murmurou enquanto limpava delicadamente os lábios com um guardanapo de papel minúsculo. O rosto dela estava vermelho por causa da comida quente, ou talvez fosse pela pura alegria de desfrutar de uma refeição tranquila, sem perturbações. Eu me perguntava quão limitada era sua vida de celebridade.

— É muito bom — eu disse, entre uma colherada e outra. E era mesmo. Fazia meses que Charlie vinha tentando me fazer acordar cedo para comer *congee* de café da manhã naquele lugar, mas era a primeira vez que eu fazia aquilo. Só precisava de um motivo, aparentemente.

— O que te atraiu no coral? — perguntei a ela.

Lucky deu outra colherada antes de me responder. Sua expressão se mantinha incrivelmente composta mesmo enquanto mastigava. Ela parecia estar pensando no que dizer.

— É… um jeito de compartilhar música com outras pessoas.

— Então sua paixão é música em geral?

Achei que a pergunta podia fazer com que ela engasgasse com a comida, por ser direta demais. Mas Lucky só franziu a testa de leve.

—Você parece ter uma opinião formada sobre música religiosa.

Se "música religiosa" representava o K-pop naquela conversa, então sim, eu tinha uma opinião a respeito.

— Não me parece muito pessoal. É como… música para qualquer um.

Os olhos dela se iluminaram.

— Música para qualquer um. Você fala como se isso fosse ruim. Mas, para mim, é uma coisa boa. As pessoas já estão bastante divididas no mundo. É um milagre oferecer algo de que tanta gente gosta.

Pisquei. Nunca havia pensado na música pop daquele jeito.

— É um… ótimo argumento.

— Não pareça tão surpreso — ela disse, bufando e voltando a ser a Lucky meio pateta.

Depois de cada grama de *congee* e ovo ter sido devorada, Lucky se reclinou no assento e jogou a cabeça para trás.

— Fazia meses que eu não tomava um café da manhã tão bom. — A estranheza das palavras aterrissou com um baque entre nós. Era como se ambos evitássemos olhar para elas, sem querer reconhecer sua forma peculiar. Comi meu mingau educadamente, tomando um gole de chá de vez em quando.

De repente, Lucky se inclinou para a frente, deslizando os cotovelos pela mesa e apoiando a bochecha na mão direita.

— E aí, qual é a sua história? — ela perguntou.

A proximidade me fez engasgar com a comida. Sem mover o tronco, ela arrastou a mão esquerda até minha xícara de chá e a empurrou para mim. Tomei um belo gole, que queimou minha garganta. Quando me recuperei, coloquei-a na mesa com uma batida suave.

— Minha história?

— Isso. Quantos anos você tem?

Os coreanos sempre vão direto ao assunto: idade. Onde estávamos na hierarquia dos mais velhos contra os mais novos?

— Quantos anos acha que eu tenho?

As palavras provocativas saíram da minha boca muito rápido, como se eu fosse um tarado treinado.

Lucky não se abalou.

— Quem se importa com o que eu acho? Qual é a verdade?

Hum. Ela não era de fazer rodeios.

— Tenho dezoito. Me formei em junho.

Vi um brilho de algo que podia ser inveja nos olhos dela.

— E fez o ensino médio aqui ou na Califórnia?

— Aqui.

— E de onde exatamente você é, aliás?

— Los Angeles.

Ela se endireitou.

— Eu sabia. Também sou de Los Angeles.

— Sério?

— É! Cresci em Studio City.

Então ela era mesmo uma garota do vale.

— Legal. Sou de La Cañada.

Era um subúrbio ao norte do centro, ao pé das montanhas da Floresta Nacional Angeles. Um lugar cheio de árvores gigantes, com crianças que faziam aula de tênis e depois iam para as melhores faculdades do país. Era um estranho acaso termos ambos crescido em bairros tão tranquilos e nos encontrado a mais de dez mil quilômetros de distância, comendo *congee.*

— Uau! Que coincidência, não? — ela perguntou, voltando a apoiar o queixo na mão, enquanto me encarava com seus olhos escuros.

Tudo o que Lucky fazia era meio que perfeito, mas não de um jeito planejado. Mas ela era uma artista. Talvez a beleza de seu trabalho fosse a crença de que aquilo que o público via era real.

E era mesmo uma estranha coincidência. Que me deixava um pouco desconfortável. Não era eu que deveria estar sendo entrevistado ali. Quanto menos Lucky soubesse a meu respeito, melhor.

— Onde você mora agora? Seul? — perguntei, tomando um gole de chá, muito consciente de quão perto os braços dela estavam dos meus dedos.

Outros momentos de silêncio enquanto sua mente trabalhava, montando uma estratégia, já pensando cinco passos à frente e tomando decisões baseadas em onde ela queria aterrissar.

— Isso. Faz alguns anos que mudei pra lá.

Assenti.

— E quantos anos *você* tem?

Dezessete. Ela tinha dezessete anos.

— Dezoito também.

Envolvi a xícara de chá com as mãos. Era mentira.

— É mesmo?

— É. Por quê? Pareço mais velha?

Lucky falou aquilo com um tom provocador, e de repente senti um calor nas bochechas. Por que ela tomava as rédeas da situação com tanta frequência, quando era eu quem tinha todas as cartas na mão?

Era hora de virar o jogo. Meus dedos roçaram seu braço, casualmente, quando movi ligeiramente a xícara.

— Não mais velha. Só parece alguém vivida.

Fechei ligeiramente as pálpebras, bancando o tímido.

E lá estava. Uma inspiração profunda. Ela tinha entrado no modo "celebridade vulnerável procura alguém que note sua solidão". Então ouvi uma gargalhada e meus olhos voltaram ao normal.

O boné estava tão para trás na cabeça dela que eu conseguia ver sua testa delicada, suas sobrancelhas retas e seus olhos castanhos e límpidos.

— É assim que você conquista as garotas? — Lucky perguntou, dando toquinhos no meu pulso com a unha pintada de pêssego. — Saquei. Cara, elas devem ficar maluquinhas.

Talvez pela primeira vez na vida, fiquei sem ter o que dizer.

— A conta, por favor — Lucky disse, levantando a mão. Totalmente no controle.

17
lucky

Era bom demais ver aquele garoto bobo, mas tão bonitinho, ficar pasmo por um segundo que fosse.

Desfrutei por um momento daquilo enquanto fazia sinal para que o garçom trouxesse a conta. Olhei para Jack de maneira preguiçosa e tranquila.

—Você paga essa, né? Esqueci a carteira. Foi mal.

Era uma delícia ser *aquela* garota. A menina mimada e petulante que consegue tudo o que quer logo no primeiro encontro. Eu nunca, nunca, nunca podia me comportar daquele jeito. Nunca me deixavam bancar a diva.

Os olhos de Jack faiscaram por um segundo antes que ele balançasse a cabeça e pegasse a carteira no bolso de trás do jeans. Não pude deixar de reparar na maneira como se movimentava. De forma fluida, segura. Eu tinha percebido aquilo na noite anterior, mesmo em meio à minha brisa. O modo como Jack escorregara para o banquinho ao meu lado. A rapidez com que protegera meu corpo ao nos escondermos numa rua escura. O modo como surgira da pilha de cobertas, ainda que meio dormindo. O esticar do braço para pegar a conta.

Se controla, Lucky. Minha atração por esse cara já estava me incomodando. Tá, ele era bonito. Mas com quantas celebridades eu havia cruzado nos últimos anos? Eram algumas das pessoas mais bonitas do mundo. A elite da boa aparência.

Eu me perguntava se não seria apenas uma questão de momento, de circunstâncias. Jack não sabia quem eu era. Aquilo era importante por si só. Tornava a dinâmica imediatamente diferente da que eu experimentara com qualquer outro cara que tivesse conhecido.

Até que passasse tanto tempo com alguém que não sabia quem eu era, não tinha me dado conta do quanto sentia falta daquilo. A normalidade de tudo. Cada reação de Jack — o flerte, o interesse — era mérito meu. Tinha sido motivada por mim. Não pela fama, não porque ele queria alguma coisa.

Quando se era famosa, não importava a aparência ou como a pessoa era de fato — decidida, bondosa, inteligente. Todo mundo queria algo de você. Aguentavam qualquer comportamento seu, se você emprestasse um pouco de sua luz. Para aquecer as pessoas, para fazer com que se sentissem parte de algo especial.

Depois que Jack pagou pelo café da manhã, senti certa melancolia tomar conta de mim. Não queria sentir que era o fim. Apenas uma hora antes, eu quisera regressar ao hotel, para garantir que não fosse pega. Mas agora…

Agora eu tinha provado a alegria de um café da manhã cheio de carboidratos e queria mais.

Jack afastou a cadeira e se levantou.

— Que tipo de punição acha que estão preparando pra você? Vão te fazer recitar versículos da Bíblia?

Enquanto ele se assomava sobre mim, com as mãos nos bolsos de trás, sua expressão ansiosa e bem-humorada, senti uma pontada de arrependimento. Por mentir para ele. Pelas circunstâncias que tornavam coisas normais impossíveis.

— Algo do tipo — murmurei. Na verdade, não tinha ideia. Nunca havia feito algo passível de punição.

— E quais os planos pra hoje? — ele perguntou enquanto eu finalmente levantava.

Hum...

— Ensaiar — eu disse. E era verdade.

— Em um dia lindo desses? — Jack perguntou, abrindo os braços em um gesto amplo. — Que desperdício.

Era mesmo um desperdício. Quantos dias bonitos eu não havia passado dentro de estúdios de dança fluorescentes?

— Bom, você já está encrencada. Por que não aproveita?

Tive um sobressalto.

— Oi?

Ele deu de ombros.

— Deixa eu te mostrar Hong Kong. Ensaiar com o coral da igreja parece ótimo, mas... será que você ia se complicar ainda mais se chegasse umas horinhas atrasada?

Fazer aquilo seria idiota e egoísta da minha parte. Já eram oito horas — minha ausência certamente fora notada. Joseph provavelmente estava pirando. Ren provavelmente vasculhava a cidade toda, possesso.

E me meter naquilo tudo só para passar um dia com um cara? Um desconhecido qualquer, ainda que muito persuasivo?

Era um conto de fadas, uma ideia ruim alimentada por uma garota que não tinha um dia de folga em semanas. Meses.

Anos.

Eu merecia um dia de folga.

— Tá bom, Jack. Vamos nessa.

18
jack

Puta merda. Funcionou. Tentei manter a expressão neutra, mesmo que por dentro estivesse comemorando.

Quando Lucky foi ao banheiro, mandei uma mensagem para Trevor. **Tenho um furo. Vou passar o dia com Lucky, a estrela do K-pop. Ela não tem ideia de quem eu sou. Fica ligado.**

Com o celular na mão, notei que meus pais haviam mandado mensagens. Eles perguntavam como eu estava me sentindo, se precisava de alguma coisa. Senti uma pontada de culpa ao responder dizendo que estava bem, mas precisava passar uns dias em casa.

Meu pai logo respondeu. **Não esqueça a reunião na segunda de manhã. Coloque dois alarmes para não perder a hora como da última vez.**

Argh. A segunda-feira parecia a anos-luz de distância. A ideia de acordar cedo para ir a uma reunião do banco fazia com que eu quisesse ainda mais aquele furo.

Então minha irmã mais nova, Ava, escreveu: **Você não está doente coisa nenhuma, né?**

Sorri. Ava era a única da família que sabia que eu detestava o estágio. E que o ano sabático era uma desculpa para adiar a faculdade o máximo possível.

Por que eu inventaria algo assim?

Ela me mandou um emoji de cocô. Depois escreveu: **Pode vir aqui me ajudar com a lição de geometria?**

Ava precisava da minha ajuda para fazer a lição de matemática tanto quanto eu precisava da ajuda dela para amarrar o cadarço. Ela era cinco mil vezes mais inteligente que eu. E, diferente de mim, provavelmente exibiria todas as grandes conquistas que se esperava dos bons filhos asiáticos. Estava no sangue de Ava, ela adorava aquilo.

Mas eu sabia que sentia minha falta e que aquela era sua maneira de me pedir para passar um tempo com ela.

Tá querendo repetir em geometria? É melhor a gente marcar de sair pra comer.

EBA 🕵

Quando Lucky saiu do banheiro, me pegou sorrindo.

— O que foi?

— Nada. Minha irmã está tentando dar um golpe só pra eu sair pra comer com ela.

—Você tem irmã? — ela perguntou.

Me senti desconfortável por ter revelado aquela informação pessoal.

— Tenho. Bom, está pronta para um dia de romance e aventura? — Movimentei as sobrancelhas para cima e para baixo. Lucky fez uma careta.

— Afe.

—Você gostou, vai — eu disse, tranquilo, abrindo a porta para ela. Com o dia inteiro à nossa frente.

19
lucky

Concordar em passar o dia com Jack tinha sido emocionante, mas também me dava vontade de vomitar. Era como se eu estivesse em um parque de diversões — em um daqueles barcos viking, que balançam de um lado para o outro, fazendo a pessoa gritar de empolgação com o friozinho no estômago, mas depois a deixando suspensa no ar por tempo o bastante para que ela comece a entrar em pânico quanto ao que virá a seguir.

É, tipo assim.

As ruas estavam cheias, com gente por toda parte. Abotoei o casaco de modo que o colarinho escondesse minha boca e meu queixo, segurei a aba do boné e mantive o rosto baixo. Se Jack achou aquilo esquisito, não comentou.

Ele ficou com o celular na mão enquanto nos demorávamos diante da entrada.

— Bom, Fern, é o seu dia. O que quer fazer?

Ah. Era *eu* quem ia escolher.

Eu nunca havia planejado como passar um dia em uma cidade estrangeira. Cada minuto da minha vida era programado, segundo a segundo. Mesmo os intervalos de dez minutos para comer alguma coisa e ir ao banheiro. Como se eu fosse uma criança na escola.

— Hum... Podemos dar uma volta por aqui? Gostei do bairro. — A ideia de caminhar por uma região bonitinha sem qualquer tipo de plano me animava.

— Claro.

Enquanto andávamos, algo familiar no nosso entorno me fez desacelerar.

— Espera um segundo.

Considerei o lugar onde nos encontrávamos. Reconheci o topo dos arranha-céus entre os prédios residenciais por perto. Andei rapidamente até deparar com uma placa de rua. Queens Road. Reconheci o nome.

— Jack! — gritei. — *Não* estamos a quinze quilômetros do centro! Meu hotel fica aqui perto!

Em vez de parecer, não sei, envergonhado, ele riu.

— É. Eu menti pra você.

Eu quis gritar. Mas respirei fundo e só o encarei.

— Por quê?

Ele não respondeu na hora, o que me deixou ainda mais irritada. Depois de alguns segundos, deu de ombros.

— Não queria que você fosse embora.

Tentei impedir o rubor de subir pela minha garganta enquanto Jack seguia em frente, abrindo caminho.

Tínhamos entrado em um trecho barulhento. Vendedores em lojas lotadas gritavam em cantonês, táxis buzinavam, os faróis de pedestres produziam um bipe constante — e quem atravessava os cruzamentos os obedecia, porque um passo errado para deixar a calçada e a pessoa seria atropelada por um táxi na hora. Fiquei surpresa com quão diferente de Seul era tudo — parecia mais com Nova York, com mais caos e improvisação.

Era difícil manter a calma em meio a tanta gente. Fora que Ren poderia aparecer em qualquer esquina. Se estivessem procurando por mim, manteriam a discrição. Meus produtores iam acobertar aquilo enquanto fosse possível.

Quando um dos cantores do Prince 3, a principal boy band de Joseph, ficou um fim de semana inteiro sem dar sinal de vida (ele tinha ido pro Havaí com uma garota!), eles mantiveram a mídia sem informações. Porque a única coisa pior que ter um artista desaparecido (com um interesse amoroso!) era um escândalo. No meu caso, ainda era o pior momento possível, porque minha apresentação no *Later Tonight Show* estava chegando. Eu precisava dos meus fãs devotados como nunca, porque contava com aquele apoio para me elevar ao nível seguinte da minha carreira. Era o que meu selo dizia, pelo menos.

Eu me senti ligeiramente culpada ao pensar em quão preocupados deviam estar, mas aquilo não superava meu desejo de ter uma folga. Uma vez na vida, queria pensar em mim mesma. Não na família, nos produtores ou nos fãs. Não queria ser conduzida pela obrigação ou pela culpa. Queria ser conduzida por mim mesma. Aproveitar aquele dia livre que havia conquistado sozinha.

Ainda assim, precisava ter o cuidado de não ser reconhecida nem encontrada.

Com a paranoia marcando cada movimento meu, percebi que seguir Jack costurando em meio às pessoas me mantinha calma, como quando eu focava em Ren em meio à multidão de fãs. Meus olhos se fixaram em sua camisa verde-escura, com as mangas dobradas. Eu não sabia que gostava de caras com as mangas dobradas até aquele momento. Mas definitivamente gostava.

Estávamos subindo uma infinidade de degraus. Baixei os olhos para meus chinelos.

— Ei, Jack. Será que a gente pode parar numa loja de sapatos?

Ele parou para me olhar enquanto eu me arrastava pelos degraus logo atrás.

—Vou ter que te comprar sapatos também?

— Relaxa, mão de vaca. Eu te pago depois.

— Mão de vaca? Estou tentando dar conta dos seus caprichos. — Apesar das palavras, ele sorriu para mim. — Meu apartamento luxuoso deve ter passado a ideia errada. Na verdade, sou um artista passando fome.

Quando o alcancei, juntei as mãos debaixo do queixo, suplicando.

— Por favor? Não precisa ser nada bonito. Desde que não seja feio.

— Onde está a Target quando se precisa de uma? — ele resmungou. Então seus olhos se iluminaram com uma ideia. — Já sei. Vem comigo, camponesa de chinelos.

Andamos mais alguns quarteirões, e os estabelecimentos foram ficando mais sofisticados. Mercearias davam lugar a cafés e lojas de roupas. Jovens passeavam, tirando fotos. Vi mais de uma garota fazendo pose com seu café, fosse para uma selfie ou para ser fotografada por um cara muito paciente com um tripé. O Instagram ali devia ser muito popular.

— Me dá um segundo — Jack disse, parando diante de uma loja particularmente descolada e então entrando.

Olhei em volta, me sentindo um pouco nervosa sozinha. Um movimento atrás de um arbusto chamou minha atenção.

Um gato!

Era preto, com peito e patas brancos, grande, com olhos verdes, rabo curto e grosso, e o rosto todo sujo de cinza. Me agachei e tentei atraí-lo. Uma das coisas de que mais sentia falta desde que deixara os Estados Unidos era de um animal de estimação. O lulu dos meus pais só fazia bagunça, mas era legal ter uma bolinha de pelos por perto.

O gato se aproximou, esfregando o corpo robusto contra minhas pernas enquanto eu fazia carinho nele. Mas se afastou quando Jack apareceu, abrindo a porta da loja com um barulho alto.

— Entra aqui, Fern — ele gritou. Levantei, e Jack olhou para o gato em retirada. — É melhor tomar cuidado. Os gatos aqui são sacos de pulgas.

— Ele não quis te ofender — murmurei para o gato. Então fui até Jack, relutante, e me despedi do gato com um aceno.

Depois de passar pela porta, dei uma olhada na lojinha, que estava vazia a não ser por uma garota asiática tão descolada que chegava a me intimidar do outro lado do balcão. As paredes, o piso e os móveis eram todos completamente brancos. Havia poucos produtos ali, dispostos de maneira engenhosa.

— Fern, essa é minha amiga Lina. Ela vai te arranjar sapatos — Jack disse.

Lina, com figurino monocromático e uma tatuagem delicada no antebraço, saiu de trás do balcão e olhou para meus chinelos, com as sobrancelhas levantadas.

— Quero saber?

De repente, fiquei muito consciente de quão visível eu estava para aquela completa desconhecida. Recuei um passo, me aproximando de Jack.

— Hum, longa história — eu disse, com a voz baixa.

— Que número você usa? — Lina preguntou. Seu tom amistoso me deixou mais relaxada.

Disse a ela, que entrou numa sala nos fundos, da qual saiu alguns minutos depois.

— Esse deve servir — ela disse, carregando uma caixa de sapato.

Sentei em um banco coberto com uma manta de pelo de ovelha. Quando abri a caixa, vi um par de tênis pretos aninhados em papel de seda. Meus olhos se arregalaram quando reconheci a marca.

— Isso não é barato.

— Bom, é meio que um empréstimo — Jack disse, abrindo um sorriso para Lina.

Ela revirou os olhos, se apoiou no balcão e prendeu atrás da orelha uma mecha do cabelo tingido de loiro na altura do ombro. Lina tinha um rosto bonito, com características fortes — um nariz reto e ligeiramente grande e sobrancelhas escuras bem expressivas.

Uma coisa era ficar devendo para o Jack. Mas para uma garota qualquer? Eu não estava confortável com aquela situação.

— Posso te pagar assim que voltar ao hotel — eu disse, rígida, calçando os tênis. Na Coreia, as principais marcas viviam me enviando seus produtos. Fazia um tempo que eu não precisava pensar em comprar roupas.

Lina sorriu para mim, então levantou uma sobrancelha para Jack.

— Não se preocupa. Jack cuida disso.

Levantei e fechei os olhos, radiante.

— Aaah. Sola decente. Tinha me esquecido de você.

Jack riu.

— Acho que você está deixando o tênis envergonhado.

Ignorei o comentário.

— Bom, então vamos levar — eu disse.

Em poucos minutos já estávamos do lado de fora, e eu pululava alegremente nos tênis.

— Vocês foram namorados ou coisa do tipo? — soltei.

Um raio de sol forte se esgueirou pelo beco e atingiu o rosto de Jack.

— Oi?

Por que eu tinha perguntado aquilo?

— Só estava curiosa. Vocês parecem... próximos — eu disse, me sentindo meio constrangida por ter tocado no assunto. Boa, Lucky, ciúmes.

Com a cabeça inclinada para o sol, ele fechou um olho e virou para mim.

— Não é nada disso.

Aquilo deveria ter me tranquilizado, mas seu modo vago me irritou. Lina tinha agido de um jeito meio estranho. Talvez ela gostasse dele e Jack não percebesse. Franzi a testa. Garotos eram péssimos.

— Bom, vou pagar o tênis para ela depois.

Chegamos a um cruzamento. Pessoas se aglomeravam à nossa volta enquanto esperávamos que o farol abrisse. Jack suspirou.

— Não precisa se preocupar com isso!

— Olha, sei que quando a gente se conheceu eu estava usando os chinelos do hotel, todavia não preciso de doação de uma desconhecida.

O farol ficou verde para os pedestres, e Jack continuou no lugar, deixando de lado o jeito mandão como vinha me guiando a manhã inteira. Ele me encarou.

— *Todavia?*

— É, *todavia!* — arfei, atravessando a rua estreita.

Jack seguiu atrás de mim.

— Às vezes você fala umas coisas *bem* esquisitas.

— Está querendo dizer que porque você morou nos Estados Unidos alguns anos a mais do que eu, fala inglês melhor? — Parei de andar e encarei Jack assim que subi na calçada.

— Não, estou dizendo que você fala umas palavras esquisitas. Meio formais.

Passamos por um grupo de crianças com uniforme escolar, incluindo meias até os joelhos e bonés.

— Não tenho muita gente com quem falar inglês. Peguei algumas expressões de romances históricos.

Assim que terminei de falar, me arrependi, e me preparei para os comentários habituais sobre o conteúdo sexual daquele tipo de livro.

Mas Jack não disse nada rude nem me julgou. Só franziu a testa e perguntou:

— Foi estranho mudar para a Coreia? Quer dizer, você se considerava coreana? Às vezes me sinto tão... *norte-americano* aqui.

A mudança repentina de assunto me surpreendeu. Jack sempre parecia confiante. Imperturbável. Mas eu entendia o que ele queria dizer.

— Foi estressante, no começo. As pessoas tiravam sarro do meu sotaque.

As garotas coreanas do dormitório tinham uma panelinha só delas, deixando eu e Carolina, que era das Filipinas, de lado, de modo que havíamos sido forçadas a nos aliar, ainda que não tivéssemos nada em comum e inclusive nos irritássemos um pouco uma com a outra.

— E seu coreano é perfeito agora? — Jack pulou um degrau para evitar pisar em um lenço usado.

Desviei dele também.

— É. Depois que se está lá... é como se sua língua materna voltasse com força total.

Ele riu.

— E a sensação é boa? De falar coreano bem?

— Hum... Acho que sim. Você cresceu com outros asiáticos, não? — sondei.

Ele assentiu.

— Sim. Tipo, metade da escola.

— Eu também. — Mordi o lábio, concentrada. — Eu me sentia muito coreana. Tipo, conectada com minhas raízes, sem nenhuma questão de identidade. Mas quando cheguei à Coreia parecia que... eu era uma alienígena, ou sei lá o quê. Era constrangedor não falar coreano tão bem.

— Como se fosse um sinal de uma criação ruim? — Jack perguntou.

— Sim! — Apontei para ele. — Exatamente isso!

Ele balançou a cabeça.

— Minha família foi para Seul no ano passado. Um taxista deu a maior bronca nos meus pais quando viu que minha irmã não falava coreano muito bem. Chegou a dizer que eles deviam ter feito um trabalho melhor.

Meu queixo caiu.

— Afe. Que falta de educação.

— Né? — Jack enfiou as mãos nos bolsos enquanto andava ao meu lado. Nossos cotovelos se tocavam com o movimento. — Bom, minha mãe respondeu à altura, claro, mas eu fiquei meio envergonhado. Como se não fosse um coreano bom o bastante.

Soltei uma risadinha.

— Bom, esse é um sentimento latente em todos os jovens coreanos. Culpa é a nossa principal motivação.

Jack sorriu.

— Verdade. Sempre me sinto… culpado por querer o que eu quero.

— E o que você quer? — perguntei, olhando para ele com interesse. Estava curiosa, porque às vezes a culpa de querer me livrar de minhas obrigações ligadas ao K-pop eram tão intensas que parecia que eu nem conseguia respirar.

— Quero… Não sei. — Sua voz saiu baixa, e Jack olhou para baixo.

— Pode falar, anda — eu disse, batendo meu quadril de leve contra o dele.

Jack não respondeu na hora.

— Não quero o que meus pais querem pra mim. Fora isso… Não tenho certeza ainda.

Hum. De um jeito esquisito, eu não tinha ideia de como era aquilo. Sabia o que queria desde os seis anos. Fiquei sem ter o que dizer. Depois de alguns momentos, finalmente me arrisquei.

— Sei como é quando os outros têm expectativas sobre você.

Eu não estava falando dos meus pais, mas Jack não precisava saber daquilo.

Ele me olhou e eu senti uma onda de energia correndo entre nós. Uma conexão de algum tipo, embora não romântica. Eu não tinha com quem falar sobre aquele tipo de coisa. Coisas de jovens coreano-norte-americanos. Ninguém na Coreia entendia de verdade aquela parte de mim.

A sensação era boa, porque eu não precisava mentir. De um jeito estranho, podia ser uma versão verdadeira de mim mesma como Fern.

20
jack

Lucky estava se provando uma ótima mentirosa.

Porque o truque para mentir bem é não correr riscos se afundando em detalhes, complicando as coisas mais do que o necessário, se envolvendo numa rede de inverdades.

Você seleciona as verdades que conta.

Então, quando for dizer o que quer que seja, vai demonstrar sinais verdadeiros de sinceridade. Como Lucky fazia.

Caminhamos pela Hollywood Road, uma via movimentada que nos levou de Sheung Wan de volta ao centro, onde havíamos nos encontrado na noite anterior.

Uma figueira-de-bengala muito antiga crescia ao lado de uma parede de concreto, as raízes serpenteando sobre as ruínas até a calçada. Lucky esticou o braço e tocou as raízes pegajosas que caíam dos galhos, dando um puxão.

Atrás dela, tirei uma foto rápida.

As imagens da loja de sapatos tinham ficado ótimas — Lucky se debruçando para amarrar os cadarços, parecendo pensativa ao contemplar no espelho os tênis, uma fonte de conforto em uma vida cheia de restrições. Ah, aquilo era bom!

AS PASSADAS FIRMES DA FUGA DE LUCKY

Meu celular vibrou. Trevor finalmente tinha visto minha mensagem e respondido. **Está falando sério? Recebi uma dica de que ela sumiu ontem.**

Sorri e respondi: **Lucky estava comigo.** Eu sabia que estava sendo sacana e dando a impressão errada, mas queria atrair a atenção de Trevor. Ele respondeu imediatamente. **Se for sério, isso pode mudar tudo pra vc. Vai nessa, consegue esse furo.**

Isso. *Boa.*

Lucky parou à minha frente e puxou o ar pelo nariz.

— O que é isso?

Podia-se distinguir o cheiro de uma fumaça reveladora no ar.

— Ah, estamos perto do templo Man Mo. Isso é cheiro de incenso.

Seguimos até um portão aberto, além do qual havia duas construções térreas antigas, situadas diante de um pátio de concreto. O lugar estava cheio de turistas comprando maços de incenso, que acendiam em inúmeros altares, enchendo o quarteirão de fumaça.

Assim que chegara a Hong Kong, a imagem incongruente daquele templo antigo bem no meio do centro financeiro, a alguns passos de uma rua cheia de carros, hipsters e velhinhas, havia me impressionado. Agora eu passava por ele umas dez vezes por dia e mal o notava. Era só um prédio do século XIX de boa ali, nada mais.

Lucky me olhou por meio segundo antes de se dirigir para as barracas vendendo incenso.

LUCKY FAZ UMA PRECE

Eu a segui lá para dentro, onde o barulho da rua era abafado e substituído por ruídos mais suaves e discretos: fósforos acendendo, passos no piso de pedra, fotos sendo tiradas. Estava cheio de turistas, e fumaça de incenso se espalhava no ar.

Encontrei Lucky observando uma mulher mais velha acender um maço de incenso. Com as mãos delicadas, ela os enfiou em uma grande urna dourada cheia de cinzas. Depois que o incenso tinha sido posto no lugar apropriado, a mulher levou as mãos ao peito e ficou olhando para as chamas, depois fechou os olhos, as pálpebras finas quase translúcidas.

— Vai rezar pelo quê? — sussurrei para Lucky ao me colocar ao lado dela. Meu celular estava pronto para tirar uma foto, independente do que fosse.

Lucky pensou a respeito por um segundo, sem tirar os olhos da mulher mais velha.

— Não vou rezar. Mas respeito outras culturas — ela sussurrou.

— Então você não é religiosa?

Ela olhou para mim.

— Não.

— Apesar de estar no coral da igreja?

Um momento se passou enquanto ficamos ambos olhando para a mulher, com a mentira pairando sobre nós. Finalmente, Lucky disse:

— Eu era religiosa. Por isso entrei para o coral da igreja. E continuei pelo canto.

Assenti.

— Saquei.

A mulher saiu, e Lucky acendeu seu maço de incenso, segurando o fósforo aceso contra as pontas, antes que a chama chegasse a seus dedos.

— Bom, se você fosse do tipo que reza, rezaria pelo quê? — perguntei.

Lucky enfiou os incensos em uma travessa cheia de cinzas em um altar diante da estátua dourada de uma divindade.

— Acho que... pediria saúde para meus pais.

Aquilo era claramente seu treinamento para a mídia coreana falando.

— Pff. Sei.

Ela olhou para mim.

— Como assim?

— Isso é besteira. Pelo que você rezaria, de verdade?

Lucky me ignorou e levou as mãos ao peito, como aquela senhora havia feito. Ela fechou os olhos enquanto seus lábios se moviam, oferecendo palavras silenciosas para o incenso mágico.

Tirei uma foto.

Quando ela abriu os olhos, voltei a enfiar o celular dentro do bolso.

— Pedi que a próxima apresentação corra bem — ela disse. — É meio… importante.

Ahá.

— Importante por quê?

Fomos até uma parede cheia de gavetinhas, onde ficavam as cinzas da cremação. Os dedos de Lucky passaram pela moldura em vermelho na frente de cada uma, traçando depois os desenhos de folhas em cada uma delas.

— Se correr tudo bem, talvez represente um passo adiante… na competição — ela disse.

— Ah, legal — eu disse. — Isso é legal, não?

Ela olhou atentamente para as gavetinhas.

— Acho que sim. Mas não ando muito animada com a possibilidade.

Olhei para ela de repente.

— Por que não? Não é a grande chance de vocês?

— É o que todo mundo diz, mas talvez eu goste das coisas do jeito que estão — Lucky disse em uma voz tão baixa que tive que me esforçar para ouvir.

O ar marcado pelo incenso prejudicava minha visão, então abanei a mão na frente do rosto.

— Se quer que as coisas continuem como estão, por que pediu para que a apresentação corra bem?

Minha voz saiu mais alta do que eu pretendia, e Lucky fez "psiu" antes de me puxar pela manga e me levar para um lugar mais tranquilo — uma área vazia sob as lanternas, decoradas com faixas vermelhas e serpentinas gigantes de incenso.

Tentei ignorar o quanto a familiaridade do movimento me agradava.

Depois de dar uma olhada em volta para se certificar de que ninguém nos ouvia, Lucky disse, em um sussurro baixo:

— Pedi que tudo corresse bem porque ainda quero o melhor para o coral. Para todas as pessoas que se dedicam a ele.

Fiquei parado, surpreso com a honestidade da resposta.

— Mas e o que você quer?

Ela me olhou por um segundo antes de rebater minha pergunta com outra.

— O que você sabe sobre budismo?

— Hum. Sei que envolve... Buda.

De onde aquilo tinha vindo?

Ela riu, então cobriu a boca depressa.

— O budismo é bem interessante. Trata do caminho para a libertação. De se ver livre de coisas como os desejos terrenos, da aspiração. — Lucky agitava as mãos no ar, pontuando cada coisa excêntrica que dizia com movimentos graciosos.

— O que tem de errado na aspiração? — perguntei, com um sorriso tranquilo, ainda que falasse sério.

A boca dela se retorceu um pouco, na dúvida se eu estava brincando ou não.

— Às vezes nubla sua visão. Você pode ser guiado pelos motivos errados, por exemplo.

Olhei para ela, bruscamente.

— E quais seriam os motivos certos?

— Não sei. Hum, fazer coisas boas para o mundo? Para a humanidade? Desejos que não nascem de egoísmo, do ego, mas... de algo maior?

— Parece bem chato — eu disse.

Ela riu.

— Cala a boca.

— Estou falando sério! — Tentei manter a voz baixa. — Porque, mesmo que você viva sua vida de uma maneira muito altruísta, *por que* faria isso? No fim das contas não seria para se sentir bem consigo mesmo? Então voltamos à ideia de "egoísmo". Como se fosse uma coisa ruim...

— Eu não poderia discordar mais — Lucky disse, com o rosto inclinado para mim, totalmente visível por baixo do boné. — Não acho que fazer coisas boas seja egoísta. Isso é puro cinismo.

Aquilo doeu.

— Valeu.

Ela balançou a cabeça.

— É verdade. Você sabe que o bem e o mal existem de verdade, não sabe, Jack? Tipo, há uma vida boa e uma vida... vazia.

— Sei disso, pode acreditar — eu disse, baixo. — Mas acho que você está usando, tipo, moralidade para medir qualidade.

— E como estou fazendo isso? — Lucky quis saber.

Fiquei olhando para seu rosto virado para cima, para a sinceridade em sua expressão. Lucky achava mesmo que a vida dela era vazia? Eu não podia acreditar. Ela estava no auge. Tinha um trabalho pelo qual muita gente mataria. Um trabalho com que funcionários de banco sonhavam. Minha pergunta ressoou pelo templo silencioso:

— Quem disse que uma vida boa não pode incluir algum egoísmo?

21
lucky

Fomos expulsos do templo.

— Jack! Olha só o que você fez — eu disse, tentando segurar a risada.

Ele levantou as sobrancelhas.

— O que *eu* fiz? Então tá, sra. Tagarela.

—Você estava falando mais do que eu!

—Vamos concordar em discordar — Jack disse apenas, com o sol do fim da manhã batendo em seu cabelo de maneira a fazê-lo brilhar. Eu morreria por aquele volume. Ele deu uma olhada no celular. — Ei. Está com fome?

— Sempre. — O tom animado se fez presente antes que eu pudesse evitar. — Não como muito com o coral da igreja — esclareci.

— Quando estão viajando ou o tempo todo? — ele perguntou.

Fui cuidadosa na escolha de palavras.

— Somos encorajadas a ser saudáveis. O tempo todo.

Era um belo eufemismo.

— Bom, dane-se o saudável hoje.Você está em Hong Kong! — Ele levou as mãos à cintura e pensou por um segundo. — Ah! Você gosta de *bao*?

— O que é isso?

Ele levou a mão ao peito de forma exagerada.

— O que é *bao*? A melhor comida do mundo. Uns pãezinhos recheados que em geral se comem no café da manhã, mas eu basicamente sobrevivo à base deles.

—Você me convenceu com "pãezinhos".

Ele me levou até a entrada de uma estação de trem discreta, localizada em um prédio de tijolinhos cinza. Descemos por uma escada mal iluminada até que as luzes fortes de um shopping subterrâneo cheio de gente e de placas das linhas nos atingisse.

Fiquei tensa, com todas aquelas pessoas passando ao meu lado. E foi muito estranho, porque no instante em que isso aconteceu Jack olhou para mim.

Então pegou minha mão.

Meus olhos encontraram os dele.

— Não se perca de mim — ele disse, tranquilo, como se nós dois sempre fizéssemos aquilo. Como se aquelas palavras não fossem *muito* sedutoras.

A mão dele era quente, a pele era áspera. Me lembrei de quando tínhamos dado as mãos na noite anterior, correndo pelos becos escuros. Parecia ter passado uma eternidade.

Antes da noite passada, eu nunca havia ficado de mãos dadas com um garoto. E lá estava eu, fazendo aquilo pela segunda vez com alguém que eu mal conhecia. A sensação da minha mão na de outro alguém — e outro alguém *fofo* — me deixou tão tonta que fiquei sem graça. Só tínhamos dado as mãos.

Eu não conseguia entender Jack enquanto ele se movia em meio à multidão no shopping da estação. Estava segurando minha mão como se fosse meu namorado? Ou de um jeito platônico, como um amigo e guia turístico? Um garoto podia dar a mão a uma garota de um jeito platônico?

E será que eu *queria* algo além de um guia turístico platônico?

Paramos em frente ao balcão atrás do qual uma adolescente

asiática mal-humorada usava avental. Acima dela, havia imagens de pãezinhos no vapor, iluminadas por trás.

Fiquei com água na boca, apesar de não fazer tanto tempo que eu havia comido todo aquele *congee*.

— Quero um de cada.

— Está falando sério? — Jack perguntou, com a voz aguda.

— Sim. Um de cada, por favor.

—Você acha que eu sou o quê, milionário?

Dei risada.

—Você é sempre tão exagerado assim?

Jack parou por um segundo, enquanto uma expressão surpresa tomava conta de seu rosto.

— Como assim?

—Você é bastante hiperbólico.

Ele sorriu.

— *Nunca* na vida inteira usei uma hipérbole.

Eu estava gostando daquela troca de farpas. Quando fora a última vez que conhecera alguém com quem podia brincar sobre hipérboles? Ainda que fosse quase fluente em coreano, conversas mais sofisticadas me confundiam, o que me deixava muito frustrada.

—Vou pagar tudo, prometo. — Um silêncio recaiu sobre nós, até que acrescentei: — Quero leite também.

Depois de pedir seis *baos*, uma caixa pequena de leite e uma água para ele, Jack nos guiou estação acima até a rua.

Eu sentia o pãozinho quente nas minhas mãos. Tirei a embalagem fina de papel impaciente, queimando os dedos no processo. Soltei um gemido e os enfiei na boca.

Jack balançou a cabeça.

— Tem que esperar esfriar um pouco.

— De jeito nenhum — eu disse, já mordendo um *bao*. O recheio de carne de porco quente me queimou, mas estava muito,

muito bom. Uma massa levemente adocicada e borrachuda com carne caramelizada, numa combinação perfeita de sal e açúcar. Divino. Continuei comendo, queimando seriamente o céu da boca.

Nos aproximamos de um cruzamento particularmente movimentado, com ruas curvas e prédios mais antigos dos quais grupos de executivos de roupa social saíam para almoçar. Por um segundo, me senti como se estivesse em Londres, mas quando atravessamos a rua e fizemos uma curva o trânsito desapareceu de repente e nos vimos em meio a plantas tropicais, e a sombra de árvores gigantescas nos esfriou de imediato. Estávamos próximos de uma colina que margeava um parque. À esquerda, havia um pequeno cânion, com uma folhagem mais densa e escura.

Olhei deslumbrada para meu entorno, com a cabeça inclinada para trás de modo a poder ver o topo das árvores.

— Nossa, eu tinha quase esquecido que Hong Kong é assim, toda tropical.

— Você deu sorte de ter pegado um dia fresco. O clima anda infernal. Tipo a Flórida, mas pior — Jack disse, o saco com as bebidas e os *baos* balançando entre nós.

— Umidade — eu disse, com sabedoria. — É a pior.

— Literalmente.

Rimos, e eu me senti meio tímida na tranquilidade da rua cheia de sombras. Além daquela manhã no apartamento de Jack, não tínhamos ficado a sós de verdade.

— Foi muito difícil me acostumar com a umidade depois de Los Angeles. Não conseguia entender o que estava acontecendo com meu cabelo.

Ele sorriu.

— É. Esse verão quase me matou. Mas minha pele está *ótima*.

Olhei para ele. Sim, a pele e todo o resto dele pareciam ótimos.

— Você sente falta de Los Angeles?

—Você quer saber se sinto falta do verão seco? — ele perguntou.

Um táxi passou pela gente, um borrão vermelho contra o verde das árvores. Balancei a cabeça.

— Sim e não. Quero saber se você tem saudade de morar lá. Tipo, nos Estados Unidos.

— Não muito — Jack disse. — Sentia no começo, mas… Não sei. Hong Kong é legal.

Esperei que ele falasse mais a respeito, o que não aconteceu. Terminei o *bao*.

— É legal mesmo aqui. Mas você não sente falta de não ser um estrangeiro?

— Isso que é legal aqui em Hong Kong. Tem muito estrangeiro. Não é como se eu me destacasse ou coisa do tipo.

Quando eu ainda era uma artista obscura na Coreia, adorava a invisibilidade, o modo como eu me misturava facilmente a Seul. Adorava a sensação de estar em um lugar onde eu era parte da história.

Mas agora eu me destacava.

— Eu fico com saudades — admiti, limpando os dedos no jeans. Quase disse que sentia falta da minha família, mas me segurei a tempo. Jack não tinha ideia de que eu não morava com eles. Seria difícil explicar.

Mas eu sentia mesmo falta deles. Mais do que dos verões secos ou da comunicação na minha língua nativa. Eu sentia falta de brigar com meus pais e com minha irmã quanto ao que íamos ver na Netflix, e de demorar tanto tempo para escolher alguma coisa que já era hora de ir para a cama quando chegávamos a uma decisão. Sentia falta da minha mãe gritando da cozinha quando abria a geladeira e caía alguma coisa porque eu e minha irmã enfiávamos as coisas lá de maneira descuidada. Sentia falta do meu pai duvidando de mim quando eu dizia que tinha verificado a caixa de correio, de vê-lo saindo para confirmar e do modo como me ignorava quando eu me vangloriava depois. Sentia falta do medo da ira obstinada da minha irmã quando eu manchava uma roupa que tinha pegado emprestada dela, e do modo como me escondia no quarto ao ouvir seu inevitável grito.

Mas eu não podia dizer aquilo tudo. Então só disse:

— Sinto falta dos hambúrgueres.

Jack sorriu, mostrando o branco de seus dentes na sombra fresca.

— Eu também. — Ele andou ao meu lado em silêncio por um tempo, então perguntou: — Com que idade você mudou para a Coreia?

— Com treze anos.

— E como foi? Quer dizer, é uma idade difícil.

Tinha sido mesmo difícil. Mas eu havia mudado porque queria, diferentemente de crianças que eram levadas embora pelos pais. Como Jack.

— Foi difícil no começo, mas eu estava sempre ocupada, então… Não tinha muito tempo para ficar com saudade de casa.

— Por causa da vida agitada de membro do coral da igreja? — O tom era provocador, e xinguei a mim mesma por ter inventado aquela bobagem.

Soltei uma risada fraca.

— Mais ou menos. Eu fazia aula de música, dança e tudo o mais. Então entrei para o coral e a coisa ficou séria. Virou um *hobby* que consumia bastante tempo.

— Então faz tempo que você canta? — ele perguntou, enquanto pulava uma parte da calçada em que raízes gigantescas partiam o concreto.

— Desde sempre.

Sorri, lembrando os muitos vídeos caseiros de mim mesma cantando, ainda criança. Na mesa do jantar, segurando uma espátula branca de plástico nas mãozinhas de olhos fechados e entoando velhas músicas da Whitney Houston. Na banheira, enquanto minha irmã aparecia ao fundo, alheia às minhas baladas românticas inventadas.

Jack sorriu também. Quase como se conseguisse visualizar aquilo em que eu pensava.

—Você quer ser, sei lá, profissional um dia?

Caminhávamos em um trecho de sol, e o calor me deixou desconfortável.

— Hum, acho que sim. Talvez. — Olhei para ele. — Estou sendo entrevistada ou coisa do tipo?

— Não — Jack respondeu, com tranquilidade. Ele deu um passo para a sombra, e eu o segui. — Só fiquei curioso.

Então algo me ocorreu.

— Ei, você está na faculdade? Acho que me lembro de ter dito que se formou.

Ele balançou a cabeça, em negativa.

— Não, estou estagiando no banco em que meu pai trabalha. Tirei um ano sabático.

— Ah, legal. Você quis tirar uma folga antes, né? Onde quer estudar?

Daquela vez, foi ele quem fez uma longa pausa antes de responder.

— Ainda não sei.

— Mas pretende trabalhar na área financeira? — perguntei.

Ele fez uma careta.

— Nossa, não. Só aceitei o estágio pra tirar meus pais do meu pé esse ano.

Pensei a respeito da nossa conversa mais cedo, quando ele disse que não sabia o que queria.

— Bom, se você tivesse que escolher agora, o que estudaria?

Dava para perceber que a pergunta o incomodava. Jack cruzou os braços, de modo que o pacote do restaurante ficou batendo em sua coxa.

— Não sei o que quero fazer. Cresci em um subúrbio onde todo mundo seguia determinado caminho para o sucesso. Agora que moro aqui, não sinto mais a mesma pressão. É como se conseguisse enxergar mais claramente. E a faculdade parecesse algo muito pequeno.

Caminho para o sucesso. Eu sabia do que ele estava falando. Meu talento foi descoberto cedo e nutrido desde então. Meus pais fizeram tudo o que podiam para que florescesse. Mas aquele caminho tinha sido escolhido por mim. Meus pais tinham ficado felizes ao identificar meu interesse e sabiam que eu não poderia ser feliz até que chegasse aonde queria.

Então eu deveria ser grata. Grata por terem me apoiado, grata por ter sido escolhida pelo meu selo, pelo grupo em que me colocaram ter ficado conhecido, por minha carreira solo ter decolado, por eu ser o maior nome do K-pop naquele momento.

No entanto, eu me sentia culpada. Porque recentemente andava difícil sentir gratidão.

Ele prosseguiu:

— Não entendo. Não podemos pensar criativamente, além de faculdade, trabalho, casamento e filhos? É tão deprimente.

Eu tinha a impressão de que Jack não entendia bem o que aquela palavra significava.

— O que tem de deprimente nisso? É um luxo ter essas opções, Jack. É o motivo pelo qual seus pais e os meus começaram uma vida diferente em outro lugar.

Ele ficou em silêncio por um segundo.

— Eu entendo. Mas também acho que tem um lado disso que deixa as pessoas infelizes. Mesmo que fosse confortável, aquele caminho estava me matando por dentro.

Eu me lembrei do meu olhar sem vida na minha última apresentação. Jack parecia tão confiante em si mesmo, em sua vida. Mas aquele comentário revelava o mesmo anseio que eu sentia havia meses. Na noite anterior, me parecera que eu deixara o quarto de hotel por um hambúrguer. Mas, sendo sincera comigo mesma, o motivo fora aquele. O anseio.

E Jack sentia a mesma coisa. Queria algo mais. Algo diferente.

— Sei o que quer dizer — falei baixo, amassando a embalagem do *bao*. — A gente não escolhe o que quer.

O olhar afiado de Jack me assustou tanto que me engasguei. De verdade.

Ele parou e bateu nas minhas costas. Forte. Como uma mãe coreana.

— Quer o leite?

Assenti, constrangida enquanto observava Jack colocar o saco no chão e se inclinar para pegar a caixinha de leite. Agachado, ele tirou o plástico do canudinho e o colocou no leite antes de me entregar.

Tinha até dobrado a ponta do canudo.

— Obrigada — eu disse, tomando um belo gole. Assim que tinha acabado de beber, amassei a caixinha e soltei um "aaaahh" satisfeito.

Jack me observava, ainda agachado, e começou a rir.

—Você realmente gosta de comer.

—Verdade.

Ele se levantou.

— Bom, estamos quase no parque. Podemos comer o que sobrou lá.

Pulei na frente dele.

— Ah, que romântico! Um piquenique no parque.

Jack riu, então trotou para me alcançar.

22
jack

Havia algo mais ali. Não era só uma estrela K-pop com saudade de casa.

A gente não escolhe o que quer.

Ela claramente sentia falta da família. Dos Estados Unidos. Então, o que havia de tão irresistível e atraente em ser uma estrela da música que a mantinha longe de tudo? Era puro narcisismo? O desejo de ser adorada?

Se eu continuasse cavando, teria mais do que o perfil de uma celebridade atraente.

Vi Lucky praticamente pular na minha frente.

Ela estava gostando do dia.

Tive que afastar aquela sensação desagradável de que eu era um ser humano desprezível. Lucky me surpreendia, mas era preciso ter em mente o que era: um produto. Ela sabia daquilo. Escolhera ser parte do pesadelo que era a máquina K-pop. Na minha pesquisa na noite anterior, eu tinha descoberto tudo sobre as condições absurdas em que eram produzidas, a natureza draconiana de seus contratos. Quem desejava tanto a fama não teria problemas com a exposição.

E aquilo era excitante para Lucky. A fuga. Eu podia muito bem estar fazendo tudo por ela.

Estávamos indo para o parque de Hong Kong, uma área exuberante localizada em um declive bem no meio do centro financeiro. Havia uma grande aglomeração perto da entrada que precisávamos contornar.

— O que é toda essa gente? — Lucky perguntou, já fazendo de novo aquela coisa de comprimir o corpo em uma versão menor dela mesma.

Então me ocorreu que podiam estar procurando por Lucky. Que não estava se escondendo apenas dos fãs, mas de sua equipe também. Me enfiei no meio da multidão e me aproximei dela, usando meu corpo para protegê-la de alguma forma. Não queria que Lucky fosse pega. Seria o fim do meu furo.

— Ah, é pra pegar o bonde — respondi. — Vai até Victoria Peak.

Seus olhos se iluminaram.

— Bonde? E o que é Victoria Peak?

Eu já estava calculando o custo. Seriam pelo menos oitenta dólares de Hong Kong para cada um de nós. Mas, cara, a foto lá no alto ficaria *incrível*. Eu poderia pedir a Trevor para me reembolsar pelas despesas depois.

— É o pico mais alto de Hong Kong, com uma vista maravilhosa da cidade. — Olhei para a fila gigantesca de turistas e dei de ombros mentalmente. — Quer ir?

O sorriso dela me atingiu como uma tonelada de tijolos. Era o sorriso que eu tinha visto nos vídeos de shows, com a potência total reservada para atordoar qualquer pessoa em seu caminho. O sorriso de alguém que é venerada. Quando Lucky não estava se encolhendo em sua tentativa de não ser descoberta, era a pessoa mais confiante que eu já havia conhecido. Alguém que estava muito consciente do próprio poder.

— Eu *adoraria* ir! — Ela já se apressava para o fim da fila.

Ficamos ali, no sol, mas a sensação era boa. Lucky parecia desconfortável com outras pessoas em ambientes fechados, mas os turistas à nossa volta estavam absorvidos na própria conversa, e depois de um tempo ela relaxou. Eu também, cada vez mais confiante de que ela ficaria comigo até o fim do dia.

Um dia inteiro com ela. Disfarçada. Era bom demais.

Era um bom momento para comer os *baos*, e eu peguei um, cujo recheio já tinha esfriado um pouco.

A fila andou um pouco. Lucky pareceu imersa em pensamentos.

— Considerando a próxima refeição? — perguntei com um sorriso.

Ela arregalou os olhos.

— Não estava, mas agora você me fez pensar em inúmeras opções.

— Ixi…

— Na verdade, eu estava pensando na nossa conversa sobre budismo — ela admitiu. — Você me perguntou algo. Uma vida boa pode ser egoísta?

Balancei a cabeça, em negativa.

— Não, eu perguntei se não podia incluir *algum* egoísmo.

Ela dispensou o que eu disse com um aceno.

— Tá. Bom, eu estava pensando a respeito. Acho que pode ter egoísmo, sim. Mas é preciso equilíbrio. Se a pessoa sempre é motivada pelo ego, por narcisismo… O que ela cria no fim do dia, o que constrói, não é significativo.

Como o trabalho de Lucky? Seus fãs? Interessante.

— Mas a arte não é assim? É motivada pelo ego, e tudo bem. As pessoas adoram arte, querem isso. Você deveria ter orgulho. Digo, a pessoa deveria ter orgulho do que ela cria, mesmo se motivada pelo ego! — Ufa, tinha sido por pouco. — Não deveria ser algo de que se tem vergonha.

— Eu não tenho vergonha — ela disse depressa, na defensiva.

Cuidado.

— Estou usando "você" querendo dizer "a pessoa" — expliquei. Ficamos ambos quietos, deixando nossas mentiras assentarem.

— Você tem muitas opiniões sobre arte — Lucky finalmente disse, abrindo um sorriso. — É um artista?

Pensei na minha câmera em casa. Queria muito que estivesse comigo naquele dia, mas precisava ser discreto.

— Não — eu disse, tranquilo. — Imagino que vá ficar surpresa ao saber que eu, um homem, só tenho muitas opiniões sobre as coisas.

Ainda que eu amasse fotografia, sempre hesitava em me considerar um artista. Algo naquilo parecia… Presunçoso. Eu era um cara com uma câmera. E só.

Lucky riu.

— Mas e você? O que pediria no templo? Se fosse religioso?

Amassei o papel do meu *bao* para adiar a resposta.

— Hum. Não sei. Nunca rezei para pedir nada.

— Como?! Nunca? Nem quando era pequeno e tinha medo de se encrencar ou coisa do tipo? Nada de "Deus, por favor, não deixa minha mãe ver a mancha de suco de uva no tapete"?

— Suco de uva?

Fiz uma careta.

— Você sabe o que quero dizer. — A fila andou e demos um passo à frente. — Não foge da pergunta.

Dei de ombros.

— Não me lembro de rezar. E não sei mesmo o que pediria.

Era verdade. Quando eu vira todo mundo no templo, rezando, fazendo pedidos ou o que fosse, me sentira distante de tudo aquilo.

— E quanto a entrar na sua primeira opção de faculdade?

— Não sei onde quero estudar — eu disse.

Ela balançou a cabeça.

— Não entendo isso. Minha lista de desejos tem um quilômetro.

Aquilo não me surpreendeu. Eu também suspeitava que ela se certificasse de que seus desejos se realizassem. Como o de ser uma artista famosa.

— *E* estou sendo egoísta hoje — ela acrescentou, com uma sobrancelha levantada. — Deixando de lado a programação do coral e tudo o mais para passear com você.

—Viu? Egoísmo é uma coisa boa — eu disse, feliz em ver o clima mais leve. Havia algo de desconfortável na conversa anterior, e eu não queria que ela me afetasse. Precisava permanecer no controle das nossas interações. Porque era Lucky quem estava sendo observada.

Ela me olhou em dúvida.

— Estou falando sério! — eu disse. —Você teve essa folga, passou um dia divertido. Então, quando voltar para o coral, vai estar... revigorada. E levantar o astral de todo mundo.

Ela soltou uma risada desdenhosa enquanto dava um passo à frente, com os braços cruzados.

— Tipo, vou aparecer no ensaio fazendo uma estrela, curtindo a brisa do carboidrato.

Aquilo me fez rir — do nada, e alto.

Lucky sorriu para mim.

— Gosto de fazer você rir.

As palavras, combinadas com seu sorriso, tiveram um estranho efeito em mim. Pigarreei, de repente consciente de que o saco em minhas mãos estava vazio e de que sem o peso dos *baos* eu não conseguia girá-lo nas mãos.

— Meu senso de humor é péssimo.

— Se você não rir das minhas piadas, vou ter que concordar.

Então ela se virou, os cabelos chicoteando no ar. Eu a observei olhando para a multidão à nossa frente, na ponta dos pés, tentando avaliar a extensão da fila.

Os membros de Lucky pareciam mais relaxados. Seu olhar parecia mais direto. Vê-la daquele modo — fora de sua persona glamorosa, cada vez mais confortável comigo — quase fazia com que eu esquecesse quem ela era. Quase.

23
lucky

Eu estava bem certa de que ia morrer naquele bonde.

Por que ninguém mais naquela lata-velha estava pirando, que nem eu? Havia um monte de gente espremida naquele brinquedinho retrô de madeira, animada, tirando selfie, apertando o rosto contra a janela enquanto subíamos pelos trilhos quase verticais sobre a colina. Visões dos cabos se soltando e do bonde mergulhando em meio aos gritos das pessoas dentro me faziam suar.

Pressionei o quadril firmemente contra o de Jack, então olhei para ele.

— Não me vem com ideia — eu disse.

Jack não moveu nenhum músculo em resposta, só se segurou no apoio.

— Eu já tinha entendido isso das primeiras três vezes que você disse.

Seu braço tocava meu cabelo, e eu sentia um calor agradável irradiando de seu corpo. Nem mesmo suando em um bonde superaquecido Jack cheirava mal.

Na verdade, ele cheirava bem. Muito, muito bem.

Lucky. Esse trem não é lugar para seu despertar sexual, por favor. Não era um dia de *romance*. Não era um dia para libertar minha sede.

Era um dia para mim.

Quem disse que uma vida boa não pode incluir algum egoísmo? Ainda que a pequena palestra de Jack tivesse sido meio cínica, eu não conseguia evitar repassar suas palavras na minha cabeça, de novo e de novo.

Quando eu tinha começado a ficar descontente em ser "Lucky"? Se fosse pensar a respeito de verdade, talvez já fizesse um ano. E desde então eu havia suportado tudo, sem dizer nada quando estava cansada ou infeliz. Tudo por causa daquela ideia de que devia ser "boa". Um bom ídolo para meus fãs. Uma boa filha para meus pais. Um bom produto para meu selo.

Mas era possível ter ambas as coisas? Liberdade *e* aquela carreira?

Quando um vento forte entrou pela janela entreaberta do bonde, respirei fundo e foquei na vista em vez de em meus pensamentos conturbados. E no puro terror daquela viagem de bonde que desafiava a gravidade.

Estávamos subindo uma ribanceira suntuosa — árvores nodosas e folhagens fechavam a paisagem de ambos os lados. De vez em quando, havia um intervalo nas árvores, e eu podia ver o panorama de Hong Kong, as águas brilhantes do porto, as torres residenciais em tons pastel.

O bonde balançou de repente, parando, e meu corpo foi de encontro ao de Jack. Segurei em sua camisa para não cair.

— O-o que foi isso? — gaguejei enquanto me endireitava, tentando usar a incredulidade para disfarçar minha agitação ao ser tão inapropriadamente jogada em cima dele.

Mas minha agitação só cresceu, e exponencialmente, quando Jack apoiou suas mãos nos meus ombros para me equilibrar.

— Você está bem?

O caráter nitidamente prático daquela pergunta me deixou sem ter o que fazer.

— Claro, tudo bem. Por que paramos? — perguntei, ajeitando o casaco e tentando parecer tranquila.

Ele apontou para a janela.

— Mais passageiros.

Tinha mesmo uma parada de bonde naquela encosta inclinada em um ângulo de quarenta e cinco graus. Um banco de pedra coberto, que parecia muito antigo, marcava o ponto, e três pessoas vestidas como executivas entraram no bonde já lotado.

— Eu não sabia que as pessoas pegavam esse bonde para ir trabalhar também — resmunguei enquanto nos apertávamos ainda mais.

A proximidade de Jack me distraía tanto que não notei que meu boné tinha sido afastado do rosto até que vi meu reflexo de relance em uma janela. Antes que eu pudesse ajeitá-lo, senti um cutucão no ombro. Pelo reflexo, dava para ver que era uma moça. Ela me olhava com a boca ligeiramente aberta.

Droga.

Virei para Jack, que estava olhando lá fora. Ela me deu outro cutucão, e eu pisei com força no pé de Jack. Ele gritou, então olhou para mim.

— *Quê?*

Meu coração estava prestes a explodir no meu peito. Eu já tinha visto novelas coreanas o bastante para saber o que precisava fazer.

Levei a mão à pele macia da nuca dele e pressionei meu corpo contra o seu. Nossos quadris se tocavam, nossos torsos roçavam. Vi a expressão surpresa dele por meio segundo antes de fechar os olhos e pressionar meus lábios contra os seus.

24
jack

A primeira coisa que notei foi como os lábios dela eram frios.

A gente sempre espera que uma boca seja quente.

A segunda coisa foi a falta de jeito, a incerteza.

Eu me inclinei por instinto — quando uma garota te beija, você beija de volta! —, e a mão dela foi do meu pescoço para meu cabelo, seus dedos se enfiando neles.

Droga.

Os lábios dela estavam bem fechados, quase franzidos, e seus lábios meio que amassavam os meus.

Eu tinha visto a garota cutucando o ombro dela. Sabia por que Lucky estava fazendo aquilo. Era uma tática para desviar a atenção.

Então era melhor fazer aquilo direito.

Eu me afastei de leve, para que Lucky relaxasse os lábios. Então peguei seu queixo nas mãos. Seus cílios tremeram antes que eu voltasse a pressionar os lábios contra os dela, de maneira delicada. Movimentando-os devagar sobre eles. Sua boca acompanhou a minha, com uma inspiração suave.

O leve suspiro fez uma onda de sensações estranhas me percorrer antes que as mãos dela se fechassem em meus cabelos e na minha cintura. Mantive o toque leve, mal segurando seu rosto, e os beijos suaves. Como penas. Pétalas.

25
lucky

Quando me joguei nos lábios de Jack, uma onda de embaraço e pânico me atingiu. Eu não tinha me dado um segundo para pensar antes de beijá-lo.

Mas a paralisia desapareceu no instante em que Jack assumiu o controle.

Tudo era suave. Delicado. Me descobri derretendo com os beijos, sentindo cada partezinha pensante de mim se afastar.

Então era daquilo que se tratava. As páginas e páginas nos romances que eu lia. Aquela era a sensação de um beijo bom, perfeito.

Era o meu primeiro.

Com um completo desconhecido, em frente a outros completos desconhecidos. Mas não importava. Tudo o que importava era *ele*. Todo o resto desapareceu, e fui absorvida pelo sentimento puro. Seus lábios nos meus, suas mãos no meu rosto.

Agora eu entendia por que as moças bem-comportadas dos livros mandavam a cautela às favas e se deixavam arrebatar por patifes bonitões.

Jack me guiava com cada toque, e era como se eu não conseguisse me aproximar o bastante. Passei minha mão do pescoço para as costas dele, puxando seu corpo para mim, sentindo o calor me envolver. No segundo em que o fiz, algo mudou, e de repente seus beijos já não eram tão suaves. A mão direita dele foi do meu queixo para minha nuca, e a outra pressionou minha lombar.

Esquece o que eu disse. Era *disso* que se tratava.

26
jack

Beijar aquela garota ia me matar, mas eu não conseguia parar.

Então o bonde parou. Com um ranger de freios. E tudo terminou tão rápido quanto havia começado.

Quando abri os olhos, eles estavam voltados para os de Lucky. Arregalados, assustados, dilatados a ponto de ficar completamente pretos.

A garota que a havia cutucado tinha ido embora, e a multidão saía do bonde, movendo-se à nossa volta como água. Minhas mãos soltaram Lucky. Meu coração continuava acelerado.

Respirei fundo, tentando recuperar os sentidos. Aquilo não era parte do plano. Dar em cima dela, sim. Mas um beijo? E me sentir daquele jeito depois?

Não estava nem um pouco nos planos.

As bochechas dela ficavam mais cor-de-rosa a cada segundo. Dava para ver que ela tentava pensar em uma explicação. Ela não tinha como esconder aquilo, estando com a guarda baixa.

Eu sabia por que Lucky havia me beijado. Alguém a havia reconhecido. Mas eu precisava fingir que não sabia. Tentei me recompor, porque precisava desviar a atenção do fato de que ela precisara desviar a atenção.

Sabendo que seria um completo idiota, deixei que um sorriso cretino tomasse conta do meu rosto.

— Foi seu primeiro beijo?

Qualquer explicação que ela estivesse tentando bolar perdeu a importância. O queixo dela caiu, e a cor de seu rosto passou de rosa-claro para vermelho.

— *Como?* — ela praticamente cuspiu.

Inclinei a cabeça, no sinal universal da condescendência.

— Mas foi, não foi?

Lucky congelou em choque, e só ficou me olhando com os braços soltos ao lado do corpo. Por alguns segundos, me perguntei se ela não estava tendo um derrame.

— É, foi meu primeiro beijo! *E daí?* — ela finalmente gritou.

Quê?

O bonde estava vazio agora. Éramos só nós dois e o peso das palavras dela ao nosso redor.

— Espera aí. Quê? — Era a minha vez de me atrapalhar.

Lucky olhou para mim.

— Está feliz?

Então saiu do bonde, pulando os degraus e aterrissando com os pés firmes na calçada antes de cair fora dali.

Fiquei parado por um segundo, até ouvir alguém pigarreando. O condutor. Ele era jovem, e balançou a cabeça para mim.

— Boa, cara…

— Valeu, seu tarado! — gritei antes de sair correndo atrás de Lucky.

Primeiro beijo. Aquele tinha sido o primeiro beijo dela. Eu tinha brincado porque ela parecera nervosa, mas achava que era só por causa da situação. Só pretendia distraí-la com a provocação.

Que beleza, Jack.

Vi um boné verde se movendo em meio à multidão, indo na direção do centro de visitantes que ficava na base do pico.

— LU… — *Merda.* — FERN!

Ela nem virou, claro. Só usava aquele nome desde a noite anterior. Fui abrindo caminho por entre os turistas que caminhavam na direção do centro até que finalmente a alcancei. Resisti à vontade de tocá-la.

— Fern!

— Desculpa, mas quem é você? — A voz dela saiu gelada, e seus olhos se mantinham fixos em algo à sua frente. Fomos arrastados pelo fluxo para dentro do centro de visitantes.

Pensa, Jack, pensa.

— Desculpa, eu não queria…

— Ser malcriado? — As palavras saíram tão rapidamente quanto sua cabeça virou. Tentei não me encolher. Cara, ela podia ser assustadora.

— Isso. Não queria, hum, ser malcriado. Só estava brincando… Não sabia… — Eu me atrapalhava com as palavras. O nervosismo era desconcertante. *Controla a situação, Jack, vamos!* — Eu teria dito para qualquer uma! Não foi por causa do seu beijo.

Tá, eu não poderia ter dito nada *menos* apropriado. No mundo! O olhar de desprezo dela confirmava aquilo.

— Ah, muito obrigada, sr. Amante Experiente.

A palavra "amante" quase me fez rir, mas me controlei. Um silêncio desconfortável recaiu sobre nós enquanto caminhávamos na direção de um prédio estreito e alto, todo de vidro. Escadas rolantes levavam a diferentes andares cheios de atrações e lojinhas de souvenir. Uma placa próxima indicava "Sky Terrace".

Lucky parou em frente à placa, então olhou para mim.

— O que é isso? — A voz dela saiu sem qualquer emoção. Ela ainda estava irritada.

— Não precisamos ir. É turístico demais. Dá pra ter ótimas vistas de outros lugares por aqui.

Ela me encarou com a boca em uma linha reta, como o emoji.

O ingresso para o terraço devia custar mais uns cinquenta dólares de Hong Kong por pessoa. Fechei os olhos. Tudo bem, eu tinha meu cartão de crédito. Se a matéria saísse, eu conseguiria o dinheiro de volta e ainda mais.

— Tá. Tudo bem. Vamos lá.

— Obrigada — Lucky disse, com a voz ainda fria, só que um pouco mais leve. Ela estava animada para subir.

Depois que comprei os ingressos, pegamos a escada rolante que levava ao terraço em silêncio. Lucky mantinha o boné cobrindo a cabeça e estava de braços cruzados. A melancolia me incomodava, e de repente a única coisa que eu queria era que aquilo passasse. Os sorrisos dela aquela manhã pareciam um sonho esvanecendo.

Afe. Sonhos esvanecendo, pétalas, penas... O que estava acontecendo? *Mantenha o foco, Jack.*

Quando chegamos ao terraço, sentimos o vento frio à nossa volta. Estávamos no topo do pico, com uma vista de trezentos e sessenta graus da cidade. Eu só tinha visitado aquele lugar uma vez, quando chegara a Hong Kong, e esquecera como a vista era incrível. Caso você conseguisse se espremer entre as pessoas apoiadas no parapeito.

Puxando o boné ainda mais para baixo para deixar o rosto na sombra, Lucky abriu caminho até a beirada, serpenteando entre a multidão e inclinando o corpo contra a grade e a vidraça. Estávamos do lado que dava para o centro, com as torres residenciais se assomando sobre nós como se tivessem sido tiradas do Minecraft.

Tirei uma foto de Lucky de costas, com o cabelo ao vento, o corpo inclinado para a frente, tentando alcançar algo. O panorama estonteante da cidade à sua frente.

Consegui me aproximar, mas ela parecia determinada a não me olhar, e manteve o rosto virado para a vista. Eu tinha sido a primeira pessoa que Lucky havia beijado. Me sentia um babaca, e algo mais... Honrado e feliz?

Não, aquilo era ruim. Em muitos sentidos. Nada de beijar o assunto da matéria, Jack. Fora que eu não deveria saber por que ela havia me beijado. O que Lucky ia dizer a respeito? Eu precisava voltar àquilo, ainda que significasse ser um pentelho.

— Então bondes te deixam no clima?

— Quê? — Ela virou para mim na hora, com a boca aberta.

Boa. Usei o sorriso que minha irmã Ava chamava, com aversão, de *Devastação*. Como se fosse um navio.

— Não estou reclamando.

Ela olhou em volta, como se todas as pessoas e todos os bastões de selfie se importassem com nossa conversa.

— *Não*. Bondes não me deixam no clima.

Fiquei quieto. Provavelmente quanto menos dissesse melhor seria. Queria ver que mentira ela ia inventar para se explicar.

— Só estava… curiosa. — Ela olhou diretamente em meus olhos ao dizer aquilo. Tive um sobressalto, porque ela mentia muito bem mesmo. Escolhia uma verdade. E saber que aquela coisa toda de "Rápido! Beija qualquer um!" tinha sido motivada por algo mais que mero desejo de desviar a atenção…

Engoli em seco. Foi a tarefa mais difícil da minha vida fazer a saliva descer pela garganta completamente seca.

— Curiosa?

Ela assentiu.

— Muitas coisas me deixam curiosa.

Engoli em seco de novo.

— É?

Ela me olhou por baixo da aba do boné, com os lábios curvados em um sorriso que afundou o *Devastação* com um único tiro, rápido e brutal.

27
lucky

Jack ter descoberto que aquele havia sido meu primeiro beijo era a pior coisa do mundo. A vergonha quase me matou, e eu precisava me reafirmar. Por sorte, a rainha dos clipes K-pop dominava o olhar fixo e sedutor. E Jack tivera exatamente a reação que eu esperava.

A verdade era: a Lucky que exalava sexualidade e confiança no palco era uma farsa total. Eu não costumava ser daquele jeito — era mais desajeitada e menininha que sensual. Mas agora uma parte tão grande de mim era a fantasia relativa a Lucky que eu me perguntava onde ela terminava e eu começava. Os limites pareciam borrados, e só naquele dia haviam voltado a se tornar mais claros. O contraste entre Lucky e eu nunca havia estado mais nítido.

Passar o tempo com Jack, passeando anônima por uma cidade estrangeira... Havia algo naquilo. Colocava toda aquela coisa de LUCKY! em contraste com Fern.

E... *o que havia sido aquele beijo?*

Independentemente do que eu estivesse esperando, fora outra coisa.

O pensamento devia ter me feito olhar para a boca de Jack, porque de repente ele mordeu os lábios de maneira muito consciente. Apoiei as mãos na grade de metal, tentando me controlar, focando na vista à minha frente, e não nele.

Jack pareceu acreditar na argumentação de que eu estava "curiosa". Tenho certeza de que muitas garotas ficavam *curiosas* quanto a como seria beijá-lo.

Fazia um dia bonito — a névoa que antes se aproximava havia se dissipado de alguma forma e as montanhas verdes exuberantes, os prédios altos e as águas límpidas de Victoria Harbour quase cintilavam. Acenando.

— Quer fazer algo divertido? — perguntei, me sentindo impulsiva de novo.

Jack tamborilou na grade, mantendo os olhos na vista também.

— Quero saber o que é?

Eu o puxei da grade e o levei até o meio do terraço, em uma plataforma de concreto.

—Você vai me girar enquanto mantenho os olhos fechados. Vamos ter que ir aonde quer que eu aponte.

— E se você apontar para a água? — ele perguntou, completamente surpreso, com a boca já se contraindo num sorriso. Ele ia topar. Qualquer coisa. Não se importava se fosse maluquice. Não colocava nenhuma pressão em mim.

A sensação era boa.

Tampei os olhos com a mão esquerda e apontei para a frente com a direita.

— Então vamos ter que ir para a água.

Um segundo de silêncio se passou antes que ele tocasse meu ombro e minha cintura.

—Tá.

Sua voz saiu baixa, próxima ao meu ouvido. Senti um friozinho no estômago e inspirei fundo. Cretino.

Então ele estava me girando em sentido anti-horário, meus pés se arrastando, meu corpo tocando o de Jack em determinados pontos. Tive que rir.

— Eu te digo quando parar!

Ele não respondeu, mas continuou me girando. Finalmente, quando senti uma onda de náusea, gritei:

— Para!

As mãos de Jack me pararam no mesmo instante, me segurando firme no lugar. Quando abri os olhos, segui meu dedo apontando para um ponto qualquer da porção de terra do outro lado da água.

— Kowloon — ele disse, com a testa franzida. — Sei exatamente aonde levar você.

Ergui uma sobrancelha.

— Tem que ser onde eu apontei.

— É quase lá.

Pegamos uma balsa.

Ela deslizava pela água, silenciosa e lenta. Inspirei fundo o ar salgado e soltei de forma audível, com gosto, me inclinando tanto sobre o parapeito que meus pés se ergueram do chão de madeira.

A sensação era boa, mas uma olhada em Jack deixou claro que só para mim. Ele estava sentado em um banco velho de madeira pintado de preto, com o rosto pálido.

— Você está bem? — perguntei.

Ele assentiu, com um sorriso sombrio no rosto que dizia: "Vai em frente".

Sentei ao lado dele.

— Está enjoado?

Aquilo o fez rir um pouco.

— Sinto muito! — Dei um tapinha no braço dele. — A balsa mal está se mexendo. Você deve ser bem sensível.

Ele assentiu de leve, fechando os olhos e respirando profundamente.

— Por que viemos de balsa se você fica enjoado?

Ele respondeu depois de alguns segundos, com os olhos ainda fechados.

— Ah, achei que você ia gostar.

Aquilo despertou uma fagulha no meu peito. Sim, aquele era um cara que subia três lances de escada com uma máquina de lavar para ajudar uma senhora. Olhei para ele, para suas lindas feições. Testa lisa, sobrancelhas sérias, boca reta e sensual.

Você me beijou daquele jeito porque gosta mesmo de mim?

— Gostei da balsa — eu disse.

Ele respirou fundo de novo.

— Ótimo.

Tudo em Jack era charmoso e magnético. O efeito geral era todos os alarmes disparando.

Aquela não era uma situação normal. Em uma situação normal, eu seria cuidadosa. Mas aquele dia… aquele dia era único. As regras não se aplicavam a ele.

Eu ia comer todos os pãezinhos, todo o arroz e todos os doces que quisesse. E ia desfrutar de todo o calor, toda a doçura e toda a diversão que teria com aquele cara. Eu iria embora tão rapidamente quanto chegara, e a lembrança ia me sustentar pelo que quer que viesse em seguida.

Então eu tinha deixado a precaução de fora daquela balsa.

— E gosto de você também, Jack.

Dizer aquelas palavras em voz alta era um grande alívio. Eu não estava nervosa — parecia a coisa certa. Fora fácil. Olhei para ele, à espera de uma reação cômica, como olhos se arregalando e corpo pulando do assento, tipo "Oeeee???".

Mas o que eu não esperava era que seus olhos permanecessem fechados e um sorriso afetado e terrível aparecesse em seu rosto. Eu poderia socar aquela cara perfeita dele.

— Ei! — Cutuquei seu braço.

O sorriso se desfez imediatamente, e eu me arrependi.

—Vou deixar essa passar só porque você está quase morrendo — murmurei.

Finalmente, ele disse, baixo:

— Não estou. — Seus olhos se abriram e se voltaram para mim. Com as pálpebras pesadas, cansadas. Não deveria estar quente, mas estava. — Sei que você gosta de mim.

Eu me imaginei levantando seu corpo nos meus braços e jogando-o pela lateral da balsa, como um saco de arroz.

— Não me olha assim — Jack disse, com uma risada. —Você me beijou. Imaginei que você não fosse beijar alguém que odiasse.

Senti o rosto quente de novo.

— Bom, tem uma grande diferença entre "odiar" e "gostar".

—Tem mesmo?

Algo no Jack enjoado fazia com que tudo o que ele dizia parecesse estranhamente sábio. Ele continuava olhando para mim, agora muito focado.

— Então por que nas comédias românticas as pessoas sempre passam de se odiar para arrancar as roupas umas das outras?

Fechei mais o casaco sobre meu corpo.

— Ninguém vai arrancar a roupa de ninguém. Se controla.

Ele esticou a mão e deu um puxão na minha manga.

— Relaxa. Mal posso me mexer agora.

— Ótimo.

— Mas voltando, por quê? Por que o ódio é tão atraente?

Contorci o rosto. Jack ainda era letal, mesmo com a bateria descarregada.

— Não sei! Talvez porque ódio seja um sentimento forte. E pessoas que não te atraem não despertam algo tão forte em você. Não despertam nada, aliás.

Pensei nas muitas interações educadas que havia tido com caras do mundo do K-pop na Coreia. Não podíamos namorar, claro. Mas às vezes as pessoas se encontravam e saíam escondidas. Era muito romântico para quem estava envolvido. Mas nunca acontecera comigo.

Ao conhecer aqueles caras, eu sempre pensava que o que despertávamos nos fãs era muito diferente do que éramos de verdade. Seria estranho se saíssemos, porque haveria aquela expectativa de que o encontro de duas pessoas atraentes levasse a algo ardente. Alimentado pela adoração de milhares de pessoas. Ou até milhões, para alguns de nós. Mas na verdade seria algo frio, tenso.

Naquele dia, no entanto, depois de algumas horas com um desconhecido, um cara que eu sabia que não estava me dizendo toda a verdade sobre si mesmo, eu sentia aquilo. Aquela coisa. Entendia como se podia passar de querer socar alguém a beijar.

Havia química, certeza. Mas também dizia respeito ao modo como eu recordava que ele havia cuidado de mim na noite anterior. Seu prazer genuíno ao me ver desfrutando daquela cidade.

Minha nossa. Eu estava me apaixonando por ele.

— Então você sente algo forte por mim? — Jack perguntou, ainda tocando minha manga. A unha dele se enroscou na blusa por baixo, e quando ele afastou a mão puxou um fio, enrugando o tecido.

Bufei.

— Sim. Sinto uma forte *irritação*. — Tentei puxar o braço para arrancar o fio solto, mas ele segurou meu pulso e o levou até o rosto, para examinar o fio.

— O que você...?

Os olhos dele foram do fio para os meus. Sem desviar o rosto, ele levou meu pulso à boca, pegou o fio com os dentes e puxou.

O fio se rompeu, e flutuou até o chão.

28
jack

Queria que Lucky parasse de falar sobre seus sentimentos. Mas a expressão em seus olhos depois que o fio caiu no chão não era algo que eu pudesse antecipar.

Eles pareceram pretos, pretos, pretos, com a pupila preenchendo quase todo o espaço. Seu calor quase me derrubou.

Uma voz crepitou nos alto-falantes, conforme a balsa parava com um leve solavanco. A náusea me atingiu em ondas; se era do movimento ou da expressão nos olhos de Lucky, eu não sabia. Não estava preparado para a profundidade dos sentimentos expressos neles.

— Vamos — eu disse, soltando o pulso dela. Porque eu estava confuso quanto a meus próprios sentimentos. A culpa se misturava com... bom, com o fato de que me sentia lisonjeado.

Ambos cambaleamos até a saída da balsa, adentrando o porto. Do outro lado da rua havia prédios gigantes com lojas altamente sofisticadas. Tudo em Kowloon era um pouco exagerado.

Andei à frente dela, tentando desvendar meus próprios pensamentos a cada passo brusco. Quando chegamos à calçada, apertei o botão do farol de pedestre e senti minha cabeça latejar a cada toque dele.

O que — *ding* — você — *ding* — está — *ding* — fazendo?

Mais cedo naquele dia, eu sabia a resposta. Minha missão era clara. Conseguir as fotos. Conseguir o furo.

Mas agora… agora tudo estava confuso. Eu era o primeiro cara que Lucky beijava. Ela confiava em mim o bastante para aquilo. E havia dito que gostava de mim. A confissão prosaica havia me chocado, o que eu procurara disfarçar. Um instinto de autopreservação tinha agido.

Eu precisava ignorar a satisfação que aquilo me trazia. Tinha que me manter focado. Apesar da culpa. Não podia me apaixonar por aquela garota.

Atravessamos a rua. Olhei para trás para me certificar de que Lucky estava por perto. E ela estava, mantendo a cabeça baixa, o corpo de novo encolhido.

Não era uma sensação boa. Ter minha confiança abalada. Me sentir como se eu tivesse ultrapassado um limite.

— Quer saber aonde estamos indo? — eu perguntei depois de alguns minutos silenciosos, passando as filas longas na Prada, Hermès, Gucci etc. Lucky deu de ombros em resposta.

Aquele dia parecia um cabo de guerra entre me sentir bem e me sentir um babaca. Agora, depois de Lucky contar que gostava de mim, depois de saber que era o primeiro cara que beijava… Eu sabia que não podia continuar fazendo aquilo com ela. Sendo ou não uma celebridade disfarçada, Lucky não tinha ideia de por que meu humor se alterava tanto naquele dia.

Independente do furo, ela não merecia aquilo.

— Vou te levar a um cinema com livraria. Acho que você vai gostar.

Lucky assentiu, concentrada em esconder o rosto enquanto desviava das pessoas. Peguei sua mão e a segurei firme. Transmitindo segurança através da pegada. Ainda que Lucky não soubesse que eu sabia que ela precisava daquilo. Ainda que a fizesse gostar ainda mais de mim. Ainda que *me* fizesse gostar ainda mais *dela*.

Aquilo fizera com que ela relaxasse e sorrisse para mim.

— Então foi para lá que eu apontei? Para uma livraria?

— É especial — eu disse. —Você vai gostar. E sempre passam filmes antigos no cinema. É bem… romântico. — A última palavra saiu baixa.

Lucky tinha voltado à sua versão irascível.

— Desculpa, mas… *romântico*?

Dei risada, e naquele momento pareceu muito certo que eu estivesse segurando a mão dela.

— É. Romântico.

— Bom, você parece mesmo um cara romântico. Considerando a maneira como reagiu quando eu disse que gostava de você.

Nossas mãos dadas balançavam entre nós.

A multidão começava a rarear, e os prédios se transformavam de gigantes elegantes de vidro em apartamentos residenciais com sobrelojas no térreo. Meio parecido com Sheung Wan, só que bem maior. Havia muitas construções em andamento, andaimes de bambu em volta de prédios inteiros. Homens de macacão balançavam nas escadas enquanto trabalhavam em alturas impossíveis.

Enquanto andávamos, pensei no que Lucky havia dito na balsa. Que ela gostava de mim. Havia uma palavra coreana para aquele tipo de confissão, mas eu não conseguia recordar.

— Ei, como se fala em coreano quando a pessoa confessa seus sentimentos a alguém? — perguntei.

— *Gobaek*. — Ela fez uma pausa. — Não acha interessante que a língua tenha uma palavra específica para isso? Porque os coreanos acham que dizer que se gosta de alguém é algo significativo. Nos Estados Unidos, é preciso haver sexo, ou fazer uma confissão dramática. Mas, na Coreia, dizer "gosto de você" é algo muito importante.

— Hum, você não está sendo muito sutil quanto a isso — eu disse, com um sorriso, de modo que ela soubesse que não me incomodava. — Já entendi, foi importante.

Ela me empurrou com nossas mãos dadas.

— Mas será que foi? Nunca mais vamos nos ver.

Ambos sabíamos desde o início que era verdade. Mas ouvir aquilo em voz alta... Um relógio invisível no meu cérebro começou a contagem regressiva.

Eu ainda tinha muito a aprender a respeito dela. Como e por que começou no K-pop? Esperava ter tempo o bastante para descobrir.

— Você não sabe se nunca mais vamos nos ver — eu disse, leviano.

Lucky olhou para mim enquanto passávamos por uma loja com panelas e frigideiras do chão ao teto.

— Moramos em países diferentes.

— No continente asiático, o que é perfeitamente administrável.

— Está dizendo que vai me visitar na Coreia? — ela disse, com uma risada. — Depois de termos passado um dia juntos?

Dei de ombros.

— Nunca se sabe o que o futuro reserva!

Eu só estava falando por falar, mas a expressão de Lucky ficou séria.

— Conheço meu futuro — ela disse em uma voz tranquila, resoluta e resignada.

— Vai ficar no coral da igreja para sempre? — brinquei.

Soltamos as mãos para passar por uma senhora que se abanava, sentada em um banco na calçada.

— Algo do tipo. — Lucky pegou minha mão de novo. — Quando a gente se compromete com algo como um coral, também se compromete com uma vida um pouco diferente daquela que o resto das pessoas leva.

Lucky devia saber que aquilo soava estranho. Mas ela estava vulnerável. Então baixei a guarda também.

— Espero ver você de novo.

Aquelas palavras agora tinham saído para o mundo, e eu não tinha como recuperá-las.

Lucky passou a andar mais devagar e não olhou para mim por um momento, como se considerasse minhas palavras. Como se as examinasse.

Minhas mãos ficaram mais suadas nas dela.

29
lucky

Sério, por que era tão difícil Jack mostrar que gostava de mim? As palmas suadas dele deixavam aquilo bem claro. Aquele era o casinho mais descompromissado que ele teria na vida. Por que Jack não podia simplesmente agradecer por sua sorte?

— Então agora podemos reconhecer a energia sexual *sufocante* que você emanou o dia todo — declarei.

Ele riu, quase dando um esbarrão em dois caras empurrando um carrinho cheio de barras de metal.

— É você que fica me olhando toda sedenta — ele respondeu.

Pensei no calor de seus dedos fechados no meu pulso, no relance de dentes antes que mordesse o fio solto. O babaca sem vergonha.

— Você consertou minha roupa *com a boca*. Nem vem.

Esperei que ele corasse, o que não aconteceu. Um sorriso lento e idiota voltou ao seu rosto.

— Era só uma questão de praticidade.

— Ah, cala a boca. — Sorri de volta, e lá íamos nós. Dois tolos sorrindo, de mãos dadas, caminhando por uma rua movimentada. Aquilo era algo com que eu sonhava. As músicas românticas que cantava, a dança sexy, os olhares apaixonados, tudo indicava aquele sentimento.

De repente, percebi que, quanto mais andávamos, mais víamos mulheres de hijab, meninos em idade escolar falando árabe e restaurantes típicos.

— Hum, será que tem um shawarma gostoso por aqui? — perguntei.

Jack assentiu.

— Claro.

Ainda que tivéssemos comido uma tonelada de *baos*, meu estômago roncava. Na Coreia, era impossível satisfazer meu gosto por comida árabe.

Paramos em um restaurante pequeno, iluminado por luzes fluorescentes. Quem nos atendeu foi um homem asiático mais velho, usando camisa creme. Jack pediu dois shawarmas e comemos no balcão de metal, de frente para a rua. Eu estava calculando os gastos daquele dia mentalmente, de modo a lembrar Ji-Yeon de pagar Jack depois.

Estava delicioso. A gordura do cordeiro escorria pelo meu queixo. O equilíbrio entre macio e crocante era perfeito. E ainda tinha os legumes em conserva e o molho saboroso de tahine para acompanhar. Nem me dei ao trabalho de limpar a gordura ou de me preocupar que Jack me visse comendo com um desejo indisfarçável.

— Você vai fundo mesmo — ele disse, simpático.

— Vou. — Tirei mais um pedaço do papel-alumínio que envolvia o shawarma. — Não costumo comer assim. Então é melhor aproveitar.

Jack ficou em silêncio por um momento, mastigando seu próprio shawarma.

— Você está de dieta? — Ele pareceu desconfortável depois de perguntar aquilo. — Desculpa, acho que estou sendo mal-educado.

— Tudo bem. Fui eu que toquei no assunto. Sim, estou de *dieta*. — A amargura da palavra arranhou minha garganta ao descer, então pousou como uma pedra no meu estômago. Eu vinha sendo cuidadosa quanto ao que revelava a Jack da minha vida real. Coisas sutis aqui e ali, enquanto tentava não mentir muito. — Nem me lembro de uma época em que não estava.

Assim que comecei meu treinamento, me colocaram numa dieta, junto com as outras garotas. Éramos pesadas toda semana, e julgadas nesse sentido do mesmo modo que quanto às nossas habilidades como dançarinas. Não era um segredo. O público manifestava sua indignação quanto à "dieta do copo" (tudo o que comíamos no dia cabia em um copinho descartável). Sempre havia uma discussão temporária sobre distúrbios alimentares quando alguém tinha que sair de um grupo para ir para a reabilitação.

Mas então aquilo era esquecido. Os selos eram discretos até que a barra estivesse limpa. Então as antigas regras voltavam com tudo.

E, sinceramente, de quem era a culpa? Pelas adolescentes morrendo de fome que ficavam marcadas pelo resto da vida por distúrbios alimentares de que nunca iam se recuperar? Dos selos ou das empresas de entretenimento? Ou da insistência cultural por determinado padrão de beleza?

Uma garota deve ser, acima de tudo, bonita, minha avó costumava dizer, com toda a tranquilidade. Na Coreia, completos desconhecidos se sentiam à vontade comentando minha aparência. "Você é tão alta!", diziam, ou até "Você precisa usar mais hidratante". Nos Estados Unidos, a coisa era muito mais disfarçada, mas estava lá. Em todo lugar, mulheres e meninas tinham de atender a diferentes padrões.

Então era mesmo surpreendente que quando se chegasse a determinado nível de estrelato na Coreia esperassem que você fosse a versão mais perfeita de si mesma possível? Não havia como esconder aquilo.

E você se acostumava. Até que parecesse normal.

Ou pelo menos parecia normal até que você deparasse com comida. Me alimentar como um ser humano fizera eu me dar conta de que aquilo *não* era normal! *Comida é uma delícia, Deus do céu!*

— Fico contente que tenha uma folga da dieta então — Jack disse, de forma branda, dando um gole do refrigerante cheio de açúcar no copo descartável.

Sorri ao ver que ele não insistia no assunto. Mesmo quando as pessoas tinham boa intenção, o fato de terem uma opinião sobre meus hábitos alimentares me dava nos nervos.

Uns garotos com uniforme de futebol acenaram para nós ao passar pela vitrine. Acenei de volta, sorrindo, sem me preocupar em não ser reconhecida naquele exato momento. Em geral, eu não me aventurava para além dos pontos turísticos nas cidades que visitava. Na verdade, mal saía do hotel. A terrível ironia era que nos locais turísticos eu tinha maior probabilidade de ser reconhecida. De modo que eu era uma prisioneira indefesa na minha torre de vidro (literalmente), morrendo de medo e trabalhando como louca.

Eu não sabia se era uma falsa sensação de anonimato, mas ali, naquele bairro normal, sentia que podia relaxar de verdade.

Então relaxei e soltei um arroto. Olhei para Jack em seguida, desafiando-o a fazer algum comentário sobre como aquilo era inapropriado para uma mulher. Mas ele só arrotou em resposta. Demos risada, então ouvimos o dono do estabelecimento pigarrear com severidade.

Percebi que não era apenas o bairro e o anonimato que me deixavam relaxada. Era Jack também. Tudo parecia mais fácil com ele. Confortável.

Terminamos o shawarma e voltamos para a rua. O sol da tarde lançava seu rico brilho amarelo sobre tudo.

Os primeiros segundos quando voltamos a andar foram desconfortáveis. Meus dedos se crispavam, se esticando para os dele, em um movimento-fantasma desajeitado.

O frio na barriga, a frivolidade daqueles momentos, sempre me pareciam meio tontos nas novelas coreanas. Tipo, supera isso, suas mãos se encostaram, *e daí*?

Mas agora eu entendia. Quando fiz menção de segurar sua mão, senti um tumulto no peito, como se hiperventilasse. Jack havia pegado minha mão da última vez, mas eu ainda me sentia incerta e, não sei, um pouco vulnerável, quanto a encostar na dele agora.

Então um raio de sol brilhou atrás da silhueta de Jack, e ele segurou minha mão antes que eu pudesse pegar a dele.

30
jack

Em que momento a farsa de Lucky tinha se misturado com a realidade?

Aquele dia não era só diversão para uma estrela pop mimada — era uma folga de uma vida de que ela não gostava mais.

A culpa que a princípio fora uma brasa minúscula agora tinha se transformado num sinal de fumaça consistente.

Ela havia comido o shawarma com tanto gosto que eu não me atrevera a ir mais fundo em suas terríveis restrições alimentares. Em vez disso, estávamos passeando de mãos dadas sob o sol.

Eu teria que me despedir em algum momento. Minha mão segurou a dela com mais força.

Quando entramos na livraria, um espaço amplo dentro de um shopping meio anos 1980, sentimos a força do ar-condicionado.

— Jack! — Uma garota chinesa pequenina de gorro vermelho e saia rosa plissada acenou para mim de trás do caixa. Ela estava empoleirada em uma banqueta de madeira instável.

Sorri e acenei de volta com a mão que segurava a de Lucky.

— Oi, Sissi!

Lucky olhou para mim e para ela com um sorriso tenso. O ciúme caía bem nela.

— Sissi, essa é Fern. Fern, essa é Sissi. A melhor livreira da cidade.

Sissi revirou os olhos e empurrou os óculos de armação redonda para cima no nariz.

— Para de besteira. Oi, Fern. Que nome legal.

Lucky sorriu e abaixou um pouco a cabeça.

— Obrigada.

Droga. Eu não planejara apresentá-la a ninguém — tinha sido burrice levá-la ali, onde me conheciam e poderiam ficar curiosos quanto à garota que me acompanhava.

Mas Sissi não pareceu reconhecê-la. Não conseguia imaginar que ouvisse música pop, na verdade. Nos alto-falantes da livraria, só tocavam trilhas sonoras de animês.

Lucky se enfiou em meio às estantes, desaparecendo rápido.

Sissi estalou os dedos.

— Ah! O livro que você encomendou finalmente chegou. — Ela ficou procurando por ele nas prateleiras debaixo da registradora. — Foi difícil encontrar. Aqui está!

Peguei o volume enorme da mão dela e o folheei, animado. Era um exemplar raro de imagens selecionadas de Fan Ho, um fotógrafo que vivia em Hong Kong. Provavelmente o mais famoso deles. Passei pelas páginas brilhantes, já sendo sugado pelas imagens em branco e preto — homens sem camisa fazendo fila na rua para pegar comida quente, a figura diminuta de uma mulher andando entre as sombras gigantes dos prédios, a luz do sol atingindo um beco e batendo nas costas inclinadas de um senhor. Eu poderia passar o dia todo olhando para aquilo.

— Esse livro não é barato — Sissi disse, virando o pescoço para olhar as fotos comigo.

Assenti.

— Eu sei. Mas economizei para comprar. — Eu a paguei e fui procurar por Lucky, ansioso para voltar ao livro mais tarde.

Eu a encontrei acomodada no chão na seção de poesia, lendo um volume fino. Tirei outra foto sua. Ela estava sentada com os joelhos dobrados, segurando o livro próximo ao rosto, os cotovelos apoiados nos joelhos.

Aquela pose me lembrava das fotos antigas de Marilyn Monroe debruçada sobre um livro. Momentos em que ela estava tão absorta na leitura que sua figura sensual ficava de lado por um tempo, ela deixava de encenar e era uma versão de si mesma que escondia do público.

— O que está lendo? — perguntei, me agachando ao lado de Lucky.

Ela já tinha mergulhado no livro.

— Hum. Uma coletânea de poemas de Gwendolyn Brooks. Muita da minha inspiração para músicas vem da poesia.

Ambos congelamos. Tentei manter a voz leve.

— Ah, então você também compõe?

Lucky fechou o livro e o bateu contra o joelho.

— Sim.

Ela compunha? Provavelmente não suas músicas mais famosas. Na pesquisa da noite anterior, eu havia descoberto que o selo dela contratava compositores de sucesso para escrever as letras das canções.

Cada nova informação era mais intrigante que a anterior.

— Isso é muito legal. Hum, suas músicas são sobre... Deus? — perguntei.

Ela me encarou, e começamos ambos a rir.

— Estou falando sério! — eu disse.

Lucky ria tanto que as pessoas em volta olharam feio para nós. Ela cobriu a boca e depois de um tempo conseguiu parar.

— Minha vida não se resume ao coral da igreja, Jack.

Peguei o livro que ela havia largado enquanto ria.

— Então você escreve pra si mesma?

Lucky assentiu, sem parecer constrangida ou envergonhada com a pergunta.

— Sim. Eu gosto. E sou boa nisso.

Ela não estava sendo arrogante nem nada. Só… uma pessoa que sabia quem era. A inveja me percorreu, gelada e repentina. Era raro ver alguém da minha idade tão seguro de si.

— Talvez um dia eu possa ouvir uma de suas músicas — eu disse.

Ela levantou uma sobrancelha antes de se colocar de pé em um movimento suave e atlético.

— Naquela ideia futura em que você vai me visitar em Seul?

Antes que eu pudesse responder, ela esticou o braço e me ajudou a levantar. Aquilo me deixou surpreso. Lucky era mais forte do que parece. Fiquei de pé, cara a cara com ela — e bem de perto.

Empurrei o livro para o peito dela.

—Vai pedir pra eu comprar este livro pra você também?

Ela olhou para o exemplar.

— Não. Eu já tenho.

—Você estava lendo algo que já tinha lido?

— É. Quando gosto de alguma coisa, gosto mesmo. — Ela virou na direção do café, e por algum motivo aquelas palavras fizeram meu coração acelerar e me deixaram com calor.

Antes que eu pudesse me recuperar, Lucky gritou do outro lado da livraria, perto do café.

— Podemos comer alguma coisa?

Dei risada.

—Você é insaciável.

— Eu sei.

31
lucky

Sentamos para tomar chá com leite, uma especialidade de Hong Kong, de acordo com Jack. Veio um prato de biscoitinhos junto, então peguei um.

— Me conta sobre seus pais — pedi antes de dar uma mordida. Era minha vez de fazer perguntas a seu respeito.

Ele arregalou os olhos.

—Você vai direto ao ponto, né?

— Na verdade, é uma pergunta que vem pouco depois de "quando e onde você nasceu?", o que eu já sei. — Los Angeles. A coincidência ainda me impressionava. — O que eles fazem? — Fiz uma pausa. — Quer dizer, se ainda estiverem vivos. — Por que eu havia dito aquilo? Era meio mórbido.

Jack esticou o braço e pegou um pedaço de biscoito. Sua mão roçou na minha, e senti uma faísca no ponto exato. *Tss.*

Ele soltou uma risadinha.

— Os dois estão vivos, sim. Bom, minha mãe é dona de casa e meu pai trabalha num banco, como eu falei — ele disse, levando o biscoito à boca.

— Legal. Parece ter uma porção de bancos por aqui — foi meu fraco comentário. Genial, Lucky. —Você está gostando do estágio?

— Meio que odeio — Jack disse, mergulhando um pedaço de biscoito no chá. Seu tom de voz permaneceu leve.

— Que saco — eu disse. — Bom, é só até você começar a faculdade, né?

Antes que pudesse responder, Jack derrubou a xícara de chá. O líquido leitoso escorreu pela lateral da mesa e caiu nele.

Levantei num pulo.

— Ixi!

Jack soltou um ruído irritado e ficou de pé também, limpando a camisa onde tinha sujado.

— Desculpa, vou só limpar isso — ele disse, enquanto afastava a cadeira da mesa.

— Claro. — Me estiquei para limpar o chá da mesa com um guardanapo. Sissi chegou com um pano para me ajudar. — Obrigada — agradeci a ela, com um sorriso.

Ela assentiu em resposta.

— Ele vai precisar trocar de blusa, não acha? — ela disse, meio perguntando, meio afirmando. — Temos umas camisetas de nerd dos livros na seção de presentes.

— Ah — eu disse, tamborilando os dedos. — Vou dar uma olhada.

A seção de presentes ficava escondida num canto, como se a livraria relutasse em expor outras coisas em meio a seus preciosos volumes. Dei uma olhada numa arara com camisetas de algodão macio com capas de livros antigos, ilustrações de óculos, gatos e outras coisas estampadas.

Queria escolher alguma coisa constrangedora para Jack, mas que causasse o tipo *certo* de constrangimento. Algo atraiu minha atenção. Era uma daquelas camisetas em preto e branco com uma lista de quatro nomes:

Jo &
Meg &
Beth &
Amy

Dei risada. Perfeito. Se ele entendesse a referência a *Mulherzinhas*, eu ia desmaiar. E depois me casar com ele, claro.

Eu a ergui para mostrar para Sissi, que fez sinal de positivo do outro lado da livraria. Hahaha. O banheiro ficava depois de um corredor estreito margeado por armários e esfregões. Bati na porta.

— Ei, Sissi disse pra pegar uma das camisetas à venda. Escolhi uma pra você.

A porta se abriu, e Jack saiu com a parte de baixo da camisa toda molhada e ensaboada. Ele olhou para a camiseta na minha mão.

— Me deixa ver.

Eu a segurei abaixo dos meus olhos, o algodão roçando contra minha boca.

— Legal, não acha?

Minha voz foi abafada pela camiseta.

Jack ficou olhando para ela, confuso.

— Quem são essas pessoas?

Ele levantou as sobrancelhas para mim, e eu empurrei a camiseta contra seu peito.

— As quatro mulheres mais legais do mundo.

— Nem quero saber mais — ele murmurou, enquanto começava a desabotoar a camisa.

Fiquei encarando.

— O que está fazendo?

— Me trocando. — Jack manteve os olhos na camiseta enquanto continuava a desabotoar a própria camisa.

Mantenha os olhos no rosto dele.

— Então tá bom, continua com o striptease. — Aquilo não fazia muito sentido, além de ser constrangedor, esquisito e revelar demais quanto e como eu me sentia em relação ao fato de Jack estar tirando a camisa na minha frente.

Ele deu risada, e rugas se formaram no canto de seus olhos enquanto me observava. Eu mantinha a atenção fixa naquele ponto. Nos dois órgãos esféricos aninhados no crânio. E em nada mais. Não, eu não ia olhar para baixo dos globos oculares. Ia continuar me concentrando neles.

—Você está tentando chegar à minha alma? — Jack perguntou. Seu corpo se movia enquanto tirava a camisa.

— Isso. E encontrei um grande vazio. Parabéns, você não tem alma.

Embora eu tentasse me impedir, meus olhos desceram para seu peito nu.

Está de brincadeira comigo? Santo Cristo, ele era um deleite para os olhos. Magro, musculoso, com a pele bronzeada parecendo macia. Eu queria jogar a camiseta na cara dele, frustrada.

Jack a pegou da minha mão.

—Valeu.

Estreitei os olhos para ele.

— Para com esse lance… sedutor.

— Como assim? É você que fica aí parada enquanto eu me troco.

— Não fala "valeu" assim.

—Assim como? — Ele vestiu a camiseta.

—Tipo… *valeu.* — Tentei o máximo possível deixar minha voz baixa e líquida como a dele, mas era impossível. Aquela voz devia ser patenteada e preservada para sempre na Escola Jack de Gostosura Disfarçada.

Mas por que eu estava…?

O corredor era um pouco claustrofóbico — quente, com o ar viciado.

Jack dobrou a camisa com cuidado e a colocou debaixo do braço.

— Parece que a situação te deixou meio atiçada.

Aquilo era um pouco demais. Cheguei a me *abanar* com a mão.

— Bom… Quer dizer…

Jack só ficou ali, esperando que eu continuasse, mas não consegui, e comecei a rir. Ele tentou não rir, mas fiz cosquinha no abdome dele (que descobri que era bem durinho) de modo que teve que ceder.

Enquanto voltávamos para o café, Jack passou o braço sobre meus ombros com tanta tranquilidade que não pude deixar de sorrir.

Quando nos sentamos, notei um livro ao lado do prato de biscoitos.

— O que é isso?

Ele olhou para o volume.

— Ah, só um livro que eu tinha encomendado.

— Sobre o quê?

— É um livro de fotos.

— Sério? Que legal — eu disse, baixando os olhos para ele. — Posso ver?

Jack o passou para mim.

— É uma antiga seleção de imagens de um fotógrafo de quem eu gosto. — Sua voz saiu murmurada, de modo que mal o compreendi. Ele parecia tímido.

Folheei as páginas grossas do livro.

— Uau. São incríveis. É Hong Kong, né?

Jack assentiu.

— Isso. O nome do cara é Fan Ho. É sem dúvida o fotógrafo mais importante daqui. — Suas palavras eram mais claras, animadas e vívidas agora.

— Nossa, você deve ser fanático por fotos então — eu disse, olhando para as imagens. Eram lindas, um vislumbre da vida cotidiana da antiga Hong Kong.

— Acho que sim, mas não é nada de mais também. — Jack se inclinou para a frente, usando a camisa suja de apoio para os cotovelos. — Mudando de assunto, o que seus pais fazem?

Parecia que fazia um milhão de anos que eu havia perguntado sobre os pais dele. Um milhão de anos antes de ver Jack sem camisa. Fechei o livro.

— Meus pais? Ah. — Enrolei, tentando pensar em alguma coisa. Mas por que mentiria sobre aquilo? Não significaria nada para ele, se não sabia nada de K-pop. — Minha mãe trabalha em um escritório de advocacia e meu pai é professor.

— Ele dá aula do quê? — Jack se inclinou para a frente, apoiando o rosto nas mãos.

— Álgebra. No ensino fundamental.

— Legal. Você é boa em matemática? — Jack perguntou com um sorriso, como se já soubesse a resposta.

—Você é? — perguntei de volta.

— Bom, não deveríamos os dois ser bons em matemática, enquanto asiáticos?

Sorri.

— Para com isso. Ninguém mais pensa assim.

Ele ergueu uma sobrancelha.

—Você não disse que cresceu nos Estados Unidos?

— Bom, esse lance da matemática era o menor dos meus problemas.

— E qual era o maior?

Era esquisito. Estávamos em um lugar público, mas de repente tudo parecia muito íntimo.

— Hum, não sei. Sempre me senti distante das outras crianças. — Era verdade. Eu focava na minha carreira desde pequena.

Minha pulsação acelerou. Eu podia sentir meu coração batendo no fundo da garganta. Era o que acontecia quando eu ficava ansiosa. Então me ocorreu que eu não sabia bem quando voltaria ao hotel e aos remédios. Aquilo me deixou ainda mais ansiosa. Levei as mãos bruscamente às minhas pernas sob a mesa. Levei o dedo indicador e o médio ao pulso esquerdo, para sentir meus batimentos.

— Distante como? — Jack perguntou, sem notar a mudança no meu comportamento.

Então eu senti a pulsação gentil sob a camada fina de pele. Aquilo me acalmou de imediato, enquanto eu contava as primeiras batidas mentalmente. *Um. Dois. Três.* Alguns segundos depois, meu coração ia desacelerar, o que sempre ajudava.

— Ah, eu sempre tinha que ficar em casa cuidando da minha irmã mais nova. Não tinha muitos amigos para encontrar depois da aula ou nos fins de semana. — Era verdade. Mas também por causa das aulas de dança e canto.

—Você tem uma irmã mais nova? — Ele sorriu. — Eu também.

Aquilo me fez sorrir também. Eu podia imaginá-lo atazanando a menina.

—Você comentou. Como ela se chama? Quantos anos tem?

— Doze. E o nome dela é Ava.

Jack e Ava. Eu gostava de preencher as lacunas a seu respeito, observando a formação de uma pessoa completa.

— Legal. Minha irmã tem quinze anos e se chama Vivian. Ela é uma cretina — acrescentei, rindo. — A sua também?

Ele balançou a cabeça em negativa.

— Na verdade, Ava é meio que uma santa. É toda motivada e inteligente. Vai fazer coisas incríveis um dia. O que é bom, assim meus pais vão ter um filho de quem possam se orgulhar.

— Um? — perguntei. —Você também é motivado e inteligente.

Uma expressão chocada tomou conta do rosto dele.

— Retire o que disse.

— Por quê?Você não quer ser esperto? — Dei risada. Meu pulso tinha voltado ao ritmo normal. Devolvi as mãos à mesa e peguei minha xícara de chá.

— Eu estou bem. Mas definitivamente não tenho minha vida

resolvida como Ava. Se ela tivesse um patrono que nem no Harry Potter, seria uma planilha.

O chá subiu pelo meu nariz, me fazendo engasgar.

— Cala a boca.

Ele sorriu.

— Pelo menos sou mais engraçado que ela.

— Duvido — eu disse, limpando o rosto com o guardanapo.

— Bom, estou meio que… de bobeira até me resolver — Jack disse, dando de ombros.

— Não tem problema nenhum — eu disse. — Nem todo mundo pode ser que nem sua irmã.

— Ou você — ele retrucou. Era um elogio, e minhas bochechas esquentaram. Eu tinha batido todos os recordes do K-pop, mas o fato de que aquele cara estava me elogiando me fazia ficar roxa como uma beterraba.

Bati com o dedo no livro à minha frente.

— E quanto a fotografia? Imagino que goste bastante, se encomenda livros específicos.

Ele voltou a dar de ombros.

— Eu gosto, e muito. Mas não é exatamente… uma possibilidade de carreira para mim. A arte, digo.

Precisei reunir todas as minhas forças para não abrir o bico. Para não gritar: "Eu sou a prova concreta de que dá para viver de arte!".

Em vez disso, segurei a xícara de chá com ambas as mãos. E esperei um pouco antes de perguntar:

— Bom, e o que seria uma possibilidade de carreira para você?

A pergunta pareceu provocar alguma mudança nele. A arrogância confiante partiu, e tudo o que restou foram seus ombros curvados pela incerteza.

32
jack

Se qualquer outra pessoa tivesse me perguntado aquilo, eu teria respondido qualquer bobagem, e por dentro ficaria irritado com a pergunta. Mas, vindo de Lucky, parecia diferente. Eu queria responder, ainda que o que tinha a dizer não fosse nada de mais.

Pigarreei para quebrar o silêncio evidente.

— Bom, aí é que está. Não defini uma carreira, mas por mim tudo bem.

Ela assentiu.

— Claro, você é novo. Não tem problema.

Mas dava para ouvir o controle em sua voz. Para se manter neutra. Eu sabia o que Lucky havia feito para chegar aonde estava. Ela tinha decidido o que queria fazer da vida aos *treze* anos, e colocara a mão na massa. Alguém como eu — sem objetivo, incerto — era um mistério para ela.

— Eu tiro fotos em paralelo — disse, cauteloso, de repente precisando que ela soubesse que eu não era alguém desprovido de interesses.

Os olhos dela se iluminaram.

— Sério? Então você é mesmo fotógrafo. Que tipo de trabalho faz?

Rápido, Jack. Pense em algo que não esteja relacionado com mídia… algo seguro…

— Casamentos.

— Ah! — ela exclamou. — Deve ser muito legal. Testemunhar o amor várias vezes.

Foi como um soco no estômago. O que eu fazia era o oposto de testemunhar o amor. Eu testemunhava o adultério. Alguém indo para a reabilitação. A decadência e o excesso. As pessoas no ponto mais baixo de sua vida ou em seu pior momento.

— É temporário — eu disse, dando de ombros. Fingindo indiferença. Mas, enquanto falava aquilo, percebi que com aquela matéria aquilo poderia se tornar mais do que um trabalho temporário. Eu iniciaria minha ascensão como fotógrafo de tabloide. No dia anterior, aquilo me deixara animado. Mas agora parecia frívolo. Me mexi no assento, desconfortável.

Lucky mastigou um biscoito pensativa antes de falar.

— Bom, talvez você possa montar um portfólio com as fotos de casamento e se inscrever em algum curso de fotografia!

Eu conseguia imaginar as engrenagens se movimentando na cabeça dela. Lucky já previa um futuro com o qual eu poderia sonhar. Engoli em seco o caroço que se formava na minha garganta. Ninguém nunca havia se animado com minhas perspectivas antes.

— Meus pais não vão deixar — eu disse. — Consegue imaginar coreanos pagando para o filho estudar quatro anos de fotografia?

A perplexidade pareceu nublar sua expressão.

— Consigo, sim.

Ah, é. Os pais dela provavelmente tinham investido bastante dinheiro para que ela se transformasse em uma estrela K-pop. Não devia ser barato — toda a preparação antes que se conseguisse assinar com uma gravadora. Técnicos vocais, aulas de dança, o pacote completo. Sem mencionar todas as viagens para o exterior.

Suspirei.

— Bom, alguns de nós não têm pais imigrantes com essa mentalidade progressista. Os meus têm os pés firmados na ideia de trabalhar duro para ter estabilidade no futuro. São bem práticos.

Lucky franziu a testa.

— Mas pra ter estabilidade você não precisa trabalhar com algo que não quer. Quem disse que fotografia não traz estabilidade? Você poderia continuar trabalhando com casamentos e fazer um trabalho mais artístico em paralelo.

Sorri.

— Uma vez vi uma manchete em um jornal sensacionalista que dizia: "Trabalhe com o que gosta e nunca mais goste de nada na sua vida". Acho que é o meu destino.

— Isso é bem triste — ela disse, contrariada, limpando as migalhas de biscoitos das mãos. — Não é fácil transformar sua paixão em trabalho. Mas você tem que acreditar que é possível.

Tinha uma coisa me incomodando naquele papo motivacional. Não só a leve hipocrisia naquela visão de mundo. Mas que aquilo viesse *dela*. Se acreditava mesmo no que dizia, por que estava passando o dia comigo?

Lucky estava evitando alguma coisa.

Olhei nos olhos dela.

— E se depois de transformar sua paixão em trabalho ela deixasse de te fazer feliz? Você não estragaria assim algo que costumava amar?

Prendi o fôlego. Estava forçando a barra.

O rosto de Lucky se transformou. Um muro gelado se ergueu em sua expressão, e seus ombros se afastaram. Uma aura de intocável e distante caiu como uma cortina sobre ela. Foi chocante. De repente ela era Lucky diante da mídia.

— Bom, eu não sei. Mas você parece estar colocando o carro na frente dos bois. — A voz dela saiu normal, e sua expressão se manteve neutra.

Mas algo pareceu se perder. Não havia mais calor ou animação. Nenhuma crença em mim. Me arrependi de ter feito a pergunta, de minhas segundas intenções.

Eu sabia que era trabalho, mas não podia perdê-la, ainda. Precisava salvar a situação.

— Quer ver um filme?

33
lucky

Jack era alguém que eu reconhecia da indústria K-pop. Alguém com motivação, inteligência, bons instintos naturais. Mas também alguém que se sabotava por medo.

Ele arranjava desculpas para não fazer o que queria. Eu queria dar um chacoalhão em Jack, mostrar que ele era capaz. Não sabia que tipo de fotos tirava, mas aquilo não importava. Se eu tinha aprendido uma coisa nos meus quatro anos de K-pop era que o trabalho duro sempre superava o talento.

Eu queria insistir naquilo, mas a última pergunta dele congelara algo dentro de mim. Era quase como se minha pele tivesse ficado translúcida e ele pudesse ver tudo em meu interior. Pela enésima vez naquele dia, todos os meus alarmes dispararam.

Só que eu não conseguia entender quanto *a que* exatamente estavam me alertando.

— Um filme? — perguntei.

— É, no cinema aqui do lado. Vai ter pipoca. — Jack sorriu.

Hum.

Ele balançou a cabeça ao me ver hesitar.

— Brincadeira. Não tem como você aguentar comer qualquer coisa agora.

— Sou um milagre da ciência — eu disse, já levantando.

Jack amarrou a camisa de manga comprida ainda molhada na cintura, pagou pelo que consumimos e deixou o livro com Sissi, para não correr o risco de perdê-lo, antes de me levar ao cinema logo ao lado. Como eram só umas três da tarde, ainda tinha pouco movimento. Entrei, animada para ver o que estava passando, e congelei na hora.

— Não acredito! — gritei.

— O que foi? — Jack perguntou, alarmado.

Apontei para o pôster à nossa frente: MARATONA WONG KAR-WAI.

— Não é muita coincidência? — comentei, me aproximando para passar os dedos sobre o rosto lindo de Tony Leung.

— Nossa. Um cinema de Hong Kong passando um filme de Wong Kar-wai. É um milagre — ele disse, cáustico.

— Uma *maratona* Wong Kar-wai *justamente* no cinema que escolhemos, sendo que você *nunca* viu um filme dele! — Eu me recusava a deixar que Jack matasse meu entusiasmo. —Vamos ver qual é o próximo.

Amor à flor da pele começaria em vinte minutos. Inacreditável.

— Que sorte a sua! — comentei animada enquanto Jack comprava os ingressos. — É Wong Kar-wai das antigas. Tudo o que sei sobre Hong Kong é por causa desse filme. — Apontei para o pôster para enfatizar aquilo. — Cara, Maggie Cheung e Tony Leung estavam maravilhosos, quase sobre-humanos.

— Eles continuam iguaizinhos a como estavam nesse filme — Jack comentou quando voltamos para a frente do pôster.

— Quem tem olho puxado não fica enrugado — eu disse.

Ele jogou a cabeça para trás e riu tanto que fiquei até constrangida.

—Você nunca tinha ouvido isso? — perguntei.

— Não! — ele disse quando finalmente conseguiu se controlar. Fiquei feliz por ter apresentado algo para ele. E fiquei feliz por tê-lo feito rir tanto.

Compramos pipoca, entramos na sala e escolhemos dois lugares no meio. As luzes ainda estavam acesas, e a maior parte das fileiras de poltronas de couro confortáveis estava quase vazia.

— O que é que você ama tanto nesses filmes? — Jack perguntou enquanto eu pegava pipoca das partes com mais manteiga.

Fiquei só pensando a respeito e mastigando por alguns segundos.

— Não sei... São tão fofos e melancólicos. A trilha sonora é sempre perfeita. Os personagens são misteriosos e cheios de falhas. — Soltei um suspiro feliz. — E... meio tristes.

— Tristes? — Jack perguntou, recostando-se na poltrona. Com a cabeça já apoiada no couro, ele olhou para mim. Meu coração acelerou dentro da caixa torácica.

— É, tristes. Muitas vezes são histórias de amor envolvendo pessoas que... não podem ficar juntas. Você sabe desde o começo que isso não vai acontecer.

— São histórias de amores condenados?

— É.

Ficamos em silêncio. Eu sabia que ele estava pensando a mesma coisa que eu.

No fim do dia, íamos nos despedir. Qualquer coisa que poderia florescer entre nós desapareceria em algumas horas, seria efêmero, terminaria antes mesmo que pudesse começar.

Éramos como as estrelas quando vistas da Terra — uma lembrança de algo que já encontrara seu fim.

As luzes se apagaram, a cortina subiu e Jack pegou minha mão no apoio de braço, nossos dedos sujos de manteiga e sal.

34
jack

Como aguentei ver um filme inteiro com a mão daquela garota na minha o tempo todo estava além da minha compreensão. De vez em quando, eu sentia seus olhos no meu rosto, e quando virava deparava com Lucky me olhando em expectativa. Esperando para ver se eu tinha a reação correta ao que quer que se passasse na tela. Provavelmente uma cena preferida. Era ao mesmo tempo irritante e bonitinho.

— E aí, o que achou? — ela perguntou no segundo em que as luzes se acenderam.

— O que achei do quê? — perguntei, meio brincando.

Na verdade, eu mal havia conseguido me concentrar no filme. Com a sala escura, a trilha romântica, as cenas sensuais... era demais.

Lucky fez uma careta.

— Não gosto que me provoquem.

—Você claramente precisa de um irmão mais velho.

— Na verdade, não — Lucky disse, antes de me dar um soco forte no braço e correr para fora do cinema antes que eu pudesse reagir.

Quando a alcancei, ela estava entrando no banheiro. Esperei do lado de fora, pensando em quanto eu havia revelado a meu respeito durante nosso chá. Teria sido porque eu não voltaria a vê-la? Então, mesmo que ela ficasse sabendo das fotos, eu faria parte do passado? Só um babaca com quem ela passara o tempo em Hong Kong?

Ou seria porque... porque era ela? Porque algo nela fazia com que eu quisesse compartilhar todo tipo de coisa? Ninguém nunca havia levado meu interesse por fotografia a sério. Mas, nas poucas horas em que me conhecia, Lucky já descobrira que era importante para mim. Que era algo de que valia a pena correr atrás.

— Fiz tanto xixi hoje — ela falou ao sair do banheiro.

E foi muito estranho. Aquele excesso de informação, como suas outras revelações inesperadas, me fez perceber uma coisa: eu também gostava de Lucky. Muito.

Gostava que acreditasse em quem era e que equilibrasse aquilo com uma dose saudável de bom humor. Gostava que não se levasse tão a sério quando poderia simplesmente ser uma estrela insuportável e intocável. Gostava de como achava que eu poderia trabalhar com fotografia. E de que se importasse com aquilo. Gostava de como tinha buscado a minha mão o dia todo.

— Legal, bom trabalho — eu disse, tentando sorrir em meio ao terror daquela constatação. Aquilo complicava tudo, um bilhão de vezes.

— Significa que estou me mantendo hidratada. Meu *personal* vai ficar orgulhoso — ela disse, então sua expressão congelou.

— Nunca bebo água o bastante — comentei com tranquilidade, já passando o braço sobre seus ombros, de modo que pudéssemos ignorar o fato de que ela tinha um *personal trainer*. Como muitos adolescentes normais tinham.

Lucky tinha a altura perfeita para eu apoiar meu braço. Cada parte dela parecia se encaixar com uma parte minha. Ela me atraía como se fosse um ímã. Um quebra-cabeças de ímãs. Cara, como eu era poético.

Lucky fazia eu querer ser poético.

Quando saímos, o sol estava começando a se pôr. Perfeito.

—Vamos até o porto — eu disse, andando para o pátio. Tinha um parquinho bem perto, que fazia parte de um condomínio. Uma porção de crianças brincava ali, sem supervisão, mas em segurança. Para uma cidade grande, Hong Kong era bem segura. Câmeras espalhadas por toda parte provavelmente ajudavam.

Voltamos por onde tínhamos vindo, em meio a pessoas passeando e idosos com os netos, a luz nebulosa dourada em cada janela, em cada copa de árvore.

Lucky parecia feliz andando abraçada comigo, e eu também.

Pareceu certo perguntar a ela então, num momento de silêncio:

— Por que você gosta tanto de cantar?

Eu havia perguntado por que ela gostava do coral um pouco antes naquele dia, mas ainda não sabia o que achava quanto a cantar em si. A se apresentar.

Lucky pareceu reflexiva, mas se manteve ao meu lado.

— Hum. É uma pergunta interessante.

Tinha algo de muito lisonjeiro naquilo. Eu fazia perguntas *interessantes*!

Uma brisa fez seu cabelo voar e uma mecha grudou no meu pescoço. Quando fui afastá-la, Lucky pôs a mão sobre a minha antes de prender os fios atrás das orelhas. Senti uma pontada no peito diante do toque íntimo sem esforço.

— Bom — ela disse, com uma ruga de concentração entre as sobrancelhas. — Tenho um monte de motivos para gostar de cantar. Gosto de como me faz sentir. Tipo, me dá uma brisa realmente incrível. Ou como imagino que seja uma brisa incrível — ela disse, com uma risadinha. — Eu, hum, nunca experimentei.

Eu sabia que deveria parecer surpreso com aquilo, mas não queria ter que obrigá-la a mentir. Não era naquilo que eu estava pensando no momento.

— Então é por isso que você está sempre com fome — eu disse apenas. — Cantar te dá larica.

Ela bateu no meu braço.

— Rá. Voltando: cantar faz eu me sentir fisicamente bem. Mas também tem a ver com criar algo lindo do nada, comunicar tudo o que se está sentindo com um som. É mágico.

Os pelos do meu braço se arrepiaram, e passei a mão neles.

— Sei do que está falando. — Eu sentia o mesmo em relação à fotografia. Quando capturava algo especial, a imagem refletia meu ponto de vista sem necessidade de palavras. Sempre tinha achado que aquilo era mágico.

Lucky olhou para mim, e vi um lampejo de autoconsciência em suas feições.

— Também canto bem, e é legal poder compartilhar isso com o mundo. Sei que pareço convencida dizendo isso.

Balancei a cabeça em negativa.

— Não, na verdade é legal ouvir alguém que reconhece suas qualidades, pra variar.

— Né? — ela exclamou, com um pulinho. — Sempre ensinam as meninas a ser modestas. Deus me livre se uma mostrar orgulho de algo ou qualquer autoconfiança.

— Bom, aí vocês acabariam achando que podem governar o mundo ou coisa do tipo — eu disse, irônico.

Lucky riu com vontade, colocando todo o seu corpo naquilo, de modo que tive que recolher o braço.

— É engraçado porque os homens não têm futuro. Vocês estragaram o mundo.

Deparamos com algumas crianças brincando com uma bola de futebol e tivemos que nos separar por alguns segundos para desviar delas antes de voltar a dar as mãos.

— Verdade. E a coisa ainda vai piorar — eu disse.

— Como assim? — O rosto de Lucky estava virado para mim, a aba do boné alta o bastante para que eu conseguisse ver seus olhos. Estavam arregalados de curiosidade.

— Acho que a história humana é, em sua essência, triste. Desde os primórdios, estamos presos a um ciclo de abuso e sofrimento — expliquei.

Lucky ficou em silêncio por um segundo. Me perguntei onde ela se encaixava naquela história. Como era sua vida de verdade. Glamorosa como em suas mídias sociais, cheia de voos de primeira classe e roupas grátis? Ou mais como uma prisão terrível? Lucky não estava ali comigo porque sua vida era tipo férias no Instagram. Talvez fosse algo intermediário.

— Acha mesmo que estamos presos? — ela perguntou.

Assenti.

— Claro, olha só pra gente agora. Passamos por guerras. Ainda estamos em guerra. Nunca cansamos de ser horríveis.

Ela fez uma careta.

— Tá, não posso negar que coisas terríveis aconteceram ao longo da história. Coisas inomináveis, horrorosas, que continuam a acontecer. Mas acho que com menos frequência.

— Mas você não tem dados que comprovem isso. — Talvez fosse meio péssimo da minha parte dizer aquilo, mas não deixava de ser verdade.

— Não, mas eu tenho *cérebro* — ela disse, andando mais depressa. Alimentada pelo combustível do orgulho próprio, aparentemente. — E, mesmo que não tenha as estatísticas em mãos, posso dizer que a qualidade de vida e o nível de segurança geral dos seres humanos melhorou *minimamente* desde a era das trevas.

— Minimamente — repeti com um sorrisinho, tentando acompanhar suas passadas. — Escuta, você sabe para onde estamos indo?

— Não! — ela disse.

— Tá, só queria confirmar — eu disse. — Continua em frente até chegar na água.

— Tá — ela retrucou depressa. — Voltando: não sou ingênua. As coisas estão complicadas. A humanidade anda para a frente e para trás o tempo todo. Encontramos a cura para a poliomielite e criamos fuzis de assalto automáticos. Eu sei. Mas não acho que cinismo possa trazer nada de bom.

— Isso é um insulto disfarçado à minha pessoa? — perguntei, surpreso, mas de alguma forma sem me ofender. Eu a tinha alcançado e agora andávamos lado a lado, de volta à região das lojas de luxo, onde a multidão se concentrava.

— Não. — Lucky fez uma pausa. — Talvez. Entendo o cinismo, só não acho que seja muito útil no fim das contas. — Seus olhos me escrutinaram enquanto eu tentava encontrar uma maneira de defender minha visão de mundo desiludida. De repente, ela levantou um dedo. — A humanidade é zoada. Mas ainda tem conserto.

— Ai, meu Deus — eu disse, rindo. — O que está acontecendo com você?

— Me empolguei — ela exclamou.

— Vai concorrer à presidência?

— Não. Mas poderia — ela disse, bufando.

Imaginei a Lucky do futuro fazendo grandes coisas, ainda maiores do que as que ela fazia agora, e de repente me dei conta de que não veria a Lucky do dia seguinte, muito menos a do futuro. Aquela era a única Lucky que eu veria em toda a minha vida.

O relógio ia dar meia-noite e ela iria embora para sempre.

35
lucky

Eu poderia ser presidente.

Uma vez, quando tinha doze anos, eu havia dito que poderia ser uma estrela do K-pop. E aquilo se tornara realidade.

O que havia acontecido desde então? Por que, em algum ponto depois de conquistar minha meta, eu tinha parado de pensar que podia fazer qualquer coisa que quisesse? Lá estava eu, com todo o discurso motivacional para cima de Jack, quando os mesmos medos me paralisavam.

Eu havia mudado? O que eu queria da música, da indústria do K-pop, havia mudado? Não importava, porque a indústria nunca mudaria.

A energia que eu sentira mais cedo deixara meu corpo.

Passamos por uma loja da Porsche diante da qual promotores de smoking ofereciam bandejas de espumante para potenciais compradores. A multidão ficava cada vez mais barulhenta, de modo que ficamos cada vez mais em silêncio.

Então ouvi um som vago e calmante de flautas. Ficou mais forte conforme avançamos, até que chegamos a um grupo de senhoras de agasalho fazendo tai chi em um pátio enorme, rodeado por lojas chiques. À frente delas, havia uma caixinha de som sem fio projetando a música de fundo e uma mulher de agasalho fúcsia demonstrando os movimentos.

A justaposição daquelas senhoras tranquilas com as lojas de luxo movimentadas ao redor era surreal.

Eu queria ser parte daquilo.

— A gente se vê depois — eu disse para Jack antes de me juntar a elas.

— O que está fazendo? — ouvi Jack gritar atrás de mim enquanto me colocava na terceira fileira de mulheres. Ninguém disse nada, mas elas se movimentaram para abrir espaço para mim.

Eu nunca havia feito tai chi, mas podia aprender qualquer coreografia depois de ver uma única vez. Logo meus membros se moviam em sincronia com os de todas as outras — os braços se levantando acima da cabeça, os pés se arrastando lentamente da esquerda para a direita, os joelhos levemente dobrados o tempo todo.

Levantar os braços até a altura do peito, abaixar devagar. Bem devagar. Afastar as mãos do corpo. Trazê-las de volta com delicadeza, virar o corpo para a direita. Depois para a esquerda. Dobrar o joelho.

Jack nos observou com os braços cruzados e um sorriso enorme no rosto. Quando virei para a esquerda e olhei por cima do ombro, ele fez sinal de positivo para mim.

Eu me senti incrivelmente em paz.

36
jack

Teria sido a foto perfeita.

LUCKY ENCONTRA O RITMO CERTO

Era a hora perfeita do dia para fotografias externas. Lucky estava cercada por uma dezena de senhoras de agasalho. Era uma cabeça mais alta que as outras. E se movimentava de uma maneira tão graciosa que parecia ter feito aquilo a vida toda.

O modo como tinha pegado o jeito — depressa e com naturalidade — deixava claro que havia nascido com um dom para o movimento. Ela se sentia absolutamente confortável em seu corpo. Era um instrumento que afinara com horas e horas de trabalho.

Com a luz incidindo sobre Lucky, algo se iluminou na minha mente. Meu pai nunca havia se dedicado àquela mesma afinação.

Alguns anos antes, quando eu estava procurando por uma bola de basquete na garagem da nossa casa em Los Angeles, eu havia encontrado uma pilha de revistas literárias juntando pó em um canto. A que estava por cima tinha uma foto em branco e preto bem legal de uma árvore retorcida, então dei uma folheada nela. Uma página havia sido marcada com uma orelha. Era uma dupla contendo um conto chamado "Fogo no vale". O autor era Cameron Lim. Meu pai. Eu me sentei no chão de concreto empoeirado e li o texto, sendo completamente absorvido e surpreendido por aquela prosa poderosa e sóbria. Passei horas sentado ali, lendo cada um dos contos que meu pai havia publicado na pilha de revistas.

Como Lucky, ele havia nascido com um talento natural. Não só para a escrita, mas para a observação, como alguém que estava sempre examinando as pessoas e o modo como funcionavam. Como eu fazia. Só que através da lente da câmera.

Eu sempre soubera que meu pai era um escritor, mas nunca havia compreendido a dimensão de seu talento. Quando toquei no assunto na mesa do jantar aquela noite, meu pai me dispensou.

— Ah, isso é coisa do passado.

Enquanto eu ficava sentado ali, observando-o naquela sala de jantar enorme, com a gravata jogada por cima do ombro enquanto mergulhava na comida, senti um buraco no estômago. Tive uma visão de mim mesmo dali a trinta anos, enquanto meu filho olhava para minhas velhas fotos. Com a sensação de que aquilo era coisa do passado. História antiga, algo totalmente separado de quem eu era.

Lucky também tinha talento, além de sorte, como seu nome indicava. Mas havia corrido atrás do que queria. Com dedicação. Era alguém que aproveitava um dom para trilhar seu futuro.

Alguém que se lançava em meio a um grupo de desconhecidos para experimentar algo novo. Sabendo que poderia ser péssima naquilo, que poderia fazer tudo errado. Mas ela seguia em frente mesmo assim, sabendo que poderia insistir até melhorar. Eu a admirava tanto naquele momento que quase chegava a doer.

Eu deveria ter tirado uma foto de Lucky fazendo tai chi. Era quase cinemático. Mas decidi guardar a imagem na lembrança. Mantê-la ali de modo a poder acessá-la dias depois, anos depois. Vê-la e revirá-la na minha mente, recordando a brisa fresca e o calor que seu sorriso irradiava.

Meu celular vibrou no bolso. Era uma mensagem de Trevor. Espero que tenha tirado uma foto no pôr do sol. Leva ela até o porto.

Aquilo deveria me deixar satisfeito comigo mesmo, o fato de que havia me adiantado a Trevor, de que meus instintos tinham apontado a foto certa, a matéria certa.

Observar Lucky fechando os olhos e se mover ao ritmo da música, em paz consigo mesma em meio a um mundo de pernas para o alto, ver a mensagem que Trevor tinha acabado de me mandar...

Aquilo me levou a questionar o que eu estava fazendo. Me levou a questionar tudo.

37

lucky

— Cuidado — Jack alertou enquanto eu pisava no veleiro antigo e tão bonito.

Estávamos em Victoria Harbour, com o sol se pondo e a água ondulando em dourado e laranja.

Jack estava me ajudando a entrar em um junco antigo, que havia sido reformado para os turistas. Havia algumas pessoas lá dentro, e eu olhei em volta, de novo nervosa com a possibilidade de ser reconhecida. Mas a maioria das pessoas fotografava a vista espetacular, sem se preocupar conosco.

Quem conduzia o barco era uma mulher que parecia uma anciã, mas tinha a energia e a vitalidade de uma adolescente.

— *Neih hou, Jack* — ela o cumprimentou quando chegamos.

— *Neih hou, dím a?* — Jack respondeu, entregando algumas notas à tripulação, que consistia num cara jovem aparentemente imune ao frio, visto que só usava uma camiseta de manga curta.

A mulher abriu um sorriso largo, e sua pele bronzeada se esticou para acomodá-lo.

— *Hóu hóu* — ela disse. Então olhou para mim e acrescentou alguma coisa em cantonês. Jack ergueu as mãos e riu em resposta. A mulher riu também, e deu a partida.

Subimos a escada para o deque superior e pegamos dois assentos estofados com uma vista ótima.

— Não sabia que você falava cantonês — eu disse enquanto Jack se sentava ao meu lado.

— Não muito bem — ele falou. — A maioria das pessoas fala inglês, mas gosto de agradar a sra. Hua, porque ela é a única motorista que não me faz enjoar. Bem, não muito pelo menos.

— Não consigo acreditar que vai pegar outro barco no mesmo dia — eu disse enquanto fechava os olhos e deixava a brisa bater.

—Você precisa ter a experiência completa em Hong Kong — Jack disse. Quando abri os olhos, ele me observava com uma expressão estranha. Seria possível que fosse me beijar?

E quanto tempo era preciso esperar antes de um segundo beijo, aliás?

Mas nada aconteceu. Ficamos sentados ali em silêncio, com ele olhando para mim, ao som das ondas batendo contra o barco, repetitivo, nos embalando, quando começamos a nos mover.

— O que foi? — perguntei depois que mais alguns segundos tinham se passado sem que nos beijássemos.

—Você se saiu bem no tai chi — ele finalmente disse, com os lábios se levantando em um sorriso.

Dei risada.

— Obrigada.

—Você se sai bem em bastante coisa.

O sol tinha quase desaparecido, mas aquelas palavras me aqueceram.

— É, sou ótima em comer e em tai chi. — Toda aquela atenção me deixava nervosa. Jack me olhava muito de perto. Era irritante, mas incrivelmente agradável ao mesmo tempo. Aquele era um tipo de atenção com o qual eu devia estar acostumada, como celebridade, mas que parecia totalmente diferente quando era com um garoto que eu havia beijado e com quem passara o dia de mãos dadas. A sensação de estar em um relacionamento de verdade devia ser assim.

Eu compreendia. Como era viciante. Parecia uma droga e consumia a pessoa por inteiro. Eu flutuara naquela sensação pelas últimas horas.

—Você também é bom em bastante coisa — eu disse, virando para ele, com o braço apoiado sobre o encosto do assento.

Jack balançou a cabeça.

— Não que nem você.

— Jack, eu aprendi a ser boa em várias coisas — falei. — Foram horas e horas de dedicação. É o meu trabalho.

Droga. O coral da igreja era meu trabalho?!

Por sorte, Jack pareceu não estranhar aquilo. Estava ocupado demais concentrado em respirar da mesma maneira que na balsa para controlar o enjoo.

— Bom, já te perguntei isso. Ainda te deixa feliz?

Um calafrio percorreu meu corpo. Olhei para o panorama da cidade ao longo da água. Os prédios refletiam as cores brilhantes do pôr do sol.

— Sim e não.

Aquelas três palavras libertaram algo em mim que eu vinha tentando reprimir.

— Você falou os motivos pelos quais gostava de cantar. Ainda se sente assim?

Vinte e quatro horas antes, eu estava no palco, cantando. Me lembrava da euforia. Mas estivera misturada a algo mais. Cansaço. Medo.

— Sim. Mas esse sentimento foi um pouco poluído — respondi, com cuidado. Sem saber quando tudo o que eu dizia ia perder o sentido em se tratando do coral da igreja. — Algo mudou, mas não sei bem o que foi ou o que posso fazer a respeito. Então não faço nada.

— E fica infeliz?

Olhei para ele de repente.

— Não estou infeliz.

Uma brisa fria soprou sobre nós. Ele desamarrou a camisa verde da cintura e a vestiu.

— Você estava fugindo de alguma coisa ontem à noite.

Era verdade, mas não me agradava que aquilo fosse tão óbvio.

— Eu estava com fome.

— É, eu me lembro — ele disse, com um sorriso. — Mas você entrou em pânico quando falei em te levar de volta para o hotel.

Aquele momento no beco me voltou à mente. Quando Jack estava prestes a me chamar um carro, pouco depois de eu pegar no sono. Aquilo o tinha apavorado.

— Eu não queria me despedir de você.

Um silêncio se fez entre nós. Então Jack riu.

— Para com isso.

Ri também. Estávamos sempre no mesmo clima.

— Acho que estamos ambos evitando coisas, então.

— Não estou evitando nada — ele disse, na defensiva.

Levantei uma sobrancelha.

— Esse ano sabático?

— Desculpa, mas estou usando esse período para ter experiências reais antes de me tornar um universitário mimado.

— Para com isso *você* — eu disse, dando um empurrãozinho nele.

Uma família que estava por perto nos olhou, e eu puxei a aba do boné para baixo.

Jack se arrumou no assento e acabou me tirando do campo de visão deles. *Ufa.*

— Na verdade, acho que não vou fazer faculdade — ele disse.

Aquilo me surpreendeu.

— Ah — eu disse, sem saber como responder. — Por que não?

— Não vejo sentido — ele disse, soltando o ar, como se tivesse segurado aquela informação por uma eternidade.

Como uma estrela do K-pop que mal acompanhava o ensino

médio, eu não tinha nada a dizer. Ainda assim, tinha algo me incomodando ali.

—Você é inteligente demais para pensar assim.

Ele fez uma careta.

— Então só quem faz faculdade é inteligente?

— Não, claro que não — eu disse. — Mas acho que dizer que não há sentido em fazer faculdade é um desses reducionismos que as pessoas fazem.

— Ah — ele disse, se endireitando no assento, visivelmente irritado. — Então talvez eu seja uma dessas pessoas simplórias.

— Não foi isso que eu disse! — Aquele atrito entre nós não era o que eu estava imaginando para um passeio de barco ao pôr do sol. Suspirei e optei por recomeçar. — Por que acha que não tem sentido em fazer faculdade?

Ele ainda estava tenso, com as mãos cruzadas sobre as pernas.

— Faculdade é coisa do passado. Não é mais necessária para que a gente consiga o que quer da vida. Vê só o…

— Por favor, não diga "Steve Jobs", fantasma do Steve Jobs — eu falei, com um sorriso.

Apesar de minha interrupção mal-educada, ele sorriu e seguiu em frente.

— Sim, tem o Steve Jobs, mas também um bilhão de outras pessoas. Ficamos todos presos em determinada noção de normalidade, do que é esperado. É algo meio… atrasado.

— Certo. Mas isso vem de uma posição de privilégio, entende?

Para muitas pessoas, a faculdade ainda era um sonho inatingível. Para estrelas do K-pop, significava um possível fim de carreira, de relevância.

Ele suspirou.

— É claro que isso vem de uma posição de privilégio. Entendo isso. Mas parte desse privilégio envolve ter opções, as quais pretendo explorar. A vida é curta, Fern. Por que perder tempo com algo que não é certo?

Olhei para a água, que refletia o céu ardendo em vermelho. O sol estava baixo, mergulhando no horizonte, meio nebuloso por causa da poluição mas, ainda assim, lindo. A vida era mesmo curta, Jack estava certo. Parecia que estávamos discutindo a mesma coisa o dia todo, mas eu não sabia como encerrá-la.

— Nada é certo, Jack.

Eu tinha achado que ser uma estrela K-pop, a principal estrela K-pop, significava alguma coisa. Realização, felicidade, o que fosse. Mas não apenas o objetivo sempre era deslocado mais para diante como você descobria que seus sonhos podiam ser feitos de um material escuro e duro, podiam ser solitários. E se você reclamasse, se você parasse, seria como se estivesse desistindo. Eu não era do tipo que desistia. Minha família não havia passado quatro anos fazendo ligações com vídeo nos aniversários e no Ano-Novo para que eu desistisse.

Eu sabia que o *Later Tonight Show* ia mudar tudo. Se corresse bem, talvez houvesse mais viagens para os Estados Unidos. Ninguém me prometera nada, mas eu mantinha as esperanças. Precisava aguentar mais um pouco para que as coisas talvez mudassem.

Jack deu de ombros.

—Talvez não haja nada certo. Mas algumas coisas são verdades claras. Por exemplo, dinheiro oferece segurança e liberdade. A vida fica mais fácil com ele. E há modos muito mais simples de ganhar dinheiro que fazendo faculdade.

Quando se entra no K-pop, não se ganha dinheiro de imediato. É um longo processo, em que é preciso recuperar o dinheiro que o selo colocou em você, tornando-se um investimento rentável. E, mesmo depois, mesmo quando se está no topo, é preciso lutar para se manter ali.

— Acho que você tem fé demais na estabilidade financeira —
eu disse.

Jack jogou a cabeça para trás e riu. Com vontade.

— Isso não existe.

Sorri, ainda que aquela conversa me deixasse meio triste. Com
toda a sua confiança e inteligência, Jack tinha medo de correr atrás
de algo com que se importava. Se segurava ao cinismo como se fosse uma boia salva-vidas.

Seguimos em frente, o sol completamente mergulhado no ocea-
no, o ar de repente cortante de tão frio.

38

jack

Quando saímos do barco, estávamos cercados de gente.

— Ah, droga, são quase oito — eu disse.

Lucky se aproximou de mim para se afastar da multidão.

— Por que isso é ruim? — ela perguntou.

— Porque significa que o show de luzes logo vai começar. E que todos os turistas estão vindo pra cá.

Estávamos no Tsim Sha Tsui, um calçadão que era um dos melhores lugares para ver as luzes.

Todo o corpo de Lucky se agitou, e ela pareceu esquecer a multidão ao nosso redor por um momento.

— Que show de luzes?

Olhamos na direção da água. As pessoas se alinhavam na faixa de concreto à frente.

— Está vendo os prédios do outro lado? É a ilha de Hong Kong. Todos os prédios se iluminam, enquanto toca música.

— Que legal! — Ela enfiou o cabelo dentro do casaco e afundou o boné na cabeça.

— Você não se incomoda com a multidão? — perguntei, apreensivo. — Pode ser meio estressante — acrescentei depressa.

Lucky pareceu indecisa por alguns segundos antes de balançar a cabeça.

— Estou bem. Não posso perder isso — ela disse, e se dirigiu a um lugar no parapeito.

Era outra oportunidade de uma boa foto. Eu tinha tirado algumas muito boas na água, com o sol brilhando atrás dela, seu rosto tranquilo. Tudo muito mágico. Antes que aquela conversa impertinente sobre a faculdade começasse.

Lucky se enfiou no meio de um grupo de pessoas, o que fez meus pelos se arrepiarem. Talvez não fosse uma boa ideia. Não parava de sair gente da estação de metrô, e o lugar já estava tão lotado que eu mal conseguia abrir caminho até ela. Aquele era o principal ponto turístico da cidade. Talvez ficasse até mais lotado que o bonde que levava a Victoria Peak. E ainda faltavam alguns minutos para começar o show de luzes.

— Ei, não quer comer alguma coisa enquanto esperamos?

Eu sabia que comida era o jeito mais fácil de distraí-la.

— Sim, por favor — Lucky disse. — Tem comida por aqui?

— Acho que tem uma barraquinha de waffles em algum lugar.

Toquei o cotovelo dela para guiá-la. Nos aproximamos de uma barraquinha mais para a frente na rua, distante da multidão. O alívio que senti assim que nos afastamos um pouco me surpreendeu. Ver Lucky em meio a tantas pessoas me deixara nervoso. Temia por sua integridade física, mas também queria que ela se mantivesse feliz. Nosso dia dependia de todos aqueles mecanismos delicados funcionarem perfeitamente, permitindo que tudo corresse bem.

Pegamos nossos waffles, que eram uma versão coreana dos ocidentais, com bordas irregulares e bolhas macias no meio. Lucky adorou o dela, como seria de imaginar.

— Hum… — ela disse assim que terminou, lambendo as migalhas dos dedos. Eu ainda estava comendo o meu quando Lucky me encarou.

Eu o entreguei a ela, que o terminou em segundos.

— Adoro a comida daqui — Lucky declarou, jogando os guardanapos no lixo.

— Acho que você adora qualquer comida.

Lucky riu, mostrando os dentes, seu rosto brilhante. Cara, ela era ridícula de linda.

— LUCKY!

Aquela única palavra perfurou o ar, interrompendo sua risada e que todo o sangue chegasse ao meu coração.

Havia um grupo de adolescentes perto de nós, apontando e sussurrando. Uma garota gritou de novo.

— É a LUCKY! AAAAAHHH!

Então, tão rapidamente quanto sua risada havia sido sufocada, ela foi cercada. Eu nunca havia visto nada do tipo. Um enxame de corpos correu na direção dela. Gritos encheram o ar. Celulares tiraram fotos. Pessoas esticaram o braço para tocá-la.

Lucky foi engolida pela multidão em segundos, como uma pedra solitária sendo levada pela espuma das ondas, até que não consegui mais vê-la.

39
lucky

Meus sentidos estavam sobrecarregados. Meus alarmes disparavam por todo o meu corpo.

Eu estava presa em meio a uma multidão que parecia ter evoluído para um único organismo constituído de puro caos. Me empurrando, os corpos pressionados contra o meu. Mãos tocavam meu cabelo e minhas roupas.

— Jack! — gritei, cobrindo o rosto com as mãos. Então a mão pegajosa de um desconhecido pegou meu pulso. — Me solta, por favor!

Eu ia desmaiar. Ia morrer naquele embate de corpos. Tudo em que conseguia pensar era que eu mesma havia causado aquilo. Que meu impulso idiota de desfrutar de um dia especial ia fazer com que eu acabasse morta.

— Lucky! — alguém gritou no meu ouvido. — Me dá um abraço? — Virei a cabeça para quem falava. Era um homem, com os braços esticados na minha direção.

Cada parte de mim se contraiu. Quando virei para me livrar do cara, o boné caiu. Eu o vi rolar para longe — e ser pisoteado em seguida.

Fechei os olhos e gritei uma última vez.

— JACK!

40
jack

Corri na direção dela. Empurrando os corpos. Sem pensar, focado em sua voz.

— Jack! — eu a ouvi gritar de novo.

Não conseguia encontrá-la. Não conseguia alcançá-la. A adrenalina corria em minhas veias enquanto eu empurrava as pessoas para o lado. Não era só mais o grupinho de adolescentes — eram dezenas de pessoas. Gente que havia ouvido o nome dela e viera correndo. Eu quase podia sentir o terror, o pânico de Lucky em meio ao caos da multidão, tentando me encontrar.

Nada mais importava, só chegar a ela.

— *Anda!* — eu gritei. — Saia do meu caminho!

— Jack! — Ela estava tão perto. Pisei em algo, e quando olhei para baixo notei que era o boné de Lucky. Uma energia marcada pelo pânico percorreu meu corpo ao ver o objeto verde que me era familiar pisoteado, me impulsionando à frente, me permitindo tirar as pessoas do caminho sem esforço.

Finalmente, meus olhos encontraram os dela, e vi o medo pulsando neles.

— Lucky! — gritei, indo até ela, sem nem pensar que havia usado seu nome real. Então vi o medo se transformar em choque no mesmo instante.

Ainda assim, Lucky esticou as mãos para mim e eu as peguei, com agilidade e firmeza. Eu a puxei e ela se aninhou no meu corpo, puxando a gola do casaco de modo a esconder o rosto.

O show de luzes começou, a música subiu no ar noturno, mas a multidão continuou a nos seguir. Os feixes de neon rasgavam a neblina do porto, os edifícios se revezando na dança envolvendo todas as cores do arco-íris.

Seu corpo estava completamente rígido contra o meu, seu hálito quente na minha blusa. Meus braços a mantiveram perto, e eu sussurrei em seu cabelo:

— Peguei você.

Agora tinha que dar um jeito de sair dali.

41
lucky

Ele me chamou de Lucky.

Ele sabia.

Ele sabia o tempo todo?

Ou só descobrira agora que os fãs tinham me encontrado?

A necessidade de cair fora dali, de escapar de tudo, era mais forte que qualquer pergunta que eu pudesse ter. Mantive os olhos nos pés, meu recurso usual para me concentrar em meio à multidão de modo a conseguir fugir. Ren não estava lá com sua equipe ameaçadora.

Mas eu tinha Jack.

Ainda estávamos cercados por fãs gritando e nos perseguindo. Eu estava prestes a perder o controle quando Jack disse:

— Pronta?

Ergui os olhos dos pés e identifiquei o que estava imediatamente à nossa frente: uma fileira de scooters elétricas com o logo de um restaurante. Para entrega.

Antes que eu pudesse dizer qualquer coisa, Jack me puxava para uma delas. Montei, olhando para o grupo de pessoas tirando fotos que vinha atrás de nós. Jack gritou para que se afastassem, então subiu na minha frente.

— Segura firme — ele disse.

Se eu não estivesse tão assustada, teria achado aquilo um pouco demais. Uma volta de scooter por uma cidade estrangeira. Aquilo era sério? Jack por acaso era Tom Cruise. E íamos *roubar* aquela moto?

Um solavanco repentino e já estávamos dirigindo para longe da multidão. Arfei, então segurei a cintura dele com força para não sair voando.

Avançamos pela rua estreita, o grupo de fãs cada vez menor enquanto o show de luzes continuava mais atrás. Era tudo muito empolgante. Sem o boné, meu cabelo voava por toda parte. Vi quando Jack o afastou do rosto.

—Você sabe dirigir isso? — gritei.

— Claro! — ele gritou de volta. — Bom, mais ou menos!

Desviamos de um casal atravessando a rua, e os dois gritaram de susto. Ai, meu Deus.

— Eu sei dirigir uma scooter! — gritei. — Encosta!

— Quê?

— ENCOSTA!

Senti a hesitação nele e o belisquei, forte. Jack finalmente estacionou em uma rua menor. Desci da scooter e fiz sinal para que ele fosse para trás. Jack sorriu, o cabelo suado colado ao rosto, então fez como eu mandava.

Sentei na frente e peguei no guidão.

— Segura firme — eu disse, com a voz grave para imitar Jack. Ele riu e obedeceu, seus braços envolvendo minha cintura, suas mãos segurando seus cotovelos de modo que estava preso a mim como um daqueles bichinhos de pelúcia com velcro nas patas.

Voltamos para a via principal, e tomei o cuidado de seguir o fluxo, me mantendo atrás de um taxista que dirigia particularmente bem.

— Pra onde eu vou? — gritei.

— Eu te falo — Jack gritou de volta.

Segui as instruções dele, virando à direita, à esquerda, atravessando um beco. Vitrines em neon colorido passavam em um borrão vertiginoso multicolorido, e o cheiro delicioso de comida chegava até nós em rápidas rajadas. Em um segundo, dava para sentir o cheiro da carne grelhada, depois o aroma açucarado de waffles.

O tempo todo, Jack mantinha os braços firmes na minha cintura, segurando forte. Ele se inclinou para mim, fazendo pressão contra minhas costas. Aquilo me encheu de calor e de uma sensação de segurança, ainda que eu me perguntasse se Jack tinha passado o dia mentindo para mim.

Dirigindo pela cidade daquela forma, com o vento no rosto, o som do motor roncando, eu podia focar nos sentimentos agudos daquele exato segundo. Sem pensar no antes ou no depois.

— Vamos parar aqui — Jack finalmente disse, perto do meu ouvido. Estávamos diante de um brechó com luzinhas penduradas.

— Aqui mesmo? — perguntei, enquanto estacionava.

— É. Você precisa de um disfarce.

Era verdade. Toquei o topo da minha cabeça depois de descer da moto. Jack se agachou para conferir o nome do restaurante na lateral da scooter.

— Vou ligar para eles para avisar onde está a moto — ele disse.

— Como você deu a partida sem a chave? — perguntei.

Ele deu de ombros. De repente, eu queria estrangular aquele cara. A adrenalina havia baixado e sido substituída pela raiva.

— Quem é você? Você sabia quem eu era o tempo todo?

Houve uma fração de segundo em que deu para notar que Jack ia mentir para mim. De novo. Mas a hesitação se transformou em derrota, seus olhos pareceram cansados e seus ombros caíram.

— Descobri ontem à noite, enquanto você dormia na minha cama.

— *Ontem à noite?* — gritei. Uma mulher passando virou para olhar e eu cobri o rosto com as mãos. Não queria ser reconhecida de novo, então entrei na loja, fazendo o sininho da porta tocar.

Uma música do Michael Jackson tocava baixo ao fundo e um incenso queimava, a fumaça vindo para cima de mim de maneira agressiva. Eu já achava incenso ruim o bastante quando estava de bom humor.

Assenti para o vendedor em um cumprimento rápido e fingi me interessar pelos cardigãs enquanto o sino anunciava a entrada de Jack.

Ele foi imediatamente na minha direção.

— Olha, eu sinto muito.

Eu o ignorei enquanto avaliava as blusas, a pele dos meus dedos já ressecada de tanta lã.

— Descobri ontem à noite, mas juro que não sabia quem você era até que já estivesse na minha casa. E depois… bom, meio que achei que devia embarcar no dia ideal que você desejava.

A voz dele era suave, e embora eu quisesse ceder e deixar tudo aquilo para lá, não conseguia. Eu me sentia muito confortável com Jack, porque achava que ele gostava de *mim*. Não de Lucky.

Mas, para ele, eu sempre tinha sido Lucky. A vergonha me consumiu, e eu me afastei dele, revirando as roupas, as mãos tremendo. A brisa da viagem de scooter já tinha passado, e eu estava ali de pé, em um brechó, com um cara que havia passado o dia mentindo para mim.

— Lucky — Jack disse. Vindo dele, meu nome parecia novo, pouco familiar. Eu odiava ouvir Jack o pronunciar.

Fixei o olhar na seção de blusas de frio.

— Minha vontade é de te matar.

Ele parou.

— Tá bom. Justo.

Passei de uma peça a outra com uma crueldade que as blusas de lã desalinhadas não mereciam.

— Me sinto idiota e traída.

Minha voz saiu baixa, mal podendo ser ouvida com a música.

Suas mãos pararam as minhas no processo de passar os cabides.

— Não se sinta idiota. Eu menti pra você. Não foi culpa sua.

Olhei para as mãos dele. Parte de mim queria puxar as minhas de volta, ofendida. Mas outra parte sentia que o toque me tranquilizava, o que era irritante.

—Você mente bem.

—Você também — ele disse.

Dei um sorriso involuntário.

— Acho que minto mesmo. É o que acontece quando se...

— É famosa?

Era meio constrangedor dizer aquilo em voz alta.

— Isso. — Lancei um olhar duro para Jack. — Não posso mais confiar em você.

Ele se encolheu um pouco.

— Eu entendo. Mas... Eu gosto de você. O sentimento é real. Mesmo que não consiga acreditar em mais nada.

Era algo que os personagens de filmes costumavam dizer. Como espectador, você ficava do lado deles, pensando, tipo, meu Deus, eles se enrolaram *muito*, mas é claro que se amam! Dane-se tudo, esqueçam a cautela, apenas fiquem juntos!

Mas, quando se estava vivendo aquilo, as coisas não pareciam assim tão claras.

Balancei a cabeça.

— Não sei se isso compensa tudo.

Jack passou as mãos pelo rosto, largando as minhas. Que estava pálido e parecendo cansado.

— Não é uma desculpa. É... a verdade.

Ficamos ali, olhando para as roupas, em silêncio. A tensão pairava no ar enquanto uma antiga música romântica da Céline Dion tocava. Uma legítima balada de amor, incongruente com aquilo pelo que Jack e eu passávamos.

— Me diz uma coisa — falei afinal. —Você quis passar o dia comigo porque sabia quem eu era? Teria sugerido isso se eu fosse apenas Fern?

Minha voz vacilou quando o encarei. Meus olhos encontraram os dele, querendo descobrir toda a verdade.

42
jack

Eu sabia que aquele tinha sido o principal motivo pelo qual decidira passar o dia com ela. Mas, se fosse ser honesto, havia sido atraído por Lucky desde o primeiro momento. Sendo ela uma estrela do K-pop ou não, eu a tinha levado para minha casa porque havia algo acontecendo entre nós. Eu me preocupara com ela, mas também ficara curioso. Enquanto homem.

Então disse a verdade.

— Não sei.

Ela soltou o ar, frustrada, mas seu corpo pareceu relaxar.

Ver Lucky em meio àquela multidão havia mudado alguma coisa em mim. O cuidado que eu tivera com ela durante o dia — enquanto uma celebridade que poderia me dar o que eu queria — havia se transformado em algo diferente.

— A verdade é que, até eu te ver sendo levada pela multidão, não tinha muita noção do que significava de fato você ser uma estrela do K-pop. — Respirei fundo, me sentindo mais tenso à mera lembrança daquilo. — Eu descobri quem você era ontem à noite, verdade, mas não ouço K-pop. Sem querer ofender, não conheço sua música, não sei como são seus fãs nem nada do tipo. — Uma sombra de sorriso surgiu no rosto dela. — E, quando te vi naquela situação, fiquei com medo. Tipo, medo de verdade, como eu não sentia fazia tempo. Queria... — Aquilo ia ser constrangedor, então baixei os olhos para falar. — Queria ser a pessoa que ia te salvar.

O silêncio dela durou para sempre. A sensação era de que eu estava me afogando nele. Percebi que tinha estragado tudo. Ela não ia deixar para lá.

43
lucky

Era fofo da parte dele dizer aquilo, ficar vulnerável. Mas também era irritante. Eu não gostava de Jack porque ele tinha me salvado. Porque servira de escudo para mim. Para esse tipo de coisa, eu tinha o Ren.

Gostava de Jack porque ele me via. Porque parecia se importar. Não só comigo, mas com as pessoas em sua vida — sua família, a proprietária rabugenta do apartamento em que morava.

Fora que ele me fazia rir e me dava comida.

Ergui o queixo.

— Gosto de pensar que não preciso ser salva.

Ele levantou a cabeça depressa, e seus olhos se fixaram nos meus por um segundo. À procura de algo — o leve sinal pelo qual esperava. Eu não queria que o encontrasse. Mas estava lá.

— No entanto… naquela hora eu precisei — admiti. — Passei o dia inteiro em posição de risco. Um guarda-costas costuma me acompanhar em tempo integral, sabia? Ele fica à minha porta *até* enquanto eu durmo.

Jack balançou a cabeça. Não, ele não tinha como saber daquilo. E, ainda que estivesse furiosa com ele, queria que soubesse. Que me conhecesse.

— Bem, obrigada por me salvar. Naquela hora.

Ele piscou. Com medo de responder. Era a primeira vez que eu o via sem chão, fora do controle.

— Não me agradeça — Jack finalmente disse, com a voz rouca. Atormentada pelo remorso.

Estiquei meu braço e toquei o dele de leve.

— Eu quero agradecer. Mas também quero te socar.

Ele deu risada, e o som preencheu a loja inteira com um alívio palpável. Dava para sentir nosso desespero para retornar ao sentimento que havia me servido de combustível o dia inteiro: a ilusão de ser uma pessoa normal.

Seus dedos entraram por baixo da manga do casaco para tocar minha pele, então ficaram ali, no meu pulso.

— Nunca mais quero te ver sendo engolida por uma multidão — ele disse. Havia tanta intensidade naquilo que o sangue pareceu ir todo da minha cabeça para os dedos do pé.

Então ele sorriu e falou:

— E agora entendo por que você insistia em usar aquele boné.

— Basta uma pessoa reconhecer você para o disfarce cair por terra.

— Por isso precisamos te arranjar um disfarce melhor.

Passamos por mais araras de roupas, com Jack puxando uma coisa ridícula depois da outra — um robe de paetê, um macacão de veludo, uma saia de pelos. Acabei escolhendo um moletom lilás gigantesco, e entreguei a ele meu casaco para poder provar.

— Isso já te aconteceu antes? — Jack perguntou enquanto eu vestia o moletom.

— O quê? — perguntei enquanto minha cabeça saía pela gola, com o cabelo cheio de estática grudando em tudo.

— Ser atacada pela multidão.

Assenti.

— Algumas vezes. As primeiras me deixavam tão assustada que eu me recusava a sair do apartamento por semanas. Mas o pior caso foi com Vivian.

— Sua irmã?

Ajeitei o cabelo arrepiado.

— É. Ela tinha ido me visitar em Seul, sozinha. — Tinha sido difícil para meus pais mandá-la. A passagem era cara e minha irmã ainda era bem nova. — Estávamos em um parque de diversões, o que agora sei que foi uma péssima ideia. Mas Vivian queria muito ir. Me reconheceram lá. Foi horrível. Minha irmã se machucou.

— Ah, não. Como? — Jack perguntou, ainda segurando meu casaco. Como um namorado paciente acompanhando a namorada enquanto ela faz compras.

Aquilo era demais para mim. Afastei os olhos.

— Um fã a agarrou e ela caiu de queixo no chão. Teve que levar ponto.

Jack fez uma careta.

— Ai.

Aquele tinha sido o pior momento da minha vida: ver o rosto assustado de Vivian antes que caísse. A viagem de carro, com ela chorando, o paletó enrolado de Ren pressionado contra seu queixo sangrando, foi o segundo pior.

Assenti.

— É. Ai.

— Ei.

Olhei para Jack.

Ele fez uma careta, e uma ruga profunda surgiu entre suas sobrancelhas.

—Você não pode se sentir culpada por algo assim para sempre.

A habilidade de Jack de saber exatamente o que eu estava pensando era irritante.

— É fácil falar — eu disse, rindo sem achar graça. — Mas o lance de ser famoso é que traz coisas boas pras pessoas à sua volta, mas também pode fazer com que elas se machuquem.

— Com grandes poderes vêm grandes responsabilidades? — Jack disse, o canto da boca se levantando em uma espécie de meio sorriso.

Ele era um nerd bem bonitinho.

— É… só que… sem a parte dos grandes poderes. — Eu sabia como aquilo soava. Como se eu estivesse reclamando. Sendo ingrata. Tipo "pobre menina rica e famosa". Ajeitei o moletom e virei para me olhar no espelho.

— Acho que você precisa de óculos — Jack disse, olhando para meu reflexo. Olhei de volta pelo espelho. Ele fez sinal de positivo, e tive que sorrir.

Fomos até um mostruário com armações de plástico. Totalmente retrô. Jack girou o mostruário, que fez um ruído alto.

Um óculos azul-turquesa estilo gatinho chamou minha atenção.

— Ah, quero experimentar esse!

Coloquei a armação e olhei para o espelhinho sobre o balcão. Era fofo, mas o que importava mesmo era que escondia grande parte do meu rosto.

— Me deixa ver — Jack disse.

Virei para ele, que assentiu.

— Ótimo.

— Não vem com um comentário ofensivo de bibliotecária gostosa.

— Desculpa, mas eu ia justamente dizer que com esses óculos você não fica nada atraente.

Dei risada e afastei o cabelo do rosto, observando meu reflexo para ver quão diferente eu podia ficar.

— Ninguém deixa de ser atraente por causa de óculos.

— Óculos são uma coisa horrível, sinto muito.

—Valeu — eu disse, ainda sorrindo.

Ele piscou.

— Imagina.

Pegamos os óculos, um boné (preto! Ainda mais discreto que o anterior) e o moletom. Dei meu casaco ao dono em troca — os olhos dele se arregalaram ao ver a etiqueta da Burberry.

— Isso vale bem mais do que o que você está levando!

— Na verdade, é o contrário. Você não tem ideia — eu disse, enquanto voltava a vestir o moletom.

Ele balançou a cabeça, então ergueu o casaco no ar, para admirá-lo. Enfiei a maior parte do cabelo debaixo do boné, deixando as pontas para fora de modo que não chegassem ao ombro, e coloquei o capuz do moletom para cobrir um pouco o pescoço. Os óculos foi o toque final.

— E aí? — perguntei a Jack enquanto saíamos para a rua.

— E aí que você ficou bem bizarra.

Sorri.

— Perfeito.

— Quer comer alguma coisa? — ele perguntou. — No mercado noturno?

—Você sabe bem como me seduzir.

Caminhamos pela rua, ainda sem dar as mãos, balançando-as entre nós. Não tinha certeza se havíamos recomeçado do zero. Com minha roupa nova, com as recentes revelações, parecia ser o caso.

44

jack

Estávamos indo a Mong Kok, um grande distrito comercial de Kowloon. Devia estar lotado, mas Lucky estava bem disfarçada agora. E eu achava que ela precisava ver o lugar. Era um risco, mas tudo naquele dia fora. Por que parar agora?

A cada passo que dávamos, eu queria puxá-la para perto de mim. Pegar sua mão. Qualquer coisa.

Uma parte dela havia se recolhido. Embora sua energia curiosa permanecesse, sua animação em ver e tocar tudo, Lucky parecia diferente. Mais desconfiada e contida.

Eu não podia culpá-la. Algo que parecia alívio havia me inundado assim que ela descobrira que eu sabia. Não era exatamente como eu queria que tivesse acontecido, mas eu havia ficado feliz com a revelação. E a reação de Lucky fora melhor do que eu esperava.

Bom, a reação dela a uma parte da história. Meu celular tinha vibrado na loja.

Lucky foi vista no show de luzes. O que aconteceu?? Não perca esse furo.

Uma parte de mim queria atirar o celular no lixo e esquecer a matéria, esquecer aquela confusão. Mas aquilo arruinaria todo o trabalho que eu havia tido nos últimos meses fazendo com que Trevor confiasse em mim. Se aquilo tudo não levasse a um emprego, eu ficaria sem nada.

Então, enquanto Lucky andava à frente, respondi para ele: **Conseguimos fugir. Vou tirar fotos em Mong Kok. Não se preocupe.**

Dava para ouvir o barulho e sentir o cheiro do lugar antes mesmo de vê-lo. No movimentado Ladies' Market, um labirinto infinito de barraquinhas se estendia por ruas de lojas que vendiam todo tipo de mercadoria, a maioria souvenirs, os itens apertados em prateleiras de metal. Andávamos lentamente, porque as pessoas paravam o tempo todo para fazer compras e tirar fotos.

Me mantive perto de Lucky, assomando sobre ela de maneira meio desconfortável. Mas ela não parecia se importar. Apesar do novo disfarce, estava nervosa e andava bem perto de mim.

— Nossa. Isso é intenso — ela disse.

— Sim, é um dos pontos turísticos mais visitados. Mas você não pode ir embora de Hong Kong sem ter visto — eu disse. — Estamos chegando na parte de comida. Tem um monte de coisa gostosa lá.

Lucky andava à minha frente rumo às barraquinhas — guiada pelo olfato, aparentemente —, uma figura elegante mesmo usando um moletom grande demais para ela. Eu vinha percebendo aquilo desde que nos conhecêramos: algumas pessoas simplesmente nascem com características de estrela. Irradiavam algo que não era desse mundo. Não era só uma questão de beleza, mas também de magnetismo e presença. Lucky tinha tudo aquilo.

Considerando o que eu fazia, eu não me deixava impressionar. Na verdade, quanto mais perto de celebridades se chegava, mais elas perdiam seu brilho. Tendo as tais características de uma estrela ou não. Elas se comportavam de maneira mesquinha ou cruel, que fazia sua aura se contrair. Como Teddy Slade e Celeste Jiang no dia anterior. Não havia nada como ver uma celebridade de roupão traindo a mulher para que seu brilho se apagasse. Depois de acontecimentos daquele tipo, eu tinha me tornado imune ao glamour. Não passavam de furos de reportagem a perseguir.

Claro que aquilo era diferente. *Lucky* era diferente. E os estranhos e incessantes pensamentos que passavam pela minha cabeça naquele momento eram bastante desagradáveis.

— Jack! — Lucky me chamou, acenando para que eu me aproximasse. Ela estava em uma barraquinha de frutos do mar, apontando para siris em uma caixa de plástico. — Fresquinhos. Vamos experimentar?

— Hum. — Olhei para os animais, subindo uns sobre os outros, suas garras presas com fita adesiva, tentando sobreviver. Como eu poderia explicar para ela que escolher o que eu ia comer quando o troço ainda estava vivo me deprimia? Sem parecer um menininho norte-americano cheio de frescura?

—Você não gosta de siri? — Lucky perguntou.

Um dos animais caiu de costas. Outro o escalou, de modo que não conseguia se virar. Trágico.

— Tenho alergia a frutos do mar, na verdade.

Ela franziu a testa.

— Que chato.

Para meu alívio, Lucky seguiu em frente. Então esticou a mão para trás para pegar a minha.

Uma leve onda de emoção percorreu meu corpo. Enquanto cruzava meus dedos com os dela, senti a esperança renascer. Lucky havia feito aquilo antes que eu fizesse. Estaria voltando a confiar a mim?

Eu merecia aquilo?

—Você tem alergia a bolinhos?

Olhei para a robusta fileira de *sheng jian* que ela apontava.

— Hum… Não, adoro esses.

— Ótimo! Vai ficar perfeito com tofu fedido! — Lucky fez o pedido, e eu senti o cheiro marcante de tofu antes que conseguisse encontrá-lo no cardápio.

Lucky era tão ousada com comida que fazia eu me sentir convencional e entediante. E talvez aquilo fosse verdade, até certo ponto. Eu nunca havia passado um dia dando a volta na cidade inteira. Tudo era muito mais divertido através dos olhos dela. Lucky mergulhava fundo em todas as experiências, por menor que fossem.

Pegamos mais algumas coisas para comer — espetinhos de tripa de porco, bolinhos de peixe com curry, tortinhas de ovo.

—Vamos achar um lugar para sentar — eu disse, tentando equilibrar a comida nas mãos. Alguns minutos depois, deparamos com um grupo de mesas baixas com banquinhos de plástico colorido em volta.

Estávamos cercados de gente, mas ninguém prestava atenção em nós. Lucky estava tranquila, e o disfarce parecia estar funcionando. Deveríamos ter pensado naquilo antes. Atacamos nosso banquete com as mãos, sem muito cuidado, quase acabando com os guardanapos que ficavam no centro da mesa.

— Então. Tenho algumas perguntas — eu disse afinal, quando Lucky terminava com o espetinho de tripa de porco. Imaginava que o melhor momento de conseguir algumas respostas seria quando ela estivesse satisfeita e feliz.

Lucky assentiu.

— Claro que sim.

Eu me inclinei para a frente na mesinha, nossos joelhos se tocando, meus cotovelos próximos dela.

— Por que está fazendo isso?

— Comendo intestino de porco?

Ela sorriu.

Apesar de querer me esticar sobre a mesa e tirar aquele sorriso espertinho do rosto dela com um beijo, resisti. Mantive o foco.

— Lucky.

— Jack. — Ela esticou o braço sobre a mesa e afundou o dedo indicador na minha bochecha. Fazendo uma covinha. — Tanto o meu nome quanto o seu têm "ck".

— Uau, você quer *mesmo* evitar o assunto — eu disse, dando risada, enquanto seu dedo permanecia cutucando minha bochecha.

Lucky se afastou.

—Tá bom. A princípio, eu não sabia o motivo. Agora, acho que a resposta é simplesmente: porque eu quero. — O barulho à nossa volta aumentou, de modo que eu mal conseguia ouvi-la. Então me aproximei. Lucky sorriu e se aproximou também. — Quero isso. Hoje é meu último dia antes de tudo.

—Tudo? Por causa da apresentação no *Later Tonight Show*?

Ela levantou uma sobrancelha.

— Então você sabe disso.

Senti o rosto quente e só consegui assentir em resposta.

— É, por causa do *Later Tonight Show.* O que falta para eu me tornar uma estrela do K-pop no ocidente. Se eu for bem, a loucura vai ser absurda, de outro nível. As coisas que eu acho intensas na minha situação atual só vão piorar. — Ela falava cada vez mais rápido. — E se eu fracassar vai ser o fim da onda Lucky. Não vou mais poder me apresentar nos lugares mais concorridos, o patrocínio vai diminuir, meu selo vai focar na próxima novidade.

Simplesmente extravasava. Tudo. A história toda.

Ela arrastou o banquinho para trás, afastou o corpo. Dando espaço para as palavras.

Apoiei o queixo nas mãos.

— Bom, primeiro, vamos imaginar que você se saia superbem. O que tem de tão louco na sua situação atual? Além do fato de você ser uma cantora famosa? Não sei muito sobre K-pop.

Um longo período se passou até que ela respondesse.

— Minha vida não é minha vida. — Aquela frase era perfeita para uma música. A expressão de Lucky pareceu endurecer. — Ela é planejada minuto a minuto. Tem sido assim desde que eu era pequena. Porque era o que eu queria fazer, ficava feliz em deixar de lado as coisas que as crianças normais faziam. Mas eu achava que em algum momento teria uma folga. Sempre pensava: *Quando conseguir isso ou aquilo, quando chegar a determinado lugar, vou ser livre.* Mas isso *nunca* aconteceu. E estou morrendo de medo de que nunca aconteça.

A voz dela falhou. Sua postura pareceu mais tensa.

Estiquei o braço por cima da mesinha e puxei a manga do moletom dela. Tentando alcançá-la. Lucky se aproximou de imediato, tirando a mão de dentro da manga para segurar a minha. Como um reflexo.

Estávamos tão ligados um no outro que era ridículo. Eu sempre me surpreendia ao ver aquilo.

— Sinto muito. — Era a única coisa que eu podia dizer. E estava sendo sincero. Sentia muito pela vida que levava, por quão difícil era. E por aquele dia. Pelas mentiras que havia contado, pelas mentiras que ainda ia contar.

Ela respirou fundo.

— E não é só isso. Costumava ser tão divertido. Mas, de alguma forma, ainda que eu esteja fazendo a mesma coisa, gravando álbuns e clipes, fazendo shows e tal, de alguma forma mudou. Não gosto mais tanto assim. — Suas mãos soltaram as minhas para pegar um guardanapo, que ela ficou retorcendo. — Sei que sou ingrata por reclamar. Esse sempre foi meu sonho, qual é o meu problema?

— Esse sempre foi seu sonho? — perguntei para ela. Tinha me dado conta de que não fazia ideia de como Lucky havia entrado naquilo. De qual fora o motivo. Sob o disfarce do coral da igreja, ela só me contara uma parte da história.

— Sim, meus pais nunca me forçaram nem nada do tipo. Todas as estrelas de K-pop que existem por aí são iguais. Obcecadas desde cedo com a ideia da fama. Eu me preparei por anos, então fiz um teste. Os selos de K-pop ou têm escritório fixo em outros países ou fazem testes neles de tempos em tempos para descobrir novos talentos. Teve um teste em Los Angeles, e eu estava determinada a conseguir — ela disse, sorrindo com a lembrança. — Sou determinada, pode acreditar.

— Jura? Nunca imaginaria.

Ela me deu um chutinho por baixo da mesa, brincando.

— Bom, eu deixava meus pais loucos com minha obsessão, mas eles acabaram me apoiando. Pagaram por aulas de canto e dança, me levavam de um lado para outro da cidade, e tiveram que a ir a uma série de reuniões depois que assinei um contrato. Quando assinei, foi… nossa. Era meu sonho, e eu me senti a garota mais sortuda do mundo.

Ficava claro quanta paixão ela tinha por aquilo quando criança. E até agora. Fazia com que Lucky brilhasse ao falar. O que me deixava confuso era que se sentisse infeliz depois de ter atingido seus objetivos.

— Talvez você precise reavaliar seus sonhos — eu disse, e minhas palavras me surpreenderam, mas então me dei conta de que tinha pensado a respeito o dia todo. Revirando sua infelicidade e sua fama na minha cabeça. Como se fossem indissociáveis uma da outra. Eu havia assumido que Lucky estava infeliz porque fora forçada a fazer aquilo. Mas em algum momento fora o sonho dela.

Lucky inclinou a cabeça.

— Como assim?

— Talvez você tenha perdido um pouco o controle depois que as coisas começaram a acontecer — eu disse, com a voz mais alta, energizado. — Talvez você ainda possa ter uma versão dessa vida. Do seu jeito.

Um olhar distante nublou sua expressão. Fiquei olhando para ela, em expectativa. Esperando que se animasse. Mas seus olhos pareceram cada vez mais longe, e ela se afastou levemente, de maneira quase imperceptível.

— É impossível fazer o que quer que seja do seu jeito no K-pop — Lucky disse, suas palavras cheias de amargura.

— Não pode ser verdade! — Sua atitude derrotista me deixou perplexo. —Você tem poder! O selo não tem produto sem você. — Não gostei de ter usado a palavra "produto". Fazia com que soasse como Trevor.

— Jack. Sou substituível. Tem, sei lá, cinco mil garotas esperando para ficar com meu lugar — ela disse com uma risada. — Mais jovens, mais magras, que dançam melhor.

— Mas elas não são você. E você é especial — soltei. Ai, eu estava completamente na dela.

Lucky riu.

— Sou?

— É — eu disse, inflexível. Estiquei o braço para ela de novo. — Não foi por sorte que você chegou aonde chegou.

Seus olhos brilharam sob o boné novo. Um minuto inteiro se passou antes que Lucky falasse.

— Bom, então por que tenho esse nome?

Ela sorriu.

— Lucky é seu nome de verdade? — tive que perguntar.

— Ai, meu Deus. O que você acha?

Ela pegou um pedaço de frango e deu uma mordida.

— E eu sei lá? Mas qual é seu nome real então?

— Procura no Google.

— Não quero procurar no Google. Quero ouvir de você, a estrela em questão.

— *Pff* — ela fez. —Você parece um jornalista.

Senti um buraco no estômago.

— *Pff* — fiz também. — Não vai me dizer.

— Hoje é um dia de fantasia, então a fantasia é tudo o que você vai ter. Ou seja, Lucky.

Havia algo de muito triste naquilo. Balancei a cabeça.

—Você quer dizer que não esteve agindo como si mesma? Que

passou o dia bancando a Lucky? Porque, para mim, foi só agora que você se transformou nela.

Ela pareceu reflexiva ao mastigar.

— Acho que você está certo. Hoje foi um dia de fantasia bem distante de Lucky.

— Isso quer dizer que *eu* sou uma fantasia? — Movimentei as sobrancelhas. Estava esperando uma virada de olhos típica ou alguma espécie de olhar fulminante. Em vez disso, ela corou.

— Sou uma fantasia? — insisti, sem poder evitar.

— Bom. Na verdade, sim — ela disse, com o rosto ainda vermelho. — Não tenho a oportunidade de sair com muitos garotos. Nunca. E… você é um garoto interessante.

Era maluquice, porque sentada à minha frente estava uma estrela literalmente intocável. Mas ela estava dizendo que *eu* era sua fantasia. Lucky devia ser a fantasia de um zilhão de pessoas no mundo, e essa mera ideia me fez cerrar os punhos. Como um homem das cavernas batendo no próprio peito.

—Você é legal também — consegui dizer. *Boa, Jack.*

— Sabe, estrelas do pop precisam ouvir que são bonitas de vez em quando — ela brincou.

Eu não consegui segurar mais. Puxei o banquinho para a frente, meu corpo se esticando sobre a mesa de modo a pegar seu rosto em minhas mãos. De perto, Lucky tinha sardas sobre o nariz e as maçãs do rosto. Uma delas, no queixo, era mais escura. Havia vestígios de maquiagem em seus olhos. Ela tinha uma machinha minúscula perto do nariz. Era totalmente humana. Ainda assim…

—Você é maravilhosa — eu disse, com a voz tão baixa que mal pude me ouvir.

Então meus lábios tocaram os dela. Finalmente.

45
lucky

Quando se é beijada assim, depois que um cara diz, em uma voz sussurrada, que você é maravilhosa, é muito difícil manter o controle.

Jack era bom naquilo. De verdade, ele dominava aquela arte. A cabeça perfeitamente inclinada. O toque suave de suas mãos no meu rosto. A pressão de seus lábios.

As barraquinhas cheias de comida fumegante desapareceram. As pessoas sentadas nos banquinhos de plástico à nossa volta se desfizeram. As luzinhas penduradas logo acima perderam o brilho. Tudo o que existia era Jack à minha frente. Jack me beijando. A troca delicada e voraz de hálito. A doçura e o calor daquilo.

Então ele se afastou e me encarou, com os olhos meio turvos.

— Hum, tudo bem eu ter feito isso?

Cara, por acaso eu tinha hesitado quando ele me beijara? Eu tinha doze anos de idade?

— Claro! Tudo ótimo!

Mas o momento havia passado. Ele pareceu um pouco constrangido ao se recostar na cadeira.

Então fiquei constrangida também. E me dei conta de quão incomum aquilo era — meus primeiros beijos serem com um completo desconhecido que eu nunca mais veria. Eu sempre havia imaginado que seria com meu primeiro amor.

Sabia que aquilo era uma bobagem antiquada, mas quando se espera tanto tempo pelo seu primeiro beijo, você fantasia um pouco.

— Quando você precisa voltar? — ele finalmente perguntou, pigarreando.

— Quero ficar aqui até o último segundo possível — eu disse, com a voz baixa.

Jack relaxou.

— Também quero que você fique comigo até o último segundo — ele disse.

Engoli em seco, nervosa.

— Gostei do seu beijo — soltei.

Ah, a coisa só ficava melhor. Belo trabalho, Lucky. Queria que meus fãs pudessem ver aquilo. *Ídolos! Eles são como vocês! Não sabem como reagir ao beijo de um cara fofo e tornam tudo um bilhão de vezes pior!*

Mas Jack não pareceu assustado com aquilo. Só abriu aquele seu sorriso confiante que me fazia querer socá-lo e beijar sua boca ao mesmo tempo.

— E eu gostei do seu — ele disse.

A pureza daqueles sentimentos que me consumiam era tão assustadora, tão real. Como eu ia conseguir deixá-lo para trás naquela noite? Não apenas deixar minha liberdade, aquele dia de fantasia, mas… Jack?

Havia tanto que eu queria dizer a ele. Sobre a faculdade. Sua vida. Sua família. Como as coisas se conectaram, culminado na presença dele ali. Não parecia justo que Jack soubesse tanto a meu respeito, mas permanecesse um mistério para mim.

— Bom, fico feliz que a gente tenha esclarecido isso. Os dois gostamos do beijo. Ótimo — eu disse finalmente, depois de olhar para seu rosto lindo por um pouco mais de tempo que o normal. Então algo externo atraiu meu olhar.

Droga. *Não.*

Era a distinta corpulência da pessoa que havia jurado me proteger: Ren. Acompanhado de um pequeno aglomerado de seguranças. Eles se destacavam bastante ali, um grupo de terno escuro olhando feio para todo mundo em volta.

Certamente fotos minhas no show de luzes já tinham se espalhado pelas redes sociais.

LUCKY E RAPAZ MISTERIOSO EM HONG KONG

A ideia de que alguém tivesse tirado uma foto nossa fugindo na scooter me fez sorrir.

Mas não era hora de relembrar.

— Jack! — sibilei. — Temos que ir.

Ele ficou tenso no mesmo instante, cada parte de seu corpo alerta, como uma cobra.

— Alguém encontrou a gente?

— Meus seguranças. Eles estão aqui. Perto da barraca de frutos do mar que a gente foi. Mas seja discreto.

Quase sem mover a cabeça, Jack fez uma leitura atenta de todo o mercado. Sua máscara de tédio educado não se moveu quando seus olhos passaram por Ren e pelos outros. Ele era bom.

— Tá, tem um grupo grande de turistas prestes a passar por eles — Jack disse em voz baixa, pegando minha mão de novo por cima da mesa. — Em uns trinta segundos. Vamos aproveitar. Me segue, tá?

Assenti. Embora meu coração batesse forte com a possibilidade de ser pega, aquilo também se devia ao fato de Jack ficar muito atraente agindo daquele jeito. Como um superespião internacional. O que me fazia considerar suas atividades extracurriculares.

— Pronta? — ele perguntou.

Sorri em resposta, e Jack franziu a testa.

— Por que está sorrindo?

— Estou esperando que diga: "Você confia em mim?".

A expressão dele não se aliviou.

— Não entendi.

— Esquece. Vamos cair fora daqui.

Ele assentiu.

— Tá, espera eu levantar e depois me segue.

Esperamos, com as mãos entrelaçadas. Então o grupo de turistas entrou na frente de Ren e dos outros seguranças.

Jack me puxou e adentramos outro grupo numeroso de pessoas. Sua mão segurava a minha tão firme que nossos nós dos dedos se apertavam. Eu o segui de perto em meio à multidão. Não foi fácil — as pessoas seguiam em um ritmo tranquilo, parando para comprar comida, tirar fotos, olhar os souvenirs. Me esforcei para não atropelá-las. Quando olhei para trás, Ren ainda estava lá. Ele e os outros seguranças se separaram. Droga.

— Jack, temos que sair daqui — eu disse, puxando sua mão, irritada. Ele mal prestava atenção. Estava com o celular na mão, *mandando uma mensagem*.

— Tá, vamos embora. — Ele olhou para mim e deu uma piscadela. Como se aquilo fosse me acalmar.

Mas acalmou. Droga.

Eu o segui através da multidão até chegarmos a uma esquina — ainda em meio a todo o agito. Olhei para trás, nervosa. Ren era um excelente guarda-costas porque sempre conseguia farejar exatamente o que estava procurando. Ele sempre desconfiava do esquisitão chegando perto demais de mim. Da adolescente incontrolável que, em meio ao transe, poderia fazer algo de que ia se arrepender. E ele sabia como me encontrar também.

Meus olhos varreram a multidão, eu o vi. Olhando para mim.

— *Não!*

O grito estrangulado ficou preso na minha garganta, enquanto eu sentia tudo escapar das minhas mãos. Minha liberdade. Jack. Tudo.

Então, a voz dele me trouxe de volta.

— Se prepara.

Ouvi o táxi antes de vê-lo — música techno explodindo dos alto-falantes enquanto os pneus cantavam à nossa frente. O jovem motorista asiático enfiou a cabeça para fora. Tinha cabelo preto espetado, pele bronzeada, belos traços e um sorriso gigante no rosto.

— Entrem, seus trouxas! — ele gritou.

46

jack

Eu queria arrancar aquele sorriso da cara de Charlie.

Ele fazia perguntas demais enquanto olhava para nosso reflexo no retrovisor.

— Como foi que você acabou com esse traste?

Lucky riu, e eu cutuquei enquanto chacoalhávamos no assento traseiro do carro sem suspensão de Charlie.

— Jack me levou para a casa dele quando eu estava inconsciente — ela disse.

— *Lucky!* — gritei.

Charlie quase bateu o carro na mureta lateral.

— Para a *nossa* casa, você quer dizer?

Lucky olhou para mim.

— Como assim?

Apoiei a cabeça no encosto do assento.

— Eu moro com esse monstro.

A boca dela se abriu em um pequeno o.

— Tá. Você disse que dividia o apartamento com um motorista de táxi. — Então uma estranha expressão tomou conta do rosto dela. — Tinha... o apartamento... tinha dois quartos?

Charlie e eu nos contorcemos. Aquele era o motivo pelo qual nenhum de nós recebia garotas.

Lucky me encarou.

—Vocês dividem a cama?

— Na verdade, não — eu disse, enquanto Charlie dizia "Sim!". Respirei fundo.

— A gente se reveza entre a cama e o sofá. Nunca ficamos na cama ao mesmo tempo! Não que haja algo de errado nisso. — Levantei as mãos. — Mas Charlie é nojento, e eu só dividiria a cama com um homem mais limpinho. Ele trabalha à noite, como você está vendo, então dormimos em momentos diferentes também.

Lucky ainda parecia perplexa.

— Então tá...

— E você usou o *meu* lençol — eu disse. — A gente troca.

O rosto dela pareceu aliviado, e Charlie riu.

— Não precisa fingir que você não tem dezoito anos, tá? E ainda norte-americano. O que significa que é bem pior que eu — ele disse com uma piscadela.

Lucky se inclinou para a frente, aproximando a cabeça da dele.

— Gostei do seu sotaque.

— Obrigado, querida — ele disse, com o sotaque britânico exagerado que usava para dar em cima de garotas norte-americanas. Ela deu uma risadinha, e eu pigarreei de maneira audível. — Devo dizer que é surreal ter você no meu táxi nesse momento. Não quero parecer um fã, mas conheço todas as suas músicas. Minha ex-namorada era obcecada por você.

Estranho. Eu sabia que Lucky era famosa, mas não entre as pessoas que eu conhecia. Devia ter ignorado aquilo até então.

Ela riu em resposta.

— Obrigada. Também é surreal para mim estar em um táxi em Hong Kong sem supervisão e com dois caras que mal conheço.

Charlie olhou para mim pelo retrovisor.

— Mas o que aconteceu? Como se misturou com esse cara? Recebo um pedido de socorro e de repente *você* entra no meu carro.

Lucky olhou para mim, e eu respondi para ele:

— Bom, ela estava caindo de bêbada no ônibus ontem à noite. Murmurando qualquer coisa em coreano sobre hambúrguer.

Lucky bateu no meu braço.

— Eu não estava bêbada!

— Por que você continua dizendo isso? Você estava muito louca.

Na hora, me parecera estranho. Agora, eu percebia o risco que ela havia corrido, principalmente considerando que poderia ser alvo tanto de fãs como de paparazzi. A ideia não me agradava. Ficava nervoso só de pensar em algo acontecendo com Lucky.

— Eu estava fora de mim — ela disse, com um sorriso triste. — Mas só porque tinha tomado meus remédios e não devia ter saído da cama. — As palavras saíram hesitantes, e Lucky fixou os olhos no trânsito à frente.

Charlie e eu trocamos um olhar pelo retrovisor.

— Que remédios? — perguntei, tentando manter o tom leve e não pressioná-la demais.

— Hum… para ansiedade.

Seus ombros caíram, e seu corpo pareceu menor outra vez. Como se ela quisesse ficar invisível.

Toquei suas costas de leve, fora do campo de visão de Charlie.

— Entendi. Bom, isso explica — eu disse, animado. — Bela hora para sair atrás de um hambúrguer.

Lucky olhou para mim, enfiando o nariz na curva do cotovelo. Seus olhos buscaram os meus, esperando encontrar julgamento. Sorri para ela, mantendo a mão firme em suas costas.

— Eu estava com fome — Lucky disse, com uma risada abafada, relaxando.

— E conseguiu encontrar? — Charlie perguntou de repente.

— Não! — ela exclamou, já animada.

— Então vamos consertar isso, o que acha? — Charlie disse, forçando ainda mais aquele sotaque britânico ridículo.

Ele fez uma curva fechada à esquerda, quase deixando o carro sobre duas rodas. Segurei Lucky, garantindo que ela não fosse arremessada para a frente.

— Charlie! — gritei.

— É assim que fazemos em Hong Kong, Lucky — ele disse, de maneira muito didática. — A gente te leva aonde quiser chegar. Por um caminho mais rápido e melhor. — Então abriu um sorriso lupino.

— Pelo amor de Deus — resmunguei. — Esse papo cola com as garotas que você pega?

— Então você pega muitas garotas? — Lucky perguntou, passando os olhos pelo rosto bonitão de Charlie e pela rede intrincada de tatuagens que despontavam por baixo da gola e envolviam seus braços fortes.

Ele era a personificação do bad boy. Ava tinha ficado louca quando me visitara. Parecia incapaz de olhar para ele sem ficar vermelha.

Franzi a testa.

— Bom, nada comparado a mim.

Os dois morreram de rir.

Chegamos a um restaurante bem conhecido entre os estrangeiros por fazer o melhor hambúrguer da cidade. Dei um tapinha no ombro de Charlie depois que ele estacionou.

—Valeu, cara.

Charlie desafivelou o cinto.

— Acha que vou perder a chance de comer um hambúrguer com Lucky?

Meu queixo caiu.

— Como assim? Você quer vir com a gente?

— O que acha, Lucky? Posso me juntar a vocês pra comer alguma coisa rapidinho?

Ela sorriu.

—Vamos adorar.

Eu não concordava com aquela troca de gentilezas.

—Você não tem que trabalhar? — soltei.

— Faço meu próprio horário, cara — ele disse, saindo do carro e me dando um tapinha nas costas também.

Entramos no pequeno restaurante, com bancos coloridos e murais pintados, e escolhemos uma mesa no canto. Lucky pareceu nervosa naquele lugar tão iluminado, e escondeu o cabelo debaixo do boné.

— Lucky... quer dizer, Fern. Pode me olhar um segundo? — eu disse enquanto me sentava ao seu lado. Ela virou para mim, e escondi algumas mechas restantes. Então puxei um pouco mais o capuz para protegê-la.

Lucky me olhou assim que terminei.

— Como eu estou? — perguntou, nervosa.

— Perfeita — eu disse, com um sorriso.

— Aham! — fez Charlie, sacudindo o cardápio plastificado do outro lado da mesa.

Ela *era* perfeita. Não porque era Lucky, a deusa dos clipes de música, com saltos tão afiados que poderiam matar um homem. Mas porque o mundo à sua volta a deixava animada de verdade. Porque permitia que eu visse Hong Kong através dos seus olhos — uma cidade que, embora legal, me parecera estrangeira por um ano todo. Lucky levava seu calor para cada lugar por onde passávamos, banhando-o com sua luz dourada. Tudo ficava mais gostoso depois de vê-la comer. Tudo parecia mais bonito com a passagem dela.

Minha nossa. O que eu ia fazer?

47
lucky

Quando Jack me olhou daquele jeito, quis jogar tudo para o alto e ficar com ele em Hong Kong. Para todo o sempre.

A vontade de ligar para Joseph e Ji-Yeon e dizer "Até nunca mais" era muito grande quando eu estava com Jack. Eu me imaginava dormindo até mais tarde. Sem ter nada planejado para o fim de semana. Era como se mil outros dias como aquele se estendessem à minha frente, em um mar brilhante de possibilidades.

Meu peito doía de verdade quando eu imaginava aquilo, de tão agudo e tão real que era meu desejo.

Os hambúrgueres chegaram, e só o cheiro fez minha boca salivar, ainda que tivéssemos comido uma mistura de carnes meia hora antes. A primeira mordida quase fez com que eu deixasse meu próprio corpo rumo ao reino celestial dos hambúrgueres flutuantes. O pão tinha um tamanho bom e era tostadinho, queijo derretido, cebola caramelizada, hambúrguer grosso grelhado à perfeição.

— Ah, meu Deus — eu disse quando finalmente fui capaz de falar. — Foi *isso* que me fez sair daquele quarto de hotel.

Charlie sorria enquanto mastigava a batata frita.

—Valeu a pena, não?

— Se valeu um escândalo gigantesco que pode dar fim à minha carreira? Com certeza.

Jack olhou para mim, preocupado.

— Isso não é verdade, é?

Dei de ombros. Eu havia tentado não pensar sobre aquilo nas últimas vinte e quatro horas. Imaginei que fosse um dia de rebeldia depois de quatro anos seguidos de comportamento exemplar. Mas agora, com fotos minhas com Jack sendo publicadas por aí... eu não tinha certeza de que podia escapar ilesa.

—Tem ideia de como artistas K-pop são mantidos sob controle? — Charlie perguntou em voz baixa, se inclinando sobre a mesa. — É verdade, não? Vocês não podem se envolver em escândalos. E correndo o risco de parecer bizarro, sei que você não tinha nenhuma mancha na sua reputação até agora.

Sorri.

— Não acho que você seja bizarro. A maior parte das pessoas que curtem K-pop sabe disso.

A cara de Jack deixava claro que ele não era uma daquelas pessoas. Charlie revirou os olhos.

—Você e seu Soundgarden.

— Soundgarden? — perguntei, surpresa. Lá estava eu, prestes a jogar tudo para o alto por causa de um cara, sem ter ideia de que tipo de música ele ouvia.

— É, estou numa onda retrô de grunge dos anos noventa — ele disse, com um sorriso tímido. — Bem original, né?

— Chris Cornell tinha uma voz incrível — eu disse. — E o Soundgarden se diferenciava das outras bandas do tipo na época justamente por ser confiável e profissional.

Jack me encarou.

— Oi?

Charlie riu tanto que as pessoas em volta olharam para nós.

Eu me afundei no assento, mas olhei para Jack com um sorriso no rosto.

—Você se deixa impressionar por garotas que têm opinião própria sobre música? Meio antiquado, não?

Ele balançou a cabeça.

— Sabe a Lina? Não conheço ninguém tão esnobe quando o assunto é música quanto ela. Mas acho que fiquei surpreso que você... que você...

Gostei de vê-lo gaguejando por alguns segundos.

—Você ficou surpreso que eu entenda de música mesmo trabalhando *profissionalmente* com isso?

— Não! Eu só quis dizer...

—Você não é a primeira pessoa a pensar que artistas K-pop não entendem nada de música — eu falei, irritada. —A maioria de nós vive música, respira música. Não nos damos ao trabalho de entrar no ramo só porque queremos estar na moda.

Aquela expressão de surpresa ficava cansativa depois de um tempo, mesmo em caras fofos.

Charlie nos observava alegremente, tomando um gole do refrigerante.

— Não pensei isso! — Jack protestou, comendo uma batata, nervoso. —Acho que... que não imaginei que você pudesse ser fã de Soundgarden.

Assenti.

— Eu gosto de Soundgarden. E de Mariah Carey. E de Cardi B. E de One Direction. E de Max Richter. Eu poderia continuar com isso o dia todo, porque adoro música. É o motivo pelo qual faço o que faço.

Jack me encarou daquele seu modo intenso, e eu o encarei de volta.

— O que foi?

Se era possível franzir a testa e sorrir ao mesmo tempo, ele estava fazendo aquilo.

— Nada. É que… só agora está caindo a ficha de como você é talentosa.

— Só agora? — provoquei, embora sentisse algo por dentro. Eu havia recebido elogios a vida inteira, mas vindo de Jack, um cara de quem eu gostava… Era algo novo, completamente diferente.

Charlie apontou com o queixo para Jack.

— Ei, você também é talentoso. — Ele olhou para mim. — Jack tem feito um bico como…

— *Charlie*. Ela sabe que estou fotografando casamentos — Jack o interrompeu depressa, e Charlie se sobressaltou. Os dois trocaram olhares silenciosos por meio segundo antes que uma expressão estranha tomasse conta do rosto de Charlie e ele pigarreasse. — Vou jogar o lixo fora. Você já acabou de comer, Lucky?

Entreguei a bandeja para ele, mantendo os olhos em Jack.

— O que foi isso?

— Nada. Charlie só está sem graça. Ele costuma tirar sarro do lance dos casamentos.

Franzi a testa.

— Hum, isso não é muito legal.

Jack veio para mais perto de mim no banco, cobrindo o espacinho que eu havia deixado entre nós. Seu ombro tocava o meu quando ele olhou para as próprias pernas e disse:

— Na verdade, eu mesmo tenho vergonha de falar a respeito. Não é como o que você faz. É só outro jeito de ganhar dinheiro, além do estágio. Não é uma paixão nem nada do tipo. — Ele finalmente me olhou. — Quando você fala de música… posso sentir. Seu foco e sua paixão. Admiro isso, mas também invejo, sendo honesto.

— Obrigada — eu disse, baixo, incerta quanto a como responder àquele tipo de elogio. Eu não queria voltar a tocar naquele assunto, mas como ele podia *não* ver que talvez a fotografia fosse sua paixão?

Saímos do restaurante, e Jack me puxou para perto enquanto voltávamos para o carro. Ele passou o braço sobre meu ombro, e eu descansei a cabeça no dele, me sentindo imensamente satisfeita.

Eu tinha deixado meu quarto de hotel na noite anterior em busca de um hambúrguer. E havia encontrado.

48

jack

Charlie deu a partida. Notavelmente quieto. Eu sabia que ele tinha sacado o que eu estava fazendo. E me julgava por aquilo.

A música explodiu dos alto-falantes. Embora estivesse alta e fosse horrível, foi meio que bom. Daquele jeito eu podia evitar Lucky, evitar mentir para ela. Baixei o vidro, deixando que o ar entrasse, sentindo a batida da música. Sem querer pensar, só sentir.

— Para onde vamos agora? — Lucky perguntou. — Ainda é cedo! — Não eram nem dez horas.

Charlie olhou para mim.

— Não sei. A decisão é do Jack. Parece que é ele quem está no controle essa noite.

Boa, Charlie. Sutil.

Meu corpo vibrou com o som do baixo na música, e tive uma ideia.

—Vamos dançar.

Lucky me olhou, surpresa.

— Como assim? Está falando sério?

— É, vamos lá. — Eu queria ir para algum lugar onde a verdade pudesse ser evitada. Onde poderíamos esquecer tudo e passar a noite em movimento. — Conhece algum lugar legal, Charlie?

—Você sabe que sim — ele disse, já saindo com o carro. Dirigimos em meio ao trânsito, a multidão ficando mais jovem e mais bêbada conforme nos aproximávamos de nosso destino.

— Você gosta de dançar? — Lucky gritou para mim, por cima da música.

— Não muito — gritei de volta.

Ela pareceu confusa, então balançou a cabeça e abriu um sorriso amplo no rosto.

— Estamos fazendo um monte de coisas diferentes esta noite! Pegamos a mão um do outro ao mesmo tempo.

Charlie deixou a gente num bar aonde eu já tinha ido uma vez, no meio de Lan Kwai Fong — era a balada preferida dos estrangeiros em Hong Kong. Eu não ia muito a esse tipo de festa, mas era meio que *o* lugar para quem queria dançar. E eu esperava que seria mais difícil reconhecerem Lucky em meio a outros estrangeiros que a locais.

A rua estava tão lotada que Lucky se encolheu assim que saiu do carro.

— Ai, meu Deus — ela disse.

— A música desse lugar é a melhor. Não se assusta com a galera — Charlie disse, enfiando a cabeça para fora da janela, o braço direito pendurado na porta. Lucky olhava para a multidão com ceticismo, então Charlie aproveitou o momento para me puxar pelo braço. — O que quer que você esteja planejando fazer, não faça — ele sussurrou, furioso.

Belo momento para ele se tornar um nobre cavaleiro.

— Relaxa — eu disse, tenso.

Sua cara de preocupação era totalmente estranha a seus modos animados e tranquilos de sempre.

— É sério. Ela gosta de você. Não merece isso. E o mais importante, *você* gosta dela. Nunca te vi assim, Jack. Não estraga tudo.

Olhei para ele.

— Tudo o quê? Hoje à noite tudo acaba. É só isso.

Ele balançou a cabeça, mas antes que pudesse dizer alguma coisa Lucky se virou e puxou minha camiseta.

— Está tocando uma música maravilhosa! Vamos! — ela disse, pulando no lugar de tão animada.

— Valeu pela carona, Charlie — eu disse, soltando meu braço de sua mão.

Lucky se aproximou e se esticou até a janela para abraçar Charlie.

— Valeu mesmo. Pelo hambúrguer, por nos salvar... Por tudo!

Então o babaca deu um beijo na bochecha dela e disse:

— Não esquenta. Divirta-se. Você vai arrasar no *Later Tonight Show*. Estou louco pra ver.

Ela pareceu surpresa enquanto ele ia embora, buzinando e acenando para nós. Me controlei para não mostrar o dedo do meio para ele.

— Como ele sabe disso? — ela perguntou.

— Acho que é seu fã — eu disse, seco.

— Não precisa ficar com ciúme — ela provocou enquanto íamos para o fim da longa fila que se desenrolava a partir da entrada.

— *Como ousa?* — eu disse, imitando Lucky.

Ela riu, jogando a cabeça para trás.

— Bom, se você fosse ter ciúme de todos os fãs...

Franzi a testa. Era verdade. Devia haver milhares de caras (e garotas) obcecados por Lucky. Que memorizavam cada ângulo de seu rosto e de seu corpo. Que se imaginavam a beijando como eu a havia beijado mais cedo naquele dia.

— Coitado do seu futuro namorado — murmurei, me arrependendo no mesmo segundo. Aquela palavra afundou entre nós, como uma bigorna. Pigarreei. — Vamos furar a fila.

Ela protestou.

— Não! Não quero confusão.

— Não vai ter confusão.

Percorri a multidão com a mão de Lucky na minha. Quando cheguei ao início, avaliei o segurança. Ele seria capaz de me esmagar com um único punho. Mas era bem jovem, e parecia bastante estressado em suas tentativas de controlar a fila.

Peguei o celular e fingi estar numa ligação.

— Meu Deus, Garrett! Cadê você? — falei bem alto. Lucky arregalou os olhos para mim. Segui em frente. — Estou aqui, mas não te vejo em lugar nenhum. Não tenho tempo pra isso. Já era pra reunião estar começando.

Afastei o celular da orelha, fingindo irritação, então me dirigi ao segurança.

— Ei, a Sylvia chegou?

O cara me olhou confuso enquanto duas garotas de saia curta passavam por ele.

— Quê? Quem?

— Sylvia! — eu gritei. — Tenho uma reunião com ela e meu agente ainda não chegou.

O segurança franziu a testa.

— Não sei quem ela é, senhor.

O "senhor" fez Lucky rir. Olhei para ela, em aviso. Lucky recompôs a expressão de modo a parecer séria. Séria e entediada.

— Argh. Por que ainda estamos aqui fora? — ela perguntou, inquieta, mas arrastando a fala. Estava fazendo a menininha rica. Levantei as sobrancelhas. *Bom trabalho.*

— Cara, podemos entrar? Isso está ficando ridículo. Sylvia vai perder a paciência! — eu disse, levantando a voz. Lucky soltou um suspiro pesado ao meu lado, cruzando os braços e batendo o pé.

O segurança balançou a cabeça em negativa, enquanto tentava controlar um grupo de bêbados.

— Não posso…

Então Lucky foi até ele e pôs uma mão em seu braço.

— Sylvia vai te agradecer por isso depois. — Ela sorriu, usando toda a potência de superestrela com ele. O cara pareceu fisicamente atordoado por um segundo, antes de fazer sinal para que passássemos. Enquanto atravessávamos o corredor escuro da entrada, puxei Lucky para perto de mim.

—Você é boa.

Ela envolveu meu pescoço com os braços e sorriu para mim, os olhos brilhando atrás dos óculos.

— Foi divertido.Você sempre faz esse tipo de coisa?

Não respondi, aproveitando a sensação de seu corpo tão perto do meu, suas mãos apoiadas na pele nua do meu pescoço. A energia entre nós dois era palpável, e eu estava prestes a beijá-la de novo quando ela virou do nada a cabeça e disse:

— Ouviu isso?

— O q-quê? — gaguejei, soltando a cintura dela.

Lucky inclinou a cabeça.

— Música.

Então eu ouvi uma música baixa, ecoando pelo corredor à nossa esquerda.

— "Total Eclipse of the Heart"!

Olhamos um para o outro ao mesmo tempo.

— O karaokê — eu disse, rindo. — Esqueci que tinha isso aqui. A pista de dança de verdade fica no andar de baixo.

Ela levantou uma sobrancelha.

— Bom, não vamos desperdiçar essa oportunidade rara.

— De quê? — perguntei.

Uma expressão travessa surgiu em seu rosto — a mesma que surgira e desaparecera o dia todo. Então ela me puxou para o corredor.

49
lucky

Era um karaokê de estilo norte-americano, sem as salinhas separadas típicas da Coreia. Havia pequenos grupos distribuídos pelas mesas apertadas no espaço, luzinhas coloridas penduradas por toda parte e um palquinho onde um asiático de meia-idade usando chapéu panamá terminava de cantar "Total Eclipse of the Heart".

Ele era ao mesmo tempo terrível e muito bom. Quando acabou, todo mundo aplaudiu animadamente. O homem jogou um beijo para o público antes de descer os degraus de volta à sua mesa, onde as pessoas o cumprimentaram.

Aquilo mexeu com alguma coisa dentro de mim.

—Tem certeza de que quer ficar aqui? — Jack perguntou, parecendo hesitar ao meu lado enquanto nos demorávamos na entrada.

Ao chegar, eu tinha pensado que seria divertido ver as pessoas. Mas estar cercada de gente cantando fez com que uma onda de emoções me invadisse.

Quero fazer com que as pessoas se sintam como essa música faz com que eu me sinta.

A gente não escolhe o que quer.

Há uma vida boa e uma vida… vazia.

Mas era possível ter ambas as coisas? Liberdade e aquela carreira?

O que eu queria da música, da indústria do K-pop, havia mudado?

Precisava aguentar mais um pouco para que as coisas talvez mudassem.

De repente, tudo se encaixou no lugar. Eu queria voltar àquele sentimento. Ao amor que sentia por cantar. Por me apresentar.

E não podia ficar esperando pelo momento perfeito. A vida era curta.

Aquele dia estava quase acabando.

— Sim, quero ficar aqui. E quero cantar.

— Quê? — Jack falou sussurrado, mas em volume alto. —Você não *pode* fazer isso.

— Posso, sim.

Era hora de parar de me esconder.

Fui até o "DJ", que ficava a um canto ao lado do palco.

— Fern!

Ignorei Jack e passei a música que queria cantar ao cara. Ele fez sinal de positivo.

—Tem só uma pessoa na sua frente — disse.

Jack já estava ao meu lado, descontente.

— Por que está tentando chamar a atenção para você?

— Jack. Não tem problema, eu vou ficar bem. Vamos beber alguma coisa.

Eu o puxei para o bar, tentando distraí-lo.

Jack continuava tenso quando pedi minha bebida.

—Tem certeza? — ele perguntou.

— Só pedi uma coca!

Ele cruzou os braços.

— Estou falando de cantar.

Peguei a lata de coca quase congelada que o cara no bar me entregou.

— Tenho certeza, Jack. Eu prometo. E valeu pelo refrigerante — eu disse com um sorriso antes de dar um gole, mantendo os olhos nele.

Jack ficou vermelho, pagou e bebeu avidamente seu copo de água gelada.

— De nada — ele disse, então se aproximou rapidamente e pressionou a boca fria contra a minha.

Era seu jeito de apoiar minha decisão em silêncio, então fiquei grata. E gostei.

Ficamos vendo duas mulheres cantarem juntas no palco "Crazy in Love". O dueto acabou se transformando em uma dança lenta e a multidão aplaudiu. Elas sorriram, e ao fim da música uma delas gritou no microfone:

— Acabamos de nos casar!

Houve mais aplausos, então o cara no bar abriu uma garrafa de espumante.

Era fofo. Tinha um clima no ar que eu havia sentido no instante em que entrara. Eu gostava daquela multidão. Confiava nela.

Então chegou a minha vez.

Virei o resto da coca e sorri para Jack.

— Lá vou eu.

Ele tentou retribuir meu sorriso, mas a preocupação era visível em seu rosto.

Te amo.

As palavras surgiram em minha mente, e eu quase caí enquanto olhava para o rosto de Jack, que já me era familiar.

Ai, meu Deus. QUÊ?

Eu me afastei dele e fui para o palco. *Lucky. Não é possível. Você não pode sentir algo tão intenso por Jack.* Eu mal o conhecia. Tinha... me deixado levar por aquele dia. Pelo clima romântico. Nada mais.

A confusão e o tumulto dentro de mim se acalmaram no segundo em que subi no palco. O calor das luzes, a multidão de rostos na escuridão, o microfone à minha frente. Embora fosse um palco pequeno, a sensação era familiar.

E eu havia tido a audácia de escolher uma das minhas próprias músicas.

Quando eu fora até o DJ, o nome tinha simplesmente saído da minha boca, sem que eu planejasse. Eu achava que estava tentando escapar de Lucky, a estrela K-pop, quando concordara em passar o dia com Jack. Mas, se fosse ser sincera, tinha passado o dia procurando por meu verdadeiro eu. E, por mais triste que fosse, meu verdadeiro eu ainda estava ligado ao K-pop.

Agora eu precisava me testar. Cantar "Heartbeat" depois de tudo pelo que eu havia passado. Ver qual era a sensação. O que tinha mudado.

A música começou, e a letra apareceu no monitor. Eu o ignorei, claro.

A princípio, cantei "Heartbeat" como vinha fazendo nos meus shows — no automático. Confiando na memória muscular, mantendo cada nota idêntica à versão gravada.

Percebi que estava fazendo uma versão compacta, abreviada, dos movimentos de dança, com o microfone fixo no apoio.

— Lucky! — alguém gritou na multidão.

Vi quando Jack se endireitou no assento e me olhou em choque. Minha nossa. Jack não conhecia meu maior hit. Aquilo me fez sorrir.

Algumas pessoas riram.

É, haha! Minha voz é parecida com a dela, né?

Me lembrei de quando cantar aquela música era divertido. E nossa, era muito mais fácil fazer os movimentos usando tênis. Meus membros relaxaram, minha voz ficou mais alta.

Quando chegou o refrão, sorri, porque agora eu ia com tudo. Aquelas pessoas não tinham a menor ideia.

Naquele ponto, a coreografia exigia uma jogada de cabelo vigorosa, o que eu fiz, de modo que o boné voou, revelando os fios.

Então tirei os óculos, e fiz o sorriso com piscadela que era minha assinatura para a plateia, mais precisamente para uma garota na frente. Vi quando o nacho que ela segurava caiu na mesa.

Pela primeira vez em vinte e quatro horas, eu era Lucky de novo.

O burburinho na multidão ficou mais alto, e as pessoas começaram a tirar fotos. Por uma fração de segundo, senti o pânico. Era instintivo, me dei conta. A reação temerosa. Eu tinha deixado que aquilo me controlasse, me afastasse dos fãs. E meus motivos para fazer aquilo — por eles, por mim — tinham sido enterrados.

Eu estava cansada de me esconder. De fingir ser alguém que não era. De esconder partes de mim mesma sob um boné.

Eu vinha e não vinha sendo eu mesma.

Fechei os olhos e cantei com força total, usando a voz que usara no meu teste. No chuveiro. Em apresentações na escola, na igreja. Fazia anos que tinha sumido.

Quando abri os olhos, vi uma figura de pé em meio às luzes.

Jack. Me observando, de queixo caído.

Sua silhueta era tão clara para mim agora. Os ombros largos, a maneira como seus braços ficavam soltos ao lado do corpo, a leve inclinação da cabeça — tudo tão familiar para mim como se eu o tivesse conhecido a vida inteira. Um dia com aquele cara e ele tinha feito sua marca em meus ossos, no sangue correndo dentro de mim, naquilo que me tornava um ser humano.

Jack tinha me encorajado. Acreditado em mim. Feito com que eu examinasse a mim mesma, e a todos os medos escondidos no meu interior.

A música era familiar, mas o sentimento era novo. Cantei o refrão, as únicas palavras em inglês da música:

I miss our heat
I miss your heartbeat-beat-beat
All the ways I wanted to show you
How to thank you.

Sinto falta do nosso calor. Sinto falta das batidas do seu coração. Todas as maneiras que queria te mostrar como te agradecer.

Quando cantei a música naquele palco, olhando para Jack, a letra pareceu inédita. O jeito como eu cantava também era novo. Desci a voz algumas oitavas, entrando num registro rouco que nunca podia usar. Deixei as palavras um tiquinho mais lentas, arrastando as sílabas, encontrando sentidos diferentes em cada frase.

Seus olhos se mantiveram fixos no meu rosto durante toda a música. Eu os senti enquanto dançava pelo palco diminuto. Eu os vi quando levantei o rosto.

Quando a música terminou, não deixei a cabeça pender como uma boneca de pano, uma pose que insistia na minha vulnerabilidade e submissão. Em vez disso, olhei para o público, diretamente. E sorri.

A multidão explodiu em aplausos e gritos.

— MAIS UMA, LUCKY!

Jack olhou em volta, tenso, pronto para a briga. Mas o público não foi para cima de mim, não exigia nada a não ser outra música. Aquelas pessoas estavam ali comigo, e eu estava com elas. Havia um acordo silencioso entre nós de que aquilo era especial. De que ficaríamos ali, naquele momento, naquele lugar de que ninguém mais sabia.

Era um momento raro, com que por acaso tinham deparado. Ninguém sabia o quanto significava para mim. O quanto eu precisava daquilo.

Nunca havia acontecido comigo. Era uma maneira diferente de me conectar com as pessoas através da música. Não em sete milhões de visualizações no YouTube. Em um bar tranquilo e escuro.

Me senti feliz. Com vontade de chorar. Empoderada pela constatação.

Então cantei mais algumas músicas, sem me importar que as pessoas estivessem gravando, provavelmente já colocando na internet. Trazendo meus produtores e meus seguranças para mais perto a cada minuto que passava.

Valia a pena se significava que eu podia me apresentar do meu jeito depois de tantos anos fazendo o que os outros queriam.

Senti que voltava à vida. *Bem-vinda de volta.*

50
jack

Naquele momento, vendo Lucky no palco, entendi por que se falava em "ídolos" do K-pop.

Enquanto cantava no palco, com um moletom grande demais e a confiança de uma superestrela, Lucky parecia de outro mundo. Sendo um mero ser humano, eu me sentia indigno de sua presença. Queria cair de joelhos e implorar para que ela ficasse. Faria qualquer coisa para viver na mesma cidade que ela, no mesmo *planeta* que ela. Para respirar o mesmo ar que aquela criatura.

Eu não tinha ideia de por que Lucky havia feito aquilo. Mas sabia que ela fora corajosa. Eu havia sugerido que reavaliasse seus sonhos. E como havia feito a vida toda, Lucky atendera às expectativas.

De modo espetacular.

Quando ela terminou, estava olhando para mim. As pessoas aplaudindo ao redor se transformaram em uma massa difusa. Queria muito que estivéssemos apenas os dois ali.

Andei até o palco assim que os aplausos diminuíram, tentando chegar antes que a multidão fosse para cima dela. O que não aconteceu. Ficaram nos olhando quando cheguei. Quando ela pegou minha mão e desceu do palco.

—Acho que precisamos ir — eu disse, meus olhos varrendo seu rosto corado. Me sentindo um pouco tímido. Como se eu estivesse na presença de alguém *famoso*.

Ela assentiu.

— É, vamos dançar.

Sua resposta me surpreendeu.

— Oi?

— Não temos muito tempo — ela disse apenas. Sem o drama que as palavras insinuavam. —Vão me encontrar aqui. Quero aproveitar até o último segundo.

Senti um aperto no peito. Um nó de melancolia e arrependimento. Por que ela havia feito aquilo, se sabia o que aconteceria depois? Mas, no fundo, eu sabia que aquele era um pensamento egoísta. Como no palco, Lucky estava assumindo o controle da situação.

Ainda que estivesse meio grogue na noite anterior, ela havia deixado o quarto de hotel por um motivo. E algo naquela apresentação no karaokê me fazia acreditar que tinha descoberto do que se tratava. Já era hora.

Algumas pessoas se aproximaram enquanto abríamos caminho até a saída, mas não de um jeito assustador ou agressivo. Eram todas muito educadas, e nos cumprimentavam. Expressavam sua alegria em conhecê-la.

Uma jovem levantou e perguntou:

— Posso te abraçar?

— Não — eu disse, me colocando na frente dela.

Lucky tocou meu braço.

—Tudo bem, Jack.

Ela sorriu para mim, para garantir que estava mesmo tudo bem.

Recuei, me sentindo um pouco arrogante e intrometido. Lucky deu um passo na direção da garota e deu um abraço apertado nela. A fã fechou os olhos e sussurrou alto o bastante para que eu também conseguisse ouvir:

— Sua música mudou minha vida. Obrigada.

As duas se abraçaram por alguns segundos, e eu desviei os olhos, porque me pareceu algo íntimo. Pensei na nossa discussão mais cedo, sobre levar uma vida boa. Lucky não estava falando da própria vida. Ela não se dava conta de que já tinha aquilo.

Quando voltamos a andar segurei a mão dela com ainda mais força. Agora eu via. O que sua música fazia. Não era apenas entretenimento, embora aquilo já fosse motivo o bastante para fazer algo. A música de Lucky dava aos fãs algo com significado.

O barulho do karaokê foi diminuindo atrás de nós conforme descíamos as escadas para a pista de dança, de onde também vinha uma música animada. Não era o canto de pessoas comuns ecoando de alto-falantes ruins. Era a batida envolvente da *dance music*, que fazia corpos se moverem e cérebros derreterem. Projetando sensações e ritmos em um salão cheio de gente. Tudo fosforescente e piscando.

— Quer beber alguma coisa antes? — gritei no ouvido dela, para que me escutasse.

Lucky balançou a cabeça em negativa, seus olhos fixos na massa de corpos à nossa frente.

— Não, vamos dançar.

O mar de pessoas parecia se abrir para ela conforme avançava. Eu não podia fazer nada a não ser segui-la.

51
lucky

Havia algo diferente em Jack enquanto eu o puxava pela pista. Havia algo diferente *em nós*. Talvez fosse a escuridão, a música dominando os sentidos, o fim do dia palpável, pairando sobre nós, como uma nuvem se formando.

Independentemente do que fosse, eu dava as boas-vindas com cada grama do meu ser. Deixei que o suor escorresse pelo meu rosto enquanto eu dançava, dançava e dançava. Passando as mãos no cabelo, nos braços e no peito de Jack, sem nenhuma vergonha. Virando, descendo até o chão, me aproximando dele. Fugindo dele.

Voltando depressa em sua direção, puxando-o para mais perto, beijando-o uma e outra vez. Jack me deixou fazer o que quisesse. Me deixou comandar. Só me seguia, com a mesma energia frenética. Quando me movia naquela pista de dança, sentia seus olhos me observando. Sempre em mim.

Eu queria dançar para sempre. Queria ser para sempre aquela pessoa que Jack observava.

Te amo.

Te amo.

Te amo.

52
jack

Sim. Dançar tinha sido uma boa ideia.

Eu sabia que Lucky não fazia ideia de como parecia. De que estava agindo por puro instinto. Fechando os olhos. Levantando as mãos sobre a cabeça. Cantando junto quando reconhecia a música.

Mesmo naquele estado de liberdade desenfreada, ela era uma estrela. Dançava diferente do que eu havia visto nos vídeos da internet. Mais solta, menos coordenada. Mas ainda única, graciosa, interessante. Dava para ver que se comunicava com o corpo.

As pessoas olhavam para ela, fazendo com que eu me sentisse possessivo e me odiasse por aquilo. Lucky era do mundo. Mas aquela Lucky era minha.

Quando os dedos dela tocaram minha bochecha, quando seus lábios encontraram os meus no escuro… fiquei perdido. Sem saber para onde ir depois.

53
lucky

Jack pediu água pra gente. Dei um belo gole quando já estávamos a uma mesinha circular alta, afastada da pista. Era a melhor coisa que eu já havia provado. Quando terminei, passei o vidro gelado pela testa, então encostei no meu pescoço quente.

Quando esfriei um pouco, meus sentidos retornaram. Olhei para Jack, que bebia sua água em golinhos controlados.

De repente me veio à cabeça a imagem dele tirando a camisa de dentro da calça. Sorrindo como um bobo. No elevador.

— Eu me lembro de você.

Seus olhos encontraram os meus enquanto ele tomava outro golinho de água.

— Bom, a gente acabou de dar uns beijos na pista.

Fiquei vermelha, mas balancei a cabeça em negativa.

— Não. Você estava no hotel. No elevador.

A expressão dele não se alterou. Sua reação pareceu controlada.

— É, era eu. Acho que testemunhei o momento em que você fugia do quarto.

O agito da dança continuava lá, mas de repente me senti meio abalada também.

— Por que você estava no hotel?

Ele não respondeu de imediato. Vi seu pomo de adão se mover enquanto engolia.

— Trabalho.

Balancei a cabeça, tentando entender.

— Tinha um casamento no hotel?

— É. Tive que ir ao banheiro. Tudo bem você me esperar aqui por um momento?

Ele me entregou o copo, e seus dedos roçaram os meus. Cada parte minha em sintonia com cada parte dele.

Fiquei um pouco irritada, mas assenti.

— Claro.

Ele se afastou, e o acompanhei com os olhos. Era ótimo esquecer de tudo dançando, mas havia algo de errado. Me dei conta de que Jack não havia baixado a guarda de verdade o dia inteiro, e sempre tomava o maior cuidado comigo. Era misterioso em determinados aspectos. Por que Lina havia concordado em me dar os sapatos? Como ele conseguira furar a fila com tanta facilidade? E mesmo seu interesse em fotografia...

De repente, percebi que Jack havia deixado o celular em cima da mesa.

Eu sabia que não era certo dar uma olhada. E daí se ele não estava me contando tudo a seu respeito? Aquele dia era nosso, e ponto final. Jack podia ter uma namorada ou ser um criminoso — o que quer que fosse, não faria diferença. Eu iria embora sozinha e guardaria aquele dia perfeito na memória.

Mesmo assim, minha mão pegou o celular.

Quando olhei para a tela, havia algumas mensagens de texto, de um cara chamado Trevor Nakamura.

Onde vc está?

Pode me adiantar algumas fotos pra avaliar o caráter da matéria?

Matéria? Hum. Ele também escrevia?

Eu não conseguia acreditar que o celular de Jack não tinha senha. Quase desejava que tivesse. Quando o celular simplesmente destravou com um toque, fui direto para as fotos. Se ele tivesse uma namorada secreta, estaria lá.

No entanto, o que encontrei foram dezenas de fotos minhas. Daquele dia. Comendo *congee*. Passeando no parque. Morrendo de medo no bonde. Em Victoria Peak. Lendo um livro. No porto. Experimentando óculos.

Hum, ele tinha sido bem discreto ao tirar aquelas fotos. Vendo o nosso dia através de seus olhos, senti um calor tomar conta de mim. Jack era um fotógrafo extremamente talentoso. Cada foto era composta à perfeição, com total consciência do uso da luz, fosse ao sol ou na sombra — e, para ser sincera, parecia revelar certo encantamento. Sorri.

Talvez, como eu, Jack não quisesse esquecer aquele dia. Meu coração bateu mais rápido. Talvez ele também sentisse algo mais profundo. Talvez não tivéssemos que nos despedir naquele dia.

A eletricidade entre nós dois na pista de dança era tão intensa que eu sabia que tinha que significar algo mais.

Eu estava prestes a devolver o celular à mesa quando outra mensagem do tal Trevor surgiu na tela.

O selo de Lucky entrou em contato atrás dela, pra saber se por acaso a flagramos em algum lugar. Se não tiver notícias suas logo, vou ter que contar. ME RESPONDE RÁPIDO.

Um zumbido no ouvido me deixou surda. As palavras da mensagem flutuavam à minha frente.

Fotos. Matéria.

Com que você trabalha, Jack?

Ai, meu Deus.

Eu não conseguia respirar.

Jack tem feito um bico como...

Eu não conseguia pensar, meus sentidos sobrecarregados com a batida da música, as luzes piscando em sincronia com ela, o calor sufocante do lugar. Com tudo se encaixando, afinal.

Tinha que ir embora.

54
jack

A sensação da água fria no rosto era boa. Fazia horas que estava passando calor. A torneira enferrujada guinchou quando a fechei, e eu me encarei no espelho do banheiro.

Até algumas horas antes, eu estava muito de boa com quem era. E então… então tudo mudara. Não só porque tínhamos nos beijado, ou porque ela me deixava louco toda vez que me olhava. Mas porque eu vinha justificando o fato de que estava mentindo para Lucky por causa de uma oportunidade de trabalho.

Mas agora o trabalho parecia insignificante se comparado a meus sentimentos por Lucky.

O que era uma vida boa?

Estabilidade? Paixão? Eu ainda não estava certo quanto aos detalhes. Mas sabia uma coisa: uma vida boa envolvia se preocupar com as pessoas. Ser bom com elas. Ser bom *para elas*, e não só para si mesmo. Familiares. Amigos.

Namorada.

Soltei a cabeça nas mãos, bagunçei o cabelo e olhei para cima.

Dá um jeito. Você já conseguiu sair de todo tipo de situação delicada.

Quando voltei, não a encontrei. Olhei em volta. Talvez não fosse a mesa certa. Mas Lucky não estava à vista em lugar nenhum. Teria ido para a pista de dança? Fui até lá, tentando identificar o moletom lavanda em meio às pessoas dançando. A multidão tinha diminuído, mas eu não a via.

Senti as mãos suarem, a respiração ficar mais curta. Alguém a tinha reconhecido? Seu guarda-costas a havia encontrado?

Foi então que eu vi. Meu celular. Sobre a mesa.

Não.

Merda, merda, merda.

Eu o peguei e vi que não havia nenhuma notificação. Quando entrei nas mensagens, no entanto, tinha várias novas de Trevor. Que haviam sido *lidas*. A última dizia: **O selo de Lucky entrou em contato atrás dela, pra saber se por acaso a flagramos em algum lugar. Se não tiver notícias suas logo, vou ter que contar. ME RESPONDE RÁPIDO.**

O mundo parou de se mover.

Ela sabia. Ela sabia e tinha fugido.

Fiquei com tanto medo que comecei a suar frio. Ela não só sabia como tinha fugido. Sozinha. Nervosa.

Estava naquela cidade, sozinha, sem disfarce. Uma imagem dela sendo atacada pela multidão me veio à mente. O medo cresceu, apertando meu peito.

Eu precisava encontrá-la.

Enfiei o celular no bolso e tentei sair, tendo como obstáculo grupos grandes de gente dançando ou bebendo. O salão escuro cheirando a suor que minutos antes parecera tão hipnótico e cheio de possibilidades se transformou em um labirinto de pesadelo. Corpos me empurravam e a música estava tão alta que eu nem conseguia pensar.

Mas eu precisava pensar. Rápido. Tinha ficado pouco tempo no banheiro, ela não podia estar muito longe. Pensei nos gatos, que em trinta segundos de desatenção encontravam um lugar onde se esconder, em geral próximo, mas quase impossível de encontrar.

Ela devia estar por ali.

Quando consegui sair do lugar, o vento frio me atingiu, e inspirei profundamente. Meu cérebro considerou todos os lugares onde ela poderia estar, cada um em uma direção diferente.

Procurei em meio à multidão à minha frente, composta principalmente de hipsters e jovens executivos.

Comida era sempre uma possibilidade. Havia alguns cafés para cima e para baixo daquelas ruas. Corri pelas redondezas, mas não encontrei nenhum sinal daquele moletom.

Ela podia ter voltado ao hotel. Cara, tinha tantos lugares onde Lucky poderia estar.

Eu precisava de ajuda. Peguei o celular.

—Você é completamente obcecado por mim — Charlie disse ao atender.

— Charlie. Não consigo encontrar Lucky. — Tentei manter a voz firme, mas ela saiu aguda e desesperada.

—Você a perdeu na balada? — ele perguntou alto, e eu ouvi o volume da música abaixar ao fundo.

— É, ela… ela viu um negócio e surtou. Quando eu estava no banheiro. Não faz muito tempo, mas ela pode estar em qualquer lugar, e não sei…

— Onde você está? — ele perguntou.

Em alguns minutos, o táxi apareceu à minha frente. Pulei no banco da frente.

— Cara, você está péssimo — Charlie disse, animado.

Passei as mãos pelo rosto.

—Valeu. Procurei em todos os lugares lá dentro, e não consegui encontrar Lucky. — Eu sentia que ele me encarava, e ouvi quando suspirou. — O que foi?

— Como ela se perdeu?

Um grupo de pessoas atravessou correndo na nossa frente, e uma garota balançou os dedos para nós enquanto passava. Charlie nem notou, de tão concentrado em mim que estava. Vi a garota descer a rua usando botas altas. Como as que Lucky usava no palco.

— Ela descobriu um negócio e... me deixou. Chateada, acho.

Eu mal conseguia ouvir os xingamentos baixos de Charlie.

— Eu disse para parar de fazer o que quer que estivesse fazendo.

—Vai mesmo me dar bronca agora? — Bati a mão no painel. — Ela pode estar perdida, talvez tenha sido pega pela multidão. Pode ter se machucado!

— Por *sua* causa.

Era inacreditável! Olhei para ele, chocado. Charlie e eu nunca brigávamos. Ele nunca se irritava o suficiente para começar uma discussão comigo.

—Você tirou fotos dela, não foi? — Seu tom era acusador. — Pro Trevor?

Assenti, seco.

—Tirei.

— *Cara.*

—Vai me julgar agora? — perguntei, incrédulo.

Ele deu a partida e saiu com o carro bem devagar, o que nunca fazia. Seus olhos varriam as ruas. Então me dei conta de que já estava procurando por Lucky.

— Claro que vou. Quando começou a fazer esse trabalho, eu achei que não tinha problema. Tipo, beleza, vai ganhar dinheiro com celebridades. Entendo total. A gente tem que pagar as contas. Mas quer saber? Desde que você começou o estágio eu te ouço reclamar sobre a vidinha dos seus pais. Sobre como odeia trabalhar no banco e como gostaria de fazer algo mais interessante. Então algo extraordinário surge e você estraga tudo.

Fiquei sem ter o que dizer. O que era aquilo? Desde quando Charlie se incomodava com minhas reclamações? Éramos parceiros de resmungo! Os dois quebrados e querendo algo mais. Era o que nos unia. Olhei para ele, com o queixo tão caído que provavelmente chegava ao chão do carro.

— Ter a chance de passar um dia com uma garota como Lucky é mágico, uma aventura, a oportunidade de uma vida.

— Por que ela é famosa? — finalmente consegui perguntar.

Ele fez uma curva brusca.

— Não, seu tonto. Porque ela gosta de você e você gosta dela. Isso é especial.

Eu queria pular para fora do carro gritando "Vai se ferrar, cara!". Mas havia certo reconhecimento naquele impulso. Charlie estava certo. Ele tinha exposto o que eu estava sentindo: que eu era um lixo que não merecia uma segunda chance com Lucky.

— Bom, agora já era — eu disse, baixo. — Ela nunca mais vai falar comigo. Nem vou conseguir ver Lucky de novo.

— Não se preocupa, a gente acha ela. — A voz dele saiu firme. Seus olhos continuavam vasculhando os arredores.

Aquilo me tranquilizava, embora Charlie muitas vezes confiasse em coisas que acabavam não dando certo.

O caos daquele dia me atingiu como uma tonelada de tijolos, e eu apoiei a testa no vidro, olhando para o cenário passando, procurando pela figura familiar.

A possibilidade de Lucky descobrir a verdade sempre existira. Eu passara a reprimir meus verdadeiros sentimentos por ela quando a ideia começara a me incomodar. Achava que não teria problema se Lucky me odiasse depois daquele dia. Que ela não importava tanto para mim.

Mas agora aquilo me fazia querer morrer.

Uma lágrima de verdade escorreu pelo meu rosto. Eu a enxuguei antes que Charlie conseguisse vê-la. Nossa.

Tudo o que eu queria naquele momento era ter Lucky à minha frente. Para poder me explicar. Para sentir seu calor e sua alegria contagiosa. Nada mais importava.

E foi então que eu vi o gato.

55
lucky

A única coisa que passava pela minha cabeça era: *vai embora*.

Eu queria ir para o mais longe possível daquele bar, de Jack e de todos os sentimentos ruins que me incomodavam naquele momento.

Ignorei os bêbados ao passar pela multidão indo de bar em bar, tentando respirar enquanto procurava segurar as lágrimas.

Alguém gritou:

— Qual é a pressa, linda?

Não era nada de mais. Só um bêbado disposto a falar com qualquer menina que passasse por ele. Mas o fato de ter me chamado de "linda" me fez parar. Virei, devagar, e encarei o cara alto de polo justinha. Ele sorriu, com um cigarro entre os dentes.

Não faz nada. Ignora. Aceitei meu próprio conselho e segui em frente.

— Vaca.

Cada pedaço de mim queria correr até ele e dar um chute rotatório em sua cara. Queria destroçar aquele idiota com meus próprios dentes.

Mas aquilo não seria inteligente. Eu era uma garota sozinha cercada por homens bêbados. Não era o momento de comprar aquela briga. Eu precisava voltar ao hotel. Então permiti que o cara vivesse, sentindo a alfinetada do insulto em minhas costas em retirada e segurando as lágrimas.

O esforço machucou minha garganta, e eu mal conseguia respirar enquanto desviava das pessoas. Tudo doía. E não era porque um babaca que se achava tinha me chamado de vaca.

Me dar conta da traição de Jack tinha sido tão intenso que eu podia sentir aquilo nos meus órgãos internos. Era como se devorasse tudo de bom, puro e feliz relacionado àquele dia.

Pensei no quanto havia revelado a ele. Exposto. Em tudo o que havia oferecido. Não só alguns beijos na escuridão. Uma parte de mim tinha se destravado em determinado ponto. Muitos sentimentos, mínimos ou importantes, tinham sido descobertos.

E aquela descoberta tinha me levado a arriscar toda a minha carreira com a apresentação no karaokê. O triunfo e a clareza que eu havia sentido mais cedo tinham desaparecido por completo. O que eu havia feito? E tudo por causa de um idiota! Um cara que eu nem conhecia.

O dia inteiro passou pela minha mente através de outra lente. Tudo o que eu havia experimentado e vivido era dissecado e analisado por um desconhecido com uma câmera. Porque era assim que Jack me parecia agora.

As ruas ficavam mais silenciosas e vazias quanto mais eu me afastava dos bares. As luzes amarelas alinhadas ao longo das ruas inclinadas pareciam difusas em meio à neblina que vinha do porto.

Eu não ia chorar. Não seria a garota que chorava na rua no meio da noite.

Me encontra.

Mesmo odiando Jack, queria vê-lo.

Continuei andando sem ter ideia de como voltar para o hotel. Não sabia nem o nome do lugar.

Então lembrei quem eu era.

Deixa te descobrirem. Então Ren ia me encontrar.

Respirei mais algumas vezes, trêmula, e endireitei os ombros, sentindo o autocontrole familiar e bem treinado me erguer em direção ao céu, como se um fio puxasse o topo da minha cabeça.

Eu nunca chorava. Não derramava uma lágrima se sentia falta da minha família. Da minha casa. Se estava tão cansada que poderia matar alguém só para ter uma hora a mais de sono. Eu não chorava naquelas ocasiões, e não ia chorar agora.

Eu sabia o que tinha que fazer. Como sair daquela situação.

Um grupo de pessoas passou por mim, e eu as encarei por tanto tempo que uma delas, uma asiática pequenininha usando um macaquinho verde-oliva, fechou a cara.

— O que está olhando?

O sotaque dela era norte-americano. Droga.

Segui em frente, alisando a frente do moletom e ajeitando o cabelo. Voltei na direção do bar, onde havia mais gente, e desci um lance de degraus rápido demais. Desviei de um casal se pegando num poste de luz, me contraindo diante da cena romântica.

Quando cheguei à via principal, lotada de gente curtindo, fiquei parada e respirei fundo, pronta para expor quem eu era de alguma maneira chamativa. Mas antes que o fizesse, algo roçou na minha perna.

Olhei para baixo e vi um gato branco e preto.

Ele dirigiu seus olhos verdes para mim e eu reconheci o rabo curto e grosso.

— Ei! Você é o gato de hoje cedo, não é?

Tinham se passado muitas horas desde que eu o havia visto em frente à loja de Lina. Será que eu estava perto dali? Eu agachei e fiz um carinho nele. O gato começou a ronronar. Virou de barriga para cima imediatamente, as patinhas curvadas e o olhar fixo em algo acima do meu ombro. Toquei seu pelo fofo.

— Lucky.

Aquela voz baixa e calma ressoou no ar da noite, pesada e flutuante ao mesmo tempo. Olhei para cima e lá estava ele.

Com as mãos enfiadas no bolso da calça. O cabelo completamente despenteado, mas ainda assim lindo. Aquela camiseta boba de *Mulherzinhas*, que ficava tão bem nele que parecia um insulto.

Jack parecia infeliz e aliviado, e um milhão de outras coisas.

O gato ficou de pé quando me levantei, então se afastou. Fiquei olhando para ele, sem vontade de encarar Jack.

—Você está bem?

As palavras foram quase um tapa na cara. Ele não se importava comigo. Como ousava soar tão preocupado?

— Não, não estou bem. — Odiei minha voz trêmula. Não era nervoso, era *fúria*. — Não dê nem um passo.

Houve um momento de silêncio.

— Tudo bem. Não vou dar. Lucky, me desculpe.

Ele sabia a ordem certa das coisas. Me perguntar como eu estava. Se desculpar. Jack era bom. Tinha jeito com as pessoas. Eu o tinha visto conseguir o que queria de todo mundo naquele dia, não tinha?

Depois de algumas respirações firmes, eu estava pronta para olhá-lo de novo. Seus olhos estavam arregalados, sua boca, contraída de preocupação. *Droga*. Apesar de tudo, queria tocar nele.

—Você estava me usando — soltei.

O arrependimento pesou sobre ele. Seus ombros caíram.

— Foi mais do que isso.

— Cala a boca — sussurrei. — Para de mentir pra mim. Cansei disso.

— Eu menti sobre algumas coisas. Não tudo. Você *tem* que saber disso.

Seu tom rouco e suplicante não me aplacou. Aquilo doía. Tudo o que ele havia dito era provavelmente mentira, e aquilo doía. Muito.

Comecei a chorar. As lágrimas caíram antes que eu pudesse impedi-las, incontroláveis e rápidas. Jack, as luzes e todo o mundo à nossa volta viraram um borrão.

Ele estava ao meu lado antes que eu pudesse impedi-lo.

— Lucky, por favor. Eu sinto muito.

Jack esticou a mão para tocar meu rosto, mas eu recuei antes que o fizesse. Quando enxuguei as lágrimas e olhei para ele, quase engasguei.

Como ousava parecer machucado?

— Você é igualzinho a todo mundo — cuspi. — Me usou. Eu nunca deveria ter feito isso. Foi um erro enorme, você me manipulou desde o segundo em que nos conhecemos. E agora toda a minha carreira pode ser destruída por sua causa.

— Quê? — Ele balançou a cabeça. — Sei que dei mancada. Mas foi *você* quem escolheu sair daquele quarto de hotel. Não pode me culpar pela sua infelicidade.

Estremeci.

— Desculpa, mas se estou infeliz agora é por sua causa, sim.

Seu comportamento se alterou por completo então. Jack ficou tenso, e uma ruga se formou em sua testa.

— Lucky. Você deve saber que está infeliz. Você odeia sua vida.

— Não odeio minha vida! — eu exclamei. — Lá vai você, exagerando tudo só para conseguir sua reportagem. É esse o seu ângulo? *Estrela infeliz do K-pop*? Que chato. Nada inovador.

Eu cuspia veneno, sem conseguir evitar.

Seus lábios viraram uma linha fina. Passou um segundo antes que ele falasse.

— É a verdade. Em algum ponto do caminho, você começou a odiar tudo. Mas pode mudar isso, pode fazer as coisas do seu jeito. Você é uma estrela. O poder está na *sua* mão. O jeito como cantou no karaokê…

— Ai, meu Deus, você é tão inocente — soltei. — Não dá pra *mudar* a indústria. Entendeu, *Jack*? — Pronunciei o nome dele com o sotaque norte-americano mais irritante que consegui. Transformando o nome energético e infantil em algo risível.

—Você morre de medo de mudar as coisas! — Ele finalmente levantara a voz. Algumas pessoas nos olharam.

Dei um passo para trás.

—Você não me conhece. *Nem um pouco.* E eu claramente não te conheço. Aí vem me falar de medo. Você tem medo demais de fazer o que quer que seja. Tem medo de falhar em algo com que se importa. — Jack piscou rápido, surpreso. Prossegui: — Foi por isso que você topou esse trabalho ridículo? De paparazzo desprezível? Porque é fácil?

Foi como se eu tivesse dado um soco nele. Jack recuou um passo. A distância entre nós crescia a cada palavra que proferíamos para o outro.

Ele levantou as mãos, como se para se proteger.

— Nem todo mundo nasceu com os seus *talentos*, Lucky — ele disse. Embora seu tom fosse controlado, a ênfase fazia "talentos" parecer um palavrão. — A gente que vive aqui no planeta Terra tem que se virar com o que tem.

— Quanta bobagem. — Ri, dura. — Acha que não sacrifiquei quase tudo para chegar onde estou? Não é uma questão de talento, mas de trabalho. É o que se faz quando se tem um sonho, Jack. Quando você se importa com as coisas. Você vai atrás. Você não pega o caminho sem obstáculos. E você não desiste!

Reconhecimento e mágoa marcaram seu rosto.

— Então você entende. Por que fiz de tudo para conseguir o furo. É a minha grande chance, Lucky. Sinto muito. Não queria que você fosse vítima disso.

Nossa. Eu tive que respirar fundo para não gritar. As pessoas estavam olhando. Mas eu não me importava.

— Como eu poderia não ser uma vítima, seu imbecil? Primeiro: eu seria envolvida em um escândalo! Segundo: você fez de tudo para que eu me apaixonasse! — De novo, o tremor na minha voz, negando a fúria que tentava usar para magoá-lo também.

Pensei que te amasse. Só lembrar aqueles sentimentos me enchia de uma vergonha que me queimava por dentro. Eu tinha sido muito ingênua.

Jack soltou as mãos e ficou parado, me encarando. Seus olhos procurando algo no meu rosto.

— Eu também me apaixonei. Ainda estou apaixonado. *Sempre* vou estar.

As palavras eram como manteiga. Tão suaves, tão bem-vindas. Um bálsamo para a ferida que ele havia aberto em mim. Ouvi-las me matava, porque eu não conseguia mais acreditar em nada que Jack me dizia.

Aquilo tinha que acabar.

— Que pena, porque eu nunca me apaixonaria por um idiota que nem você.

Minhas palavras saíram como balas, e eu não tinha como retirá-las.

56

jack

Tínhamos contado mentiras o dia todo. Então, quando finalmente falamos a verdade, foi como uma bomba explodindo.

Lucky estava pálida quando me deu as costas. Embora eu me sentisse como se tivesse acabado de levar um soco no estômago, queria ir até ela e reconfortá-la. Desde o primeiro momento em que a conhecera, eu vinha tentando garantir que não se machucasse.

Então notei as pessoas tirando fotos. Filmando.

Um pressentimento tomou conta de mim. Era a mesma sensação de quando a multidão começara a se aproximar durante o show de luzes. Ela estava se afastando, indo direto para a multidão.

— Lucky! — chamei sem pensar.

Então os gritos começaram.

— É a Lucky!

— LUCKY!

Não. Agora não.

Ela virou para mim. Eu esperava ver medo em seus olhos, mas só encontrei resignação.

As pessoas correram em sua direção, e eu me apressei para chegar antes delas. Mas era tarde demais. Lucky já estava cercada. O medo tomou conta de mim. Aquele olhar havia disparado um arrepio pela minha espinha. Ela não ia resistir a eles.

Tateei em busca dela.

— Lucky!

Empurrei a multidão.

De repente, um par de mãos fortes agarrou meus ombros e me empurrou. Com força. O que era aquilo? Olhei para cima e vi um homem alto à minha frente. Então o reconheci. Era o guarda-costas dela.

Em segundos, a multidão tinha sido dissipada, e um exército de homens de terno havia criado uma barreira à frente dela.

Lucky de um lado, intocável.

O restante de nós do outro, indignos.

Um suv gigante parou cantando pneu à nossa frente, e o grupo de homens se moveu como uma unidade sólida, Lucky em algum lugar no meio deles.

— Lucky! — eu gritei, inutilmente. Sabia que ela não podia me ouvir acima das outras vozes. Tentei passar sob o braço de um segurança, mas a barreira era firme e impenetrável.

Eu não conseguia acreditar. Não acreditava que íamos nos despedir daquele jeito. Virei o pescoço para vê-la de relance, para que me encontrasse.

Precisava vê-la uma última vez.

Por um segundo, enquanto aquele bando de homens se apressava para o carro, vi um traço lilás. Minha respiração ficou presa na garganta quando os homens se separaram e eu a vi entrar no carro.

Então ela ergueu o rosto e olhou direto para mim. Seus olhos eram indecifráveis, seu rosto era a perfeita máscara da compostura.

A porta se fechou, o carro deu a partida e ela foi embora.

O ônibus se movia perigosamente pelas ruas. Eu estava sentado no andar de cima, na primeira fileira. Como na noite anterior.

Também como na noite anterior, estava com o celular em mãos. Agora, cheio de fotos de Lucky. E com uma mensagem nova de Trevor.

Me encontra no escritório. AGORA.

Eu tinha sido convocado. A notícia de que Lucky estava à solta por Hong Kong tinha vazado. Sendo paranoico e controlador, Trevor queria que eu entregasse as fotos pessoalmente. Estava certo de que ia me oferecer um emprego assim que visse o que eu tinha. Não tinha como ser de outro jeito. Eu havia ido muito além do esperado.

Tinha feito uma estrela do K-pop se apaixonar por mim. Me acompanhar por toda parte. Me contar coisas.

Seria um grande furo jornalístico, e o momento era perfeito, com a estreia dela nos Estados Unidos.

Era uma pena que minha empolgação com aquela matéria tivesse desaparecido. Um torpor tomara conta de mim quando eu vira Lucky indo embora no carro. Eu estava como que em piloto automático, guiado pelas mensagens de Trevor. Sabia que era a coisa certa a fazer pela minha carreira. Que *não* fazer aquilo destruiria tudo o que eu vinha construindo nos últimos quatro meses. Eu teria que voltar para a casa dos meus pais com o rabo entre as pernas.

O ônibus parou no meu ponto. No centro. De volta aonde tudo havia começado. Andei pelas ruas amplas, passando pela vitrine de lojas de departamento, por um túnel para pedestres entre dois prédios gigantes — e via Lucky em toda parte. Nenhuma esquina, nenhum beco naquela cidade estava livre das lembranças dela.

Quando cheguei ao escritório do *Rumours*, as luzes do saguão me pareceram duras e frias. O segurança me deixou entrar e eu fui até os elevadores.

Parei no vigésimo oitavo andar. Ainda havia gente lá, embora já fosse mais de meia-noite. As notícias sobre celebridades nunca paravam. Passei pelas mesas cheias de pessoas trabalhando até tarde, concluindo textos de última hora. Mal me olharam. Uma daquelas mesas poderia ser minha depois daquela noite.

A ideia não me reconfortava.

Parei à porta aberta do escritório de Trevor, que era amplo e tinha janelas que iam do chão ao teto, com vista para a cidade inteira. O arco-íris de luzes do outro lado do vidro o iluminava, o que dava um ar onírico e nebuloso à cena. Eu mal aguentava olhar.

Trevor fez sinal para que eu entrasse. Ele estava no telefone, descansando em um sofá preto de couro, os tênis caros apoiados sobre a mesinha de centro com tampo de vidro. Trevor só usava uns sapatos maneiros, o que eu achava legal. Tinha quase trinta anos, se exercitava regularmente, estava sempre fazendo alguma dieta sem carboidratos e tinha um fliperama vintage na sua sala. Era meio que o sonho dos millennials.

Fiquei ali, desconfortável por alguns segundos, enquanto ele encerrava a ligação.

— Ei! Jack! — Trevor finalmente disse, depois de ter largado o celular no sofá e se levantado com um pulo ágil. — Estão dizendo que Lucky está a salvo com a equipe dela. Me diz que conseguiu alguma coisa.

— Consegui — eu disse, mostrando o celular. — Passei as últimas vinte e quatro horas com ela.

Ele assobiou.

— Uau, esse seu rostinho bonito facilita as coisas para a gente, né?

Sorri, desconfortável.

— Bom, ela descobriu tudo. Então agora me odeia.

Trevor pareceu não se importar. Ele ergueu os ombros musculosos sob a blusa cara.

— Acontece. Mas você conseguiu, certo?

— Sim.

— Muito bem. Talvez eu até te deixe escrever essa matéria.

Lancei um olhar afiado para ele.

— Oi?

Trevor levou o laptop para a mesa de centro e fez sinal para que eu me sentasse ao seu lado no sofá.

— Você é o cara com quem ela passou um dia inteiro, e para quem espero que tenha aberto o coração. Quem seria melhor para escrever um perfil mordaz dela?

Eu me sentei.

— Mordaz?

— Claro. Só assim vamos conseguir atenção internacional. — Ele começou a digitar, sem olhar para mim. — Lucky supostamente é essa garota comum, angelical, que os fãs veneram. O *presidente* da Coreia do Sul confessou que é fã dela! Lucky fez um show na festa de doze anos da filha dele! — Trevor virou o laptop para mim, e vi uma foto dela posando com uma pré-adolescente de aparelho nos dentes, ambas fazendo o sinal da paz.

— Bom, vamos olhar as fotos.

Ele estendeu a mão. Entreguei meu celular depois de um segundo de hesitação. Trevor o conectou ao computador e as fotos preencheram a tela.

Meu dia com Lucky foi disposto na grade de fotos, lado a lado. Imagens dela comendo, olhando, fazendo coisas. Seu rosto iluminado pelo sol, misterioso na sombra. Feliz, reflexiva, curiosa. Cada foto apertava ainda mais o nó no meu estômago.

— Ah, olha só *essa aqui* — Trevor disse, apontando para uma dela no parapeito em Victoria Peak, com o cabelo esvoaçando ao vento, o rosto inclinado para o sol. Parecendo feliz. — Ela saiu bem gostosa. É uma puta foto.

Senti o sangue gelar.

— Você não pode usar essa — eu o cortei, sem esconder a raiva.

Trevor fez uma careta.

— Quê? Por que não? Fora que não é você quem decide o que eu uso ou não.

—A matéria não é minha? — mantive a voz controlada, mesmo que uma raiva gelada se acumulasse dentro de mim.

Trevor continuou passando as fotos no laptop.

— Não se anima demais. Vamos ver o que você conseguiu dando em cima dessa putinha.

Certo.

Arranquei o celular do cabo e as fotos desapareceram da tela.

— O que está fazendo?

Trevor me olhava chocado.

Levantei, tremendo um pouco.

—Você não vai ficar com essas fotos. Ou com a matéria. Ou com qualquer coisa vinda de mim. Nunca mais.

Ele riu.

— Oi?

Lucky merecia coisa melhor. Suas palavras ecoaram na minha mente. *Você tem medo demais de fazer o que quer que seja.*

Ela estava acerta. Eu havia escolhido aquele caminho porque era fácil. Era seguro. Com aquele trabalho, eu não precisava me importar com nada. Tinha deixado que meu medo de ser como meu pai me impedisse de descobrir quem eu queria ser de verdade.

Pela primeira vez na vida, eu via as coisas com clareza.

Quando saí do escritório, ouvi Trevor gritando atrás de mim — que eu nunca ia conseguir trabalho em outro tabloide, que eu estava acabado na mídia de Hong Kong.

Continuei andando.

Saí do escritório.

Peguei o elevador.

Atravessei o saguão.

E adentrei a noite de Hong Kong.

domingo

57
lucky

Quando cheguei ao aeroporto de Los Angeles no domingo de manhã, os fãs já estavam esperando por mim. Vinham aguardando aquele momento havia meses. A aparição no *Later Tonight Show* era um evento importante, que contava com uma contagem regressiva no meu site oficial.

Eu estava usando boné e óculos escuros. Os óculos deviam esconder o fato de que, apesar de estar esgotada, não havia conseguido dormir no avião. E a peruca cor-de-rosa tinha voltado.

Como esperado, eu havia levado a maior bronca de Joseph quando retornara ao hotel de Hong Kong.

— *Tem ideia do que nos fez passar?* — Os gritos dele vibravam no quarto. Ji-Yeon tampou os ouvidos, com a expressão surpreendentemente indiferente, ainda que Joseph nunca gritasse.

— Desculpa. — Minha voz era quase um sussurro.

Ji-Yeon me olhou, preocupada.

—Você está bem? Aconteceu alguma coisa?

Ela nunca bancava a superprotetora, e eu tive que morder o lábio para segurar as lágrimas. Estava cansada de chorar. Balancei a cabeça em negativa.

— Estou bem.

— É claro que ela está bem! — Joseph rugiu. — Ficou se divertindo o dia todo. Com um *garoto*. Poucas horas antes do *Later Tonight Show*!

O garoto. Eu não queria pensar nele. Nunca mais.

Suportei o sermão completo de Joseph, incluindo ameaças de não trabalhar mais comigo e de aumentar minha equipe de seguranças.

Quando finalmente consegui ir para a cama, cada molécula no meu corpo sentia o peso da derrota. As revelações e as descobertas do dia tinham sido manchadas por algo constrangedor e patético. Tomei meus remédios e peguei no sono minutos depois, para ser acordada só ao amanhecer, para ir ao aeroporto.

Os seguranças adicionais que Joseph havia prometido já estavam a postos enquanto eu andava pelo aeroporto de Los Angeles. Afundei o boné na cabeça, mas era inútil. Para que ele servia? Para que meu rosto não saísse nas fotos? Todo mundo sabia quem eu era.

Cada passo me deixava mais exasperada. Primeiro, tirei os óculos escuro. A multidão gritou enquanto eu o prendia na blusa.

Ren olhou para mim, mas não disse nada.

Então diminuí o ritmo e acenei para os fãs. Atrás da barreira de proteção, eles seguravam cartazes com meu nome. Usavam camisetas dos meus shows. Choravam.

Parei, e Ren deu um encontrão em mim.

— O que aconteceu? — ele perguntou.

— Nada — eu disse. — Só preciso de um minuto. — Antes que ele pudesse responder, fui até os fãs, iniciando outra onda de gritos. Toquei as mãos esticadas, bati meu punho cerrado em outros punhos cerrados, rocei pontas de dedos. Cada toque, cada conexão, me dava forças. Chegava a meu interior. *Você fez isso. Você criou isso. Você controla isso.*

Quando finalmente chegamos ao portão, uma adolescente latina rompeu a barreira de segurança, o rabo de cavalo comprido balançando atrás dela enquanto corria na minha direção. Ren a pegou imediatamente, quase a balançando no ar.

— Lucky! — ela exclamou, com os olhos arregalados, as mãos esticadas na minha direção enquanto era contida por um homem gigantesco. — Eu te amo!

Parei. E olhei para ela. Olhei para ela de verdade. Meu Instagram tinha uma série de comentários de garotas como ela.

Te amo!

Me segue!

ESTÁ ME VENDO?

No começo, eu me esforçava ao máximo para curtir cada comentário, para responder a algumas perguntas. Mas agora Ji-Yeon administrava minhas redes sociais com mão de ferro, bloqueando seguidores e deletando comentários.

Olhei para Ren e fiz sinal para que a soltasse. Ele obedeceu. Mas não sem fazer cara feia. A garota ficou lá, tão surpresa que congelara.

— Estou te vendo — eu disse, indo dar um abraço nela. — Quer uma foto?

Ela assentiu, incapaz de falar. Suas mãos tremiam tanto que nem conseguia passar para a câmera de selfie.

— Quer que eu tire? — perguntei. Ela assentiu de novo, me passando o celular com os dedos trêmulos. Posicionei o telefone de modo a enquadrar nós duas. — Diga *kimchi* — eu falei, rindo. Ela deu uma risadinha, então eu tirei a foto, quando sorria e parecia confortável.

Devolvi o celular, e a garota começou a chorar.

— Obri… obrigada — ela conseguiu dizer.

Quantos fãs eu havia visto chorar enquanto passava? Na primeira fileira dos meus shows? Tinha ficado imune àquilo. Me tornado indiferente ao tipo de adoração absoluta que fazia as pessoas irem às lágrimas.

Sorri para a garota, meus lábios trêmulos enquanto eu me permitia absorver as emoções dela. Os sentimentos dela. Devia fazer anos que ouvia minhas músicas.

— Como você se chama?

Os olhos dela se arregalaram, manchados por causa do rímel.

— Etta.

— Não foi nada, Etta — eu disse, apertando seu ombro de leve.

Os fãs haviam mantido silêncio durante aquela interação, mas voltaram a fazer barulho assim que recomecei a andar.

— Ren — eu disse.

Ele só tinha olhos para o caminho à nossa frente.

— Sim?

— Quero ficar um tempo a mais nos aeroportos. Pra dar oi pros fãs.

Eu esperava algum tipo de protesto, mas ele deu de ombros.

— Por mim, tudo bem. Recebo por hora.

Sorri e voltei a colocar os óculos quando saímos para o sol de Los Angeles.

Eu estava em casa.

Nada faria com que eu me sentisse mais em casa que ficar presa no trânsito na rodovia 405. Fazia três anos que eu não via Los Angeles, e queria devorar cada segundo. Até mesmo no trânsito.

Fiquei observando pelas janelas filmadas do carro, feliz de estar em casa, ainda que fosse ser uma visita rápida. Eu passaria apenas um dia com minha família, antes da gravação do programa no dia seguinte. Depois, teria que voltar direto para Seul para começar a gravar a versão norte-americana do meu álbum e aparecer em programas de variedades para falar sobre minha estreia nos Estados Unidos.

O rádio estava baixo, sintonizado em uma estação de músicas antigas que eu adorava quando pequena. Ren e o motorista iam na frente; Ji-Yeon e Joseph seguiam em outro carro para o hotel.

Fechei os olhos e me acomodei no banco, querendo desligar o cérebro durante a longa viagem até a casa dos meus pais.

Algo caiu no meu colo. Abri os olhos imediatamente.

— Tinha me esquecido disso — Ren disse, olhando para mim pelo retrovisor. — É… — ele pigarreou — daquele cara. Do cara com quem você estava ontem.

Fiquei olhando para o envelope branco e grande, e para o rabisco nele, que dizia: *Para Lucky*.

Parecia ter sido escrito às pressas, em uma letra de mão inclinada. Senti uma tontura e a respiração acelerar.

— Ele me encontrou no saguão do hotel ontem à noite, nem sei como. Aquele garoto sabe se virar.

Com certeza sabia.

Devolvi o envelope a Ren.

— Não quero isso.

Ele levantou as sobrancelhas.

— Acho que quer, sim.

— Oi? — eu disse. — Desde quando você se importa…

Ren voltou a jogar o envelope no meu colo.

— Confia em mim. Dá uma olhada.

Aquilo não era nem um pouco a cara dele. Ren desviou o olhar, parecendo entretido com o celular de repente. Nervosa, peguei o envelope já aberto para ver o que havia dentro.

Uma foto caiu. Uma foto minha, de vinte por vinte e cinco centímetros, impressa em um papel brilhante. Eu estava no terraço em Victoria Peak, olhando a vista. A expressão feliz enquanto observava a cidade fez um nó surgir na minha garganta. Não queria ser lembrada daquilo. Meus dedos tremiam enquanto eu segurava a foto, incapaz de parar de olhar.

— Talvez, hum, você queira ver o verso.

Olhei para Ren, confusa.

— Quê?

Ele pigarreou e voltou ao celular. *Pelo amor de Deus...*

Virei a foto. Uma mensagem havia sido escrita com a mesma caneta azul do envelope:

Lucky,

*   Tirei essa foto porque você parecia feliz. E quero que continue assim. Acredito em você. A matéria não vai sair.*

Desculpa.

Te amo.

Jack

P.S.: Obrigado. Por tudo.

segunda à noite
los angeles

terça de manhã
hong kong

terra de marcha
hong kong

58
jack

— VOCÊ FEZ O QUÊ?

Engoli em seco diante da incredulidade no rosto dos meus pais.

Ava estava sentada ao lado deles no sofá, seus olhos arregalados para mim. Como se dissesse: *Cara… sério?* Ela puxou a longa trança preta e balançou a cabeça em negativa.

Respirei fundo, me sentindo desconfortável ali, de pé, no meio da sala dos meus pais.

— Menti para vocês e trabalhei para um tabloide. Tipo um *freela*.

— Um *tabloide*, Jack? — meu pai perguntou, deixando sua aversão e decepção muito claras naquela palavra. Ele esfregou os olhos, incapaz de me encarar.

Ainda que eu não estivesse mais trabalhando para o tabloide, precisava me defender. Antes, eu teria deixado aquilo passar, sem me importar que pensassem que era um panaca incorrigível. Mas não era mais o caso.

— É, um tabloide. E eu era muito bom.

— Bom em perseguir famosos? — meu pai perguntou, jogando as mãos para o alto, exasperado.

Minha mãe olhou feio para ele.

— Deixe Jack falar.

Meu pai balançou a cabeça, mas não disse nada.

Afastei o cabelo do rosto e voltei o olhar para a mesa de centro.

— Era mais do que entrar sem ser visto e conseguir o que eu precisava. Eu contava histórias através das fotos. — Levantei os olhos para eles. — Quero estudar fotografia.

As sobrancelhas do meu pai se uniram em confusão.

— Sabemos que você gosta de fotografia. Não gastamos todo aquele dinheiro na sua câmera à toa. Mas agora você quer *estudar* isso?

— Quero — eu disse depressa, antes que perdesse a coragem. — E não só *gosto* de fotografia. Também sou bom nisso. — Pronto, eu havia dito. Havia algo de muito vulnerável no ato de reconhecer uma paixão, uma habilidade. Ainda que eu soubesse que minhas fotos eram boas, eu nunca havia me sentido confortável em mostrar orgulho pelo meu trabalho. Até Lucky.

Continuei falando.

— Sei que não é algo prático e que vocês não aprovam. Quando toquei no assunto, meio que me ignoraram. Mas agora estou falando sério. Tive tempo para pensar a respeito. E quero usar minhas habilidades para trabalhar com algo que acho interessante. Em vez de perseguir celebridades.

Fez-se silêncio, e eu olhei para Ava, à procura de um rosto amistoso. Ela sorriu para mim, ainda puxando a trança.

— Você é o melhor fotógrafo que conheço — disse, tentando ajudar.

Ri, nervoso.

— Hum… Obrigado.

— Você é muito bom — minha mãe disse, afinal.

Meus olhos foram direto para ela.

— Verdade?

Sua expressão se abrandou.

— Claro! Lembra aquele ano em que as fotos que tiraram de Ava na escola saíram péssimas e ela chorou por uns três dias?

Minha irmã fez uma careta.

— Obrigada por lembrar.

— Mas aí Jack fez uma sessão de fotos com você. Lembra como ficaram? — minha mãe perguntou, com as sobrancelhas levantadas. — Era como se ele tivesse retratado quem você realmente era.

Eu me lembrava, sim. Tinha passado uma hora no jardim com Ava, pouco antes do pôr do sol, e fizera com que ela corresse, os cabelos voando atrás. Então, quando se acalmara e finalmente recuperara o fôlego, eu tirara uma porção de fotos dela com uma expressão feliz no rosto corado. A luz suave e quente do sol batia em sua pele antes que ele mergulhasse atrás das montanhas.

Um alívio se espalhou pelo meu corpo, e meus ombros pareceram menos tensos.

—Valeu, mãe.

O silêncio do meu pai era ensurdecedor. Todos nos viramos para ele, e minha mãe acabou cutucando suas costelas.

Meu pai pigarreou.

— Não sei por que você concluiu que não queríamos que fosse fotógrafo. Só estávamos preocupados que você não quisesse fazer *nada*.

Pisquei. *Como?*

— Então corra atrás disso, Jack. É a razão de sua mãe e eu fazermos *tudo* o que fazemos. — Ele abarcou todo o apartamento com um gesto. — Sei que você não quer uma vida como a nossa. E tudo bem. Quero que tenha a vida que desejar.

A sinceridade na voz dele fez com que eu engolisse em seco, empurrando o nó na minha garganta mais para baixo.

— Entendeu? — ele perguntou, mais áspero.

Assenti.

— Entendi. Sinto muito por ter levado o estágio no banco tão de qualquer jeito, eu…

Meu pai balançou a cabeça.

— Sei que odeia aquilo. Só queríamos te manter ocupado para que não virasse um desses hippies mochileiros.

Dei risada.

— Como assim? Espera, tipo o Nikhil do banco?

Meu pai revirou os olhos.

— Como todos esses riquinhos que saem nessas viagens de descoberta...

— De descoberta da maconha — minha irmã disse, rindo.

— Ava! — meus pais disseram ao mesmo tempo. Ela só deu de ombros em resposta.

Eu ainda estava chocado com a reação deles.

— Bom, então tá — eu disse. — Pensei que a ideia de vocês era que eu fizesse carreira no banco ou coisa do tipo. E não sabia como dizer que não era o que eu queria. Que ainda não sabia o que queria fazer depois de tanto tempo. Mas agora eu sei.

Minha mãe assentiu.

— É tudo o que queremos, Jack. Que você se esforce no trabalho que escolher.

Nada poderia ter me deixado mais feliz do que ouvir aquelas palavras.

— Obrigado. Prometo que vou me esforçar.

— Mas você ainda tem que terminar o estágio antes de começar a faculdade — meu pai disse.

Concordei. Faculdade. O desdém que eu sentia por aquilo havia derretido um pouco por segundo depois da minha briga com Lucky.

—Tudo bem. Bom, ainda não comecei a pesquisar as opções...

Ava mostrou o celular.

— Já comecei uma planilha.

Meu pai riu e levantou-se do sofá.

— Quem quer tomar café?

Nos reunimos em volta da mesa da cozinha. Fazia semanas que eu não me sentia tão leve. Meses. Anos.

Com a missão de comunicar minha escolha aos meus pais cumprida, eu estava livre para voltar a pensar em Lucky. Era minha folga no banco, então passei a tarde em casa me lamentando.

Não conseguia parar de pensar se o segurança tinha dado o envelope a ela ou não.

Se Lucky o havia aberto ou tacado fogo nele.

Se tinha visto a foto.

Se lera o bilhete.

Fiquei olhando para o teto rachado, esticado no sofá. Ter o coração partido era um saco. Com as outras pessoas também era assim? Aquilo era simplesmente horrível!

O ar no apartamento cheirava mal e parecia viciado. Cheirava a casa de garotos e a comida velha.

Acabei me arrastando até a janela e abrindo uma fresta. A luz suave e amarelada do sol irrompeu no cômodo, destacando cada partícula de poeira. O barulho estava alto lá fora. Os gritos dos vendedores se misturavam à buzina dos carros e entravam pela janela.

Algo no fato de Hong Kong nunca parar me deprimiu ainda mais. Como todo mundo podia seguir com a vida enquanto eu me sentia daquele jeito?

Ai. Eu devia dar um tapa em mim mesmo.

Meu celular vibrou na mesa de cabeceira, interrompendo meu olhar melancólico e taciturno pela janela.

Me arrastei até lá para olhar a mensagem. Era de Charlie.

Ei, Lucky não vai aparecer no Later Tonight Show, tipo, agora?

Conferi o relógio. Eram mais de três horas agora. Fiz as contas, considerando que estávamos quinze horas à frente. Lucky estaria no ar dentro de alguns minutos.

Se eu fosse um cara mais estoico, teria desligado o celular com frieza e ido tomar um banho. Para que as memórias fossem embora com a água. Então recomeçaria do zero, revigorado, pronto para aproveitar o dia.

Mas quem eu estava enganando? Abri o laptop na mesa de centro e entrei no site do canal para ver a programação em tempo real pelo *streaming*.

Me agachei ao lado da mesinha, com as costas curvadas, me equilibrando de cócoras. Uns quinhentos comerciais depois, o programa começou.

Um ator de algum super-herói estava conversando com o apresentador, James Perriweather.

— Anda logo! — gritei para a tela, como se os dois bobões sorridentes pudessem me ouvir. Pouco depois, a conversa acabou. Levei as mãos ao laptop, o rosto tão perto da tela que dava para sentir na pele a vibração da energia que ele emitia.

Os comerciais entraram.

Caí para trás, a cabeça batendo no sofá, a bunda aterrissando no piso frio. O teto tinha tantas rachaduras. A tinta descascava em pedacinhos. Meus pensamentos aceleraram, acompanhando o ritmo do meu coração. Ia explodir do meu peito e dar voltas pela sala, tamanha a força com que batia.

Eu estava pronto para vê-la? E não apenas aquilo, mas para vê-la como Lucky? A garota que existia num planeta diferente daquele da garota com quem eu passara o dia todo?

A música tema do programa me puxou de volta para a realidade. Voltei à posição agachada segurando o laptop.

Por acaso, eu estava no único ponto de sombra entre os raios de sol empoeirados. Tudo pareceu parar — o balançar das cortinas, a poeira no ar em volta.

James continuava no palco, com as mãos entrelaçadas à sua frente.

— Ela tem mais de dez milhões de seguidores no Twitter. Seu *single* "Heartbeat" teve o maior número de downloads da história em toda a Ásia. — Os gritos da plateia quase sufocaram suas palavras. James pareceu chocado, então sorriu. — Isso diz tudo! Vamos receber, agora, em sua estreia nos Estados Unidos, a sensação do K-pop... *Lucky*! — Ele abriu os braços e a câmera se moveu para sua esquerda. O barulho da plateia saiu distorcido pelos alto-falantes do laptop.

Eu mal conseguia respirar. Levei a mão ao peito, agarrando o moletom.

O palco ficou escuro. Então, de repente, lá estava ela.

De pé, sob o único foco de luz. Usando aquelas botas prateadas que subiam por suas pernas compridas. De shortinho. E com um casaco cintilante que parecia pendurado em seu corpo. A cabeça inclinada para baixo, a cortina de cabelo cor-de-rosa propositalmente bagunçada, cobrindo seu rosto. A mão que segurava o microfone estava abaixada, e tinha uma porção de anéis brilhantes e volumosos.

Ela já parecia tão distante.

A batida de "Heartbeat" teve início, mas Lucky não se moveu. Talvez fosse parte da apresentação. Mas aquilo se prolongou, e havia uma tensão palpável no ar. Mordi o lábio, nervoso. O que estava acontecendo?

Com a música ainda tocando, Lucky tirou a jaqueta e deixou que fosse ao chão. A plateia aplaudiu.

Mas tinha algo estranho naquilo.

Então ela tirou os anéis, um a um, que caíram com baques bem marcados. A música continuou tocando, sem parar, em meio à confusão.

Com o rosto ainda escondido pelo cabelo, Lucky levou o microfone ao chão, manteve o corpo inclinado e baixou o zíper da bota esquerda.

Ela a tirou e deixou de lado. Baixou o zíper da bota direita.

Foi só quando estava descalça e de novo com o microfone na mão que ergueu o rosto e arrancou a peruca rosa. O público arfou.

Ela olhou direto para a câmera, seu cabelo puxado para trás, preso em um coque baixo. Seus olhos brilhando. Tinha um sorriso enorme no rosto.

Perdi o ar.

— Parem a música — ela disse no microfone. Era uma ordem, mas proferida com calma. Palmas e gritos confusos vieram do público. Com uma piscadela, Lucky levou o dedo indicador à boca. Silenciando a plateia. Usando apenas short preto e uma regata branca.

Ela começou a cantar. Sem acompanhamento. Só com aquela sua voz cintilante, clara e linda, como um sino. Frágil e delicada, e então muito potente, quando a soltava. Quando cantava com tanta força que a emoção fazia seu timbre falhar, seu corpo se movimentando de maneira linda e sutil. Um braço levantado aqui, uma perna girando em torno dela ali. Era como uma apresentação de balé acompanhada por uma música lenta, algo tão único e especial que só o privilégio de testemunhar aquilo dava vontade de chorar.

Passei alguns segundos petrificado até me dar conta de que ela estava cantando "Heartbeat" de maneira tão desconstruída e lenta que parecia algo totalmente novo. Seus olhos se fecharam em uma nota particularmente baixa, que vinha do fundo da garganta. Então ela sussurrou:

— Música.

A música de fundo entrou, sua batida alta, e os olhos de Lucky de repente se abriram. Ela olhou diretamente para a câmera, de forma aguda, segura.

Olhou para mim, para os meus olhos.

De repente, Lucky deu uma piscadela e virou a cabeça, soltando o coque e sacudindo o cabelo. Então começou a fazer os movimentos muito conhecidos de "Heartbeat". A familiaridade retornou, mas ainda assim havia diferença. Seus membros pareciam mais soltos, o tom era mais brincalhão. A frieza e a perfeição robótica tinham desaparecido, e em seu lugar havia uma alegria e um calor que faziam com que eu quisesse entrar pela tela.

Para testemunhar aquilo em primeira mão. Para voltar a respirar o mesmo ar que ela.

Lucky fez algumas caretas para a câmera, brincou, reconheceu a agitação do público assentindo e piscando de volta. Aproveitou cada segundo.

Então acabou. Os aplausos e os gritos foram tão estrondosos que Lucky começou a rir, depois cobriu a boca com as mãos, dobrando o próprio corpo.

Fiquei muito orgulhoso dela. Nunca sentira tamanho orgulho por alguém. Lá estava Lucky, vivendo seu sonho, mesmo quando era difícil. Mesmo quando queria desistir. Assumindo riscos para que as coisas dessem certo. Porque ela havia mudado.

O que aconteceria depois daquele ato de coragem? Teria sido feito com anuência do selo? Eu desconfiava que não. Era uma declaração tão óbvia, tão clara: *vou fazer isso do meu jeito.*

Achei que tinha acabado, que teria que presenciar o corte para outro comercial ofensivo. Mas James fez sinal para que Lucky fosse até o sofá.

Ela foi ágil em obedecer, completamente à vontade. Ambos se acomodaram no assento, mas o público continuava a aplaudir. Lucky parecia resplandecer em meio àquilo. Não parava de sorrir, revelando os dentes muito brancos, e seus olhos brilhavam. Eu queria esticar o braço e sentir tudo aquilo.

— Uau, Lucky! O que foi isso? — James disse. — Eu te apresento ao K-pop, Estados Unidos!

O público aplaudiu e Lucky riu, afastando o cabelo do rosto. Um gesto que se tornara tão familiar para mim que me fazia sentir uma pontada de dor.

— O K-pop já estava aqui, James — ela disse. A plateia voltou a fazer barulho.

Ele foi simpático o bastante a ponto de parecer envergonhado.

— Claro, claro. Mas você apresentou algo além. Quero dizer, *nossa*! Amanhã todo mundo vai saber quem você é.

Lucky ficou vermelha e baixou os olhos, modesta.

— Obrigada. Me senti ótima — ela disse.

— Você *foi* ótima — ele disse, com movimentos caricatos. O público aplaudiu de novo. — Conte mais. Você acabou de encerrar uma turnê pela Ásia, não é?

Ela assentiu, juntando as mãos sobre as pernas. Notei que as retorcia um pouco. Tudo era evidente para mim. O mundo havia se transformado em um borrão, mas Lucky fora cristalizada em algo afiado e brilhante.

— Sim, há alguns dias.

— E como foi? Imagino que uma loucura.

Lucky sorriu.

— Loucura é pouco. Passei por quinze cidades em dois meses.

O público fez um ruído de assombro, impressionado e reverente. James ergueu as sobrancelhas.

— É realmente muita coisa. E qual foi a última parada?

— Hong Kong — ela respondeu, rápida e precisa.

— Falando em Hong Kong… — James disse, olhando para a plateia como quem compartilha um segredo com ela. — Circularam alguns boatos na internet de que você viveu uma aventura lá.

Engasguei sozinho. Não conseguia acreditar. O cara podia tocar naquele assunto? Estrelas do K-pop eram ferozmente protegidas. Só *mencionar* um escândalo era considerado sacrilégio.

Mas tudo o que ela havia feito naquele show também fora um sacrilégio.

Suas feições congelaram. Lucky pareceu vazia, com aquela inexpressão com que eu tinha me familiarizado nas redes sociais, que insinuava um segredo enterrado em seu íntimo. Inacessível. Eu nunca havia me sentido tão distante dela.

Alguns segundos desconfortáveis se passaram. Dava para ver James olhando para alguém nos bastidores, conferindo se devia tomar alguma atitude. Então foi como se o interruptor tivesse sido apertado em Lucky. Uma fagulha se acendeu em seus olhos quando ela torceu os lábios em uma careta.

— O que você ouviu?

Sua voz saiu em um tom tão conspiratório, tão travesso, que fez todo mundo rir.

Com o rosto ficando vermelho, James gaguejou:

— Bom, só que... hum... que você pode ter passado um dia meio romântico.

Sério, James Perriweather? Mantive os olhos em Lucky, com todos os sentidos ligados no que diria em resposta.

Ela se reclinou no sofá e puxou as pernas para o assento. Como uma senhorinha coreana prestes a limpar o broto de feijão na varanda de casa. Era uma postura tão graciosa, tão coreana, tão confortável.

— Foi um bom dia — Lucky disse, com um sorriso no rosto.

O público gritou por um segundo, depois ficou em silêncio. A impressão era de que todo mundo na plateia, todo mundo que estava vendo, se inclinara para a frente. Incluindo eu. Para esperar o que quer que ela fosse dizer em seguida.

Não que minha vida toda estivesse em jogo naquele momento nem nada do tipo.

Com o braço enlaçando o joelho, Lucky olhou diretamente para a câmera.

— Tirei um dia de folga depois de uma longa turnê. E foi... — A voz dela falhou um pouco, e seus olhos se voltaram para o chão. — Foi *excelente*.

A palavra saltou da tela direto para meu corpo, me enchendo de um calor intenso, como o sol atravessando as nuvens.

Os olhos de Lucky voltaram para a câmera. Ela tornou a se sentar direito, passando uma mão pelo cabelo. Eu quase conseguia sentir as mechas entre meus dedos. Depois de um momento, que parecera durar cem mil anos…

Lucky abriu um leve sorriso, cheio de segredos.

— Passei o dia com um fotógrafo. Ele vai publicar uma reportagem fotográfica exclusiva a meu respeito. Muito exclusiva. Fiquem ligados. O nome dele é Jack Lim.

Meu corpo caiu contra o encosto do sofá. Lucky também não tinha desistido de mim.

um ano depois

59

catherine

— Fern! Ai, meu Deus!

A cachorra me encarou, com o queixo levantado, desafiador, enquanto pulava no lugar em suas patinhas ridículas.

Fern tinha feito xixi na minha sandália Birkenstock prateada. Pela terceira vez naquele mês.

—Vou mandar te empalhar e te empoleirar com um chapéu fedora! — gritei.

— Catherine! — minha mãe gritou da porta do meu quarto. — Não fala assim com sua irmã.

Fiquei confusa, ainda segurando a sandália contaminada na mão.

— Irmã? Ela não é minha irmã, você está louca?

Fern pulou nos braços da minha mãe, que fez carinho nela.

— Não se preocupe, você é uma filha muito melhor do que ela — minha mãe disse. Tive que rir. Ela me encarou com seus olhos brilhantes. — Arrume seu quarto. Aqui não é um hotel. — Minha mãe atravessou o corredor com a cachorra presunçosamente aninhada em seus braços. Havia apenas uma princesa naquela casa, e não era eu.

Minha família tinha precisado de alguns dias apenas para voltar a se acostumar com minha presença em casa. Sem mimo, sem atenção especial. Eu tinha que cumprir minhas tarefas, voltar até determinado horário e jantar com eles todas as noites. Minha irmã *humana*, Vivian, começara a pegar minhas roupas emprestadas na mesma hora.

Eu adorava aquilo.

Fazia um dia quente em outubro, o que não era incomum na região. Abri uma janela e fiquei olhando para a rua sem saída. Vizinhos descarregavam as compras de supermercado dos suv compactos. Algumas crianças andavam de bicicleta. O dia chegava ao fim, e o céu estava azul-claro com bordas rosadas.

Aquilo me era familiar e estranho, e eu aproveitava bem cada segundo passado em casa.

Depois da gravação do infame *Later Tonight Show*, naquela mesma tarde um ano antes, uma veia da testa de Joseph quase estourara de desespero. Eu estava preparada para os gritos, mas ele só parecera confuso.

— Então aquele dia de revolta foi por isso? Você quer mudar sua imagem? — ele tinha perguntado.

Ji-Yeon parecia exausta, sentada no camarim de pernas cruzadas.

— Podíamos ter planejado isso melhor.

Encarei os dois, em choque.

— Como assim? Vocês não vão me abandonar?

Eles olharam um para o outro antes que Joseph respondesse.

— Não sei. O selo não vai gostar disso. Você pode perder tudo.

Respirei fundo.

— Mas o que *vocês* acharam da apresentação?

Alguns segundos se passaram. Meu coração parou no peito.

— Eu amei — Ji-Yeon disse, com um sorriso.

Uma esperança se espalhou pelo meu peito.

— É mesmo?

Joseph pigarreou.

— Temos que ver como o público reage. Mas foi boa. Foi muito boa, Lucky.

Aquelas palavras iniciaram uma chuva de lágrimas. De alívio, de exaustão, de tudo o que eu vinha reprimindo.

A reação dos fãs e da mídia pouco depois também havia sido de apoio.

Todo mundo queria me patrocinar.

Todo mundo queria que eu fizesse shows.

Todo mundo queria uma turnê da "nova Lucky".

Apesar do sucesso da apresentação e do apoio inicial de Joseph, acabei deixando o selo alguns meses depois. Não havia como relacionar minha nova visão de Lucky à ideia original deles. E o selo não queria ceder.

Agora, do corredor, eu ouvia minha mãe dando bronca no meu pai por ter guardado os tomates na geladeira de novo.

— Não dá certo deixar fora! — ele protestou.

— Você nunca vê o canal de culinária? — minha mãe retrucou. — Ninguém ali coloca os tomates na geladeira. Acha que entende mais sobre o assunto que eles?

Os dois continuaram a discutir, e eu sorri ao fechar a porta do quarto para abafar o barulho.

Apesar daquela discussão besta de gente casada, meus pais tinham se provado muito sagazes ao elaborar meu contrato. Eu só havia conseguido quebrá-lo porque eles tinham feito um advogado passar o pente-fino num primeiro esboço e ajustá-lo de acordo com as leis trabalhistas norte-americanas e outras regulamentações.

Sentei na cama e peguei o celular. Tinha recebido alguns e-mails de Ji-Yeon. Cliquei no primeiro, com o assunto: **Agenda de gravação da semana.**

Cat,

Segue a programação dessa semana, como pediu. Você tem estúdio terça e quinta, e terapia na quarta. Vão entregar almoço e garanti que NÃO vai ser salada. (Mas não vai ser hambúrguer também!)

Também estou enviando algumas ideias para o próximo clipe. O figurinista adorou sua sugestão de usar um macacão, mas é claro que ele preferiria que fosse curto. (Essas pernas!)

Te vejo em alguns meses!

JY

Sorri. Era difícil para Ji-Yeon me deixar comer tanto carboidrato e usar roupas menos curtas. Em uma atitude inesperada, ela havia decidido deixar o selo comigo, para ser minha empresária.

— Quem mais poderia fazer com que você siga sua rotina de *skin care*? — ela havia dito, com desdém.

Agora eu estava em um selo menor, que ficava em Los Angeles. Eles representavam algumas bandas de K-pop, mas o foco era em artistas independentes. Como eu. Era assustador, mas depois de passados alguns meses de volta a Los Angeles, eu finalmente estava tendo uma rotina e ia começar a gravar um novo álbum. Ainda era K-pop, mas eu tinha trabalhado de perto com os compositores das letras e ia assiná-lo como Cat. Abreviação do meu nome completo, Catherine Nam.

A melhor parte era que eu podia morar em Los Angeles, desde que fizesse algumas viagens longas de vez em quando para a Coreia. Minha agenda era muito tranquila — eu gravava alguns dias por semana e sempre jantava com minha família. E fazia terapia, toda semana. Voltar para casa tinha melhorado bastante minha ansiedade, mas eu ainda precisava de ajuda, e meus pais insistiram para que eu passasse com uma profissional. Eu estava gostando dela, embora tivesse sido difícil, no começo, deixar de lado aquele sentimento de vergonha. Era complicado confrontar estigmas culturais.

Fechei minha caixa de e-mails e dei uma olhada no horário na tela. Quase seis. Eu tinha que ir.

Meia hora depois, minha irmã me deixou na frente de um bar em Hollywood. Eu ainda não podia acreditar que permitissem que ela se sentasse atrás do volante de uma máquina tão perigosa, capaz de matar.

— Pega a rodovia pra casa. Não vai ser criativa e arriscar ir pela Mulholland ou coisa do tipo — eu disse a ela com firmeza, enquanto desafivelava o cinto.

Vivian fez *prrrllll*, imitando o som de um pum.

— Não que eu precise de sua permissão, mas saiba que eu poderia muito bem ir pela Mulholland.

— Se quiser morrer se jogando do penhasco! — eu disse, já virada para pegar meu violão no banco de trás.

— Por que eu ia *me jogar* do penhasco? — ela gritou.

O estojo do violão quase bateu na cabeça dela.

— Opa, desculpa. Não sei, mesmo bons motoristas às vezes podem…

—Ai, meu Deus, não vejo a hora dessa fase "lar doce lar" da sua vida acabar! —Vivian destravou as portas com certa agressividade.

—Talvez eu fique aqui pra sempre, só pra te torturar — eu disse, colocando meu chapéu preto de aba larga.

— *Vai logo tocar sua música idiota!*

O carro foi embora com um ronco, soltando fumaça em cima de mim. Legal. Eu adorava voltar a ser tratada como lixo pela minha irmã mais nova.

Hollywood já estava à toda naquele começo de sexta à noite. Homens de camisa social cintilante, mulheres de saia curta e salto alto, turistas olhando abobados para tudo, guardadores de carro cobrando trinta dólares por vaga, moradores de rua perambulando habilmente em meio a tudo aquilo, uma fila se formando diante do *food truck* de comida coreana-brasileira, hipsters avançando apressados, como se tivessem algum lugar aonde ir...

Era horrível e maravilhoso — a dicotomia de Hollywood. A cidade dos sonhos.

Entrei no bar pela porta dos fundos. Havia uma banda com quatro instrumentos no palco, tocando jazz. O lugar não estava cheio, mas ainda era um pouco cedo para uma sexta.

Depois de pegar uma água com gás no bar, encontrei um lugar nos fundos, um canto escuro iluminado por uma única vela.

— Desculpa.

Olhei para a jovem à minha frente, segurando a bolsa contra o peito.

— Oi.

—Você é... a Lucky? — Ela sussurrou a última parte.

— Sou — sussurrei de volta. — Mas podemos manter isso entre nós? Ainda não quero que todo mundo saiba que estou aqui.

Ela assentiu com vigor.

—Ah, sim! É claro!

Eu andava experimentando tocar em lugares pequenos em toda a cidade. Não como Lucky nem mesmo como Cat, mas como eu mesma, Catherine Nam, com um violão e minhas próprias composições.

A princípio tentara manter minha identidade em segredo, mas o disfarce fora descoberto quase que imediatamente. Mesmo sem o cabelo cor-de-rosa, eu passara a ser reconhecida nos Estados Unidos. Ficara frustrada, mas então transformara aquilo em outro modo de me conectar com as pessoas, através de apresentações exclusivas para os fãs de Lucky. Apenas vinte ingressos eram distribuídos entre eles para o "show secreto". Era uma loteria, e o local era informado no dia. Todos tinham que deixar celular e câmera na porta.

Da primeira vez que eu havia subido a um palco desse tipo, no mês anterior, morrera de medo. Parecia clichê, a estrela K-pop que se apresentava em estádios para sessenta mil pessoas ficando nervosa ao fazer um show sozinha em um palco pequeno.

Tocar música de minha própria autoria envolvia um nível de vulnerabilidade que me era totalmente novo. Eu me sentia nua.

Por outro lado, também sentia a mesma energia dos meus primeiros shows como Lucky. A mesma que sentira naquela última noite em Hong Kong. A adoração e o amor extravasando. Podia sentir aquilo no ar, tão forte quanto um ano antes.

Tinha sido eletrizante. Aquela noite seria minha terceira apresentação, e eu não estava nem perto de me cansar.

— Obrigada — eu disse à jovem. — E obrigada por ter vindo me ver.

Ela mordeu o lábio.

— Estou me esforçando *muito* para manter o controle nesse momento.

Dei risada, relaxando consideravelmente.

— E está conseguindo.

— Posso pedir só uma coisinha? — Ela procurou algo na bolsa. — Um autógrafo?

Ela pegou uma edição da revista *Remixed*. De alguns meses atrás, com uma sequência de fotos muito especiais.

A SORTE ESTÁ LANÇADA

A manchete ainda me fazia sorrir. A matéria abria com uma foto minha em Victoria Peak. Aquela que Jack havia me enviado no envelope.

O último dia da rainha do K-pop em Hong Kong antes de partir para dominar o mundo.

Quando a edição saiu, as fotos explodiram, e eu imaginava que as perspectivas de Jack haviam melhorado consideravelmente.

Mas só imaginar mesmo, porque, além de alguns e-mails e mensagens de celular, não nos falávamos muito. Dar uma guinada na minha carreira não vinha sendo fácil, e a mudança para os Estados Unidos só nos deixara mais distantes.

A princípio, foi triste. Mas a vida continuava. Meses se passavam como se fossem dias. E meus dias eram tão agitados, tão cheios, que eu piscara e um ano se passara.

As fotos eram especiais porque davam uma visão exclusiva da minha vida, não através das lentes dos paparazzi ou das revistas de moda, mas algo mais íntimo e reflexivo. Com poucas palavras as acompanhando, as imagens me capturavam em instantes verdadeiros, naturais, no momento em que estava prestes a conquistar os Estados Unidos. De algum modo, contavam minha história através daquele dia em Hong Kong. Quando ele me vira.

Era o trabalho de um fotógrafo talentoso. Eu quase rira ao ver o resultado — a fotografia era claramente a paixão de Jack. Ele era *muito* bom. Só não tinha reconhecido aquilo antes.

Eu desconfiava que tivera algo a ver com o desfecho, o que me deixava incrivelmente orgulhosa de mim mesma.

Autografei a revista e a devolvi à garota.

Ela fez sinal de positivo.

— Boa sorte! — disse, então soltou uma risadinha nervosa. — Desculpa o trocadilho.

Dei risada.

— Obrigada.

— Ah, e… — Ela ficou ali por um momento a mais, de repente tímida. — Sou muito, muito fã sua. Todos nós temos muito orgulho de você. Vamos te acompanhar aonde for. E queremos que você seja feliz.

Só pude assentir, sentindo um nó na garganta. Meus fãs tinham sido incríveis em meio a tudo o que acontecera comigo. Eu me preocupara com a possibilidade de perdê-los, de não poder mais contar com o exército virtual ao redor do mundo que não falhava em me apoiar. Mas eles tinham ficado comigo.

E, embora estivesse fazendo aquilo por mim mesma, também fazia por eles. O jeito que eu vinha trabalhando antes perdera o equilíbrio. Era um trabalho só para meu selo e para o público. Para deixá-los felizes e animados. Ou era o que eu pensava.

Mas, depois da apresentação no *Later Tonight Show*, ficara claro que tudo o que meus fãs queriam era que eu fosse feliz. Tínhamos uma relação simbiótica.

Jack estivera certo — um pouco de egoísmo fazia muito pela pessoa. Mas eu sabia que ser apenas egoísta não bastaria. E sentar em um café escuro, sozinha, tocando só para mim mesma, não tinha absolutamente nada a ver comigo. Aquela nova era da minha carreira finalmente incluía as duas coisas. Era muito satisfatório que eu *pudesse* investir nela.

A banda de jazz encerrou sua apresentação e o público aplaudiu educadamente. Terminei minha água e fui para o palco.

O mais notável e até surpreendente da primeira vez que eu fizera aquilo com os fãs fora o silêncio. Ninguém gritava meu nome ou me pressionava. Como naquela vez em que eu cantara no karaokê, havia um acordo não declarado entre todos ali. Eles queriam me ajudar a ensaiar em um espaço protegido.

Depois de passar alguns minutos afinando o violão, dei um toquinho no microfone. O som ecoou pelo bar de maneira agradável.

— Oi, eu sou Catherine Nam. — Baixei a cabeça e toquei as primeiras notas no violão. Ele vibrou através de mim.

Então era só eu naquele palco, tocando cuidadosamente as cordas, minhas palavras e notas ecoando no ar.

Todos os sentimentos daquele dia estavam na música. Bem encapsulados, ou nem tanto, nos três minutos e quarenta e oito segundos. Toda vez que eu tocava, sentia aquilo. Vivia aquilo. O tempo havia passado rápido, mas quando eu apresentava aqueles acordes ainda parecia o presente.

Quando terminei, os alto-falantes ecoaram minha inspiração profunda. Levantei os olhos para a plateia, que aplaudia e gritava.

O barulho do bar me envolveu, e eu me senti como se estivesse dentro de um casulo formado por seu calor. O bater dos copos, as risadas, o burburinho das vozes conversando. O cheiro de álcool, corpos e uma vela aromática queimando em algum lugar. Precisei parar por um momento antes de tocar a próxima música, tentando absorver a sensação daquele show.

Então algo pareceu diferente.

O ar mudou de um modo muito particular, como quando alguém liga a TV em uma casa em silêncio e dá para *senti-la* antes de vê-la ou ouvi-la. Dei uma espiada por baixo da aba do chapéu. O que era? Eu sentia um puxão, insistente.

Meus olhos percorreram o local, mas era difícil enxergar à meia-luz.

Eles pararam em uma figura escura na entrada em arco. A familiaridade da silhueta me atingiu. O zumbido no ar se amplificou um bilhão de vezes.

Deixei o violão cair, e o baque reverberou pelo bar.

— Desculpa, pessoal. Volto em uns minutinhos — eu disse ao microfone. Então levantei e atravessei o salão, meus ombros batendo nos de outras pessoas, meus movimentos lentos demais. Ele estava tão perto.

Quando o alcancei, não havia se movido um centímetro. Continuava com as mãos nos bolsos, os ombros apoiados na entrada.

Era ele.

60
jack

Nem conseguia me mover enquanto a observava vindo na minha direção. Eu tinha ido vê-la, mas não podia acreditar que aquilo estava acontecendo para valer.

Ela parou à minha frente, com os olhos brilhando, descrentes.

— Jack?

Meu nome tinha sido entoado em interrogação, ainda que ela *soubesse*.

O tempo havia e não havia passado.

— Oi.

Foi a única coisa que consegui dizer. Era muito bom revê-la.

Ela assentiu, depressa e sem jeito.

— Oi!

Ficamos olhando um para o outro. Aquilo era demais, a ponto de nos esmagar. Eu não sabia mais como falar com ela. Meus olhos passaram por seus traços, memorizando cada novidade. O cabelo mais curto, roçando as clavículas. O brilho moreno de sua pele bronzeada, a regata solta com jeans. Era Lucky, e era Catherine.

— Que bom que conseguimos deixar os gracejos de lado — finalmente pude dizer.

Catherine deu uma risada rápida e pura. Era uma alegria poder ouvi-la de novo. Então lançou os braços à minha volta.

O abraço foi breve, mas incrivelmente forte. Ela me apertou com força antes de se afastar. Respirei fundo. Tinha esquecido o que sua proximidade fazia comigo.

Ela sorriu.

— Como sabia que eu estava aqui? Aliás, o que você está fazendo aqui?

Um homem deu um encontrão nela ao passar, deslocando-a para a direita, e eu estiquei os braços para segurá-la sem nem pensar. O movimento familiar nos levou de volta a Hong Kong no mesmo instante. Senti um calor abrasador entre nós. Saímos da porta e fomos para um canto escuro do bar, atrás de cortinas finas. Pensei em todos os lugares em Hong Kong em que tínhamos ficado tão próximos, cercados de gente, mas sempre a sós, de alguma forma.

Havia tanto a dizer. Mas minha resposta foi breve.

— Ganhei na loteria hoje.

Ela parecia incrédula.

—Você se inscreveu?

— Como poderia não me inscrever? — eu disse, com um sorriso provocador. — Eu, hum, estou morando aqui.

— *Quê?*

Eu não conseguia identificar se o sobressalto se devia a uma surpresa feliz ou…

Assenti.

— Acho que temos bastante assunto pra colocar em dia.

A expressão dela se abrandou.

— É.

Nossas mensagens tinham sofrido uma queda de frequência considerável nos últimos meses. Embora tivesse acontecido de forma natural, agora que estávamos cara a cara aquilo parecia absurdo.

Ela me lançou um olhar incompreensível.

— Não posso conversar agora, mas tenho que dizer algo rapidinho. — Me preparei para o que viria. — Obrigada.

A palavra me atingiu no peito. Embora ela tivesse agradecido por mensagem, era totalmente diferente ouvir aquilo. Em especial considerando que as últimas frases que havíamos trocado pessoalmente haviam sido muito duras.

— Obrigada pelas fotos que publicou — ela prosseguiu. — Eram lindas. Você... como foi que você me disse naquele dia? Você tem muitos talentos, Jack.

Aquilo espalhou o calor por todo o meu tórax.

— O tema facilitou meu trabalho — falei, engolindo em seco. Tinha tanto a dizer a ela. Sobre como vê-la agir de forma tão corajosa naquele programa de tv, colocando sua carreira em risco para que pudesse assumir o controle de tudo, havia mudado completamente a trajetória da minha vida.

Sobre como ela havia me ensinado que valia a pena correr atrás dos seus sonhos. Mesmo que eles pudessem mudar, o que às vezes era difícil. E sobre como ainda assim era preciso tentar. Porque menos que aquilo nunca seria uma vida boa.

Ela afastou o cabelo do rosto, meus olhos seguindo cada movimento seu. De tão ávido que eu estava por tudo.

— Estou muito orgulhosa — ela disse, com um sorriso. — Você conseguiu.

Quis beijá-la na mesma hora. Cruzei os braços para me impedir.

— *Você* conseguiu. Você lançou o desafio. Você me presenteou com a matéria. Você me deu... — Não pude continuar. Minha voz falhou com o excesso de emoção. Ela havia me dado *tudo*.

Mas ela sabia o que eu estava tentando dizer. Sempre fora capaz de ver dentro de mim, mesmo quando eu mesmo não era. Ela tocou meu braço.

— Jack. O sentimento é recíproco. Você tinha razão. Eu estava assustada. Precisava que alguém me dissesse isso. Me ajudasse a ver.

Embora eu soubesse daquilo, embora tivesse visto a confirmação na TV, ficava chocado com o prazer intenso que sentia ao ver a confirmação. O modo como ela me olhava… era possível que ainda sentisse algo por mim? Depois de tudo?

Sorri.

—Você estava incrível no palco. Está fazendo um trabalho legal.

Ela jogou a cabeça para trás e riu.

— Ah, então recebi seu selo de aprovação?

—Você sempre teve — eu disse, sem pensar.

Mesmo à meia-luz, dava para ver que ela corava. Aquele pequeno sinal me impulsionou, e peguei sua mão, entrelaçando nossos dedos.

— Tenho muito orgulho de você.

Ela baixou o olhar para nossas mãos e apertou a minha. Perdi o ar.

— Que bom. Mas estou morrendo de fome, e acho que a gente devia comer alguma coisa depois — ela disse.

Dei risada.

— Claro.

— CATHERINE! — uma voz masculina gritou do bar, e nos afastamos.

Ela revirou os olhos.

— Tenho que ir. — A familiaridade das palavras e a brevidade de nosso tempo juntos retornaram como uma presença espectral pairando entre nós. —Você me espera? — ela pediu.

Assenti.

—Vou estar aqui.

Vi um brilho em seus olhos, e antes que pudesse reagir ela me beijou. Com vontade. Foi o beijo de um foragido, o beijo de um soldado retornando da guerra. Me entreguei com alegria, deixando que me envolvesse em seus braços, sentindo seu corpo se erguer enquanto ela ficava na ponta dos pés para me alcançar.

— Hum, espero que você não esteja namorando — ela disse quando nos separamos, sem ar.

Neguei com a cabeça, rindo.

— Não. Ainda não.

Ficamos olhando um para o outro por um bom tempo.

— Cidade nova, um novo começo — ela disse, afinal. Então sua testa se franziu por um segundo. — Vamos fingir que esse beijo não aconteceu.

Reprimi uma risada. Ela afastou a cortina para sair, mas parou no meio. Então virou e olhou para mim com uma expressão estranha no rosto. Seus olhos foram do meu rosto para meu peito. Mais precisamente, minha camiseta.

— UCLA? — ela perguntou, voltando a olhar nos meus olhos. Certo.

— Temos muita coisa para pôr em dia.

Foi como se uma chama se acendesse dentro de seu corpo. Ela começou a brilhar e radiar um calor que me preencheu com um sentimento que me era desconhecido. Orgulho. De mim mesmo.

Aquele momento se sustentou por um segundo perfeito antes que ela fosse embora.

Então tudo voltou — todos os sentimentos daquele dia, um ano atrás. Eu havia seguido em frente, me resolvido. Estava certo de que Catherine tinha feito o mesmo. Ainda que tivesse sido o dia mais intenso da minha vida, era um único dia.

O "te amo" que eu havia rabiscado no verso da foto às vezes me despertava no meio da noite. Eu desejara que a terra se abrisse para me engolir, com cama e tudo.

Por outro lado, aquele dia havia se tornado uma lembrança agradável. Enquanto eu me inscrevia em diferentes universidades no inverno seguinte. Enquanto mandava fotos de Catherine, de Lucky, para as revistas. Enquanto negociava com meus pais quanto ao meu curso — eles deixariam que eu estudasse fotografia em conjunto com alguma coisa mais prática. Então eu optara pela Universidade da California, e por cursar fotografia e jornalismo. Na época, me convencera de que a escolha não tinha nada a ver com Catherine. E quase acreditara.

Depois de estar morando na cidade por quase um mês, eu havia visto o primeiro post de Catherine no Instagram sobre seus shows secretos. Parecia impossível ser sorteado, então eu ignorara aquilo. O processo de voltar para os Estados Unidos tinha sido tão trabalhoso que eu nem pensara sobre o fato de que agora estávamos na mesma cidade.

No terceiro show, eu me inscrevi na loteria. Sem nenhuma expectativa. Tinha pensado em dar um abraço nela, me desculpar e esquecer aquele dia.

Mas, agora que estávamos os dois juntos, ficava muito claro que nossos sentimentos continuavam borbulhando sob a superfície. Catherine não era alguém que eu podia esquecer.

Eu a observei voltar ao palco, ainda irradiando um brilho feliz enquanto se sentava no banquinho e pegava o violão.

Aquilo que eu sentia no momento, o formigamento e a tontura, era a antecipação de algo extraordinário.

Algo especial com outro ser humano, que deixaria uma marca indelével na minha vida e me mudaria para sempre. Uma força de outro mundo nos unia. Reconheci aquilo pela primeira vez na vida.

Começaríamos de novo, com os olhos bem abertos.

— Oi, desculpem a interrupção — ela disse no microfone. Então olhou para mim. — Mas sou sua pelo resto da noite.

agradecimentos

Como todo grupo de K-pop, tenho inúmeras pessoas que me apoiam.

Obrigada a Judith Hansen, que acreditou em mim desde o primeiro dia. Sou muito grata por tudo.

Tenho a incrível sorte de trabalhar com Janine O'Malley e Melissa Warten. Agradeço por seus conhecimentos editoriais, suas reações tranquilas à minha falta de tranquilidade e seu entusiasmo pelos meus livros. Muito obrigada à equipe inteira da Macmillan por levar minhas palavras ao mundo. E um agradecimento especial a Elizabeth Clark, Brittany Pearlman, Madison Furr, Allegra Green, Lauren Festa, Lucy del Priore, Katie Halata, Kerianne Steinberg, Janine Barlow e Jessica White.

Obrigada a Faye Bender. Estou muito animada quanto a tudo o que está por vir.

Alguns anos atrás, eu precisei aprender mais sobre K-pop, e, cara, aprendi mesmo. Agradeço ao Twitter por isso. E a Amerie, Nahri Lee, Lisa Espinosa e Asela Lee. Um muito obrigada especial a Tamar Herman por seus conhecimentos e por me guiar por esse universo fascinante. E agradeço a Sunmi e Neon Bunny por sua música.

Me apaixonei por Hong Kong enquanto escrevia este livro. Obrigada a Kita Huynh, Morgan Chevassus e Diana Jou por me acompanhar nessa cidade mágica. E a Gustav Lindquist e Yujin Choo pela ajuda extra.

Como sempre, obrigada a todos os livreiros, bibliotecários, professores, blogueiros e leitores que apoiaram meus livros ao longo dos anos. Sou incrivelmente grata a todos vocês.

Agradeço à superestrela Mel Jolly. Só consegui terminar de escrever este livro com sua ajuda inestimável.

Se segui em frente quando este livro não era mais que uma ideia foi graças a meus amigos escritores. Agradeço aos especialistas em YA de Los Angeles: Elissa Sussman, Zan Romanoff, Brandy Colbert, Robin Benway, Aminah Mae Safi (pela correção na epígrafe!), Diya Mishra, Kirsten Hubbard e Anna Carey. Um obrigada separado às mestres do trocadilho (trocadeiristas?) e minha equipe criativa de apoio Sarah Enni e Morgan Matson. Agradeço imensamente pela sabedoria e pelo apoio de vocês.

Um agradecimento especial a Veronica Roth, Courtney Summers e Somaiya Daud — sou uma escritora e pessoa melhor por causa de vocês.

Obrigada a toda a minha família, cujo apoio é o motivo pelo qual posso fazer isso da vida. Aos Appelhan, Appelwat e Peterhan, obrigada por sempre se importar. E por ler. Tão rápido. Na minha frente. Em uma sentada só.

À minha irmã, Christine, que tomou conta da minha casa e de Maeby enquanto eu trabalhava neste livro em outro país. Aos meus pais, por uma vida inteira de apoio e amor.

Ao meu marido, Chris, cujo trabalho e cuja arte me inspiram diariamente. Obrigada por suportar a distância e o tempo para que eu pudesse criar minha arte também.

1ª EDIÇÃO [2020] 2 reimpressões

ESTA OBRA FOI COMPOSTA POR OSMANE GARCIA FILHO EM BEMBO
E IMPRESSA PELA GRÁFICA BARTIRA EM OFSETE SOBRE PAPEL PÓLEN NATURAL
DA SUZANO S.A. PARA A EDITORA SCHWARCZ EM JULHO DE 2023

A marca FSC® é a garantia de que a madeira utilizada na fabricação do papel deste livro provém de florestas que foram gerenciadas de maneira ambientalmente correta, socialmente justa e economicamente viável, além de outras fontes de origem controlada.